세상에서 가장 아름다운 이름,
어머니

그린이 ———

정윤경

경원대학교 조소과 졸업, 영국 킹스턴대학교 대학원에서 일러스트레이션을 전공했
다. 《법정스님 인생응원가》, 《법정스님의 뒷모습》, 《길 끝나는 곳에 길이 있다》의 삽
화를 그렸고, 그림동화 《마음을 담는 그릇》, 《바보 동자》 등을 냈다. 현재 제주도 해
녀를 소재로 한 그림동화를 작업 중이다.

세상에서 가장 아름다운 이름,
어머니
. . . .

초판 1쇄 발행 · 2022년 1월 25일

지은이 · 김형석, 홍기삼 외 22인
그린이 · 정윤경
발행인 · 정태욱
발행처 · 여백출판사
자문위원 · 정찬주, 신흥래
총괄기획 · 김태윤
편 집 · 박해원
디자인 · 이종헌

주 소 · 서울 성동구 한림말길53 4층(옥수동)
전 화 · 02-798-2368
팩 스 · 02-6442-2296

등록번호 · 제2019-000265호
이메일 · ybbook1812@naver.com

ISBN 979-11-90946-11-2 (03810)
책값은 책표지 뒤에 있습니다.
잘못되거나 파본된 책은 구입하신 서점에서 교환해 드립니다.

세상에서 가장 아름다운 이름,

어머니

김형석, 홍기삼 外 22인 지음

여백

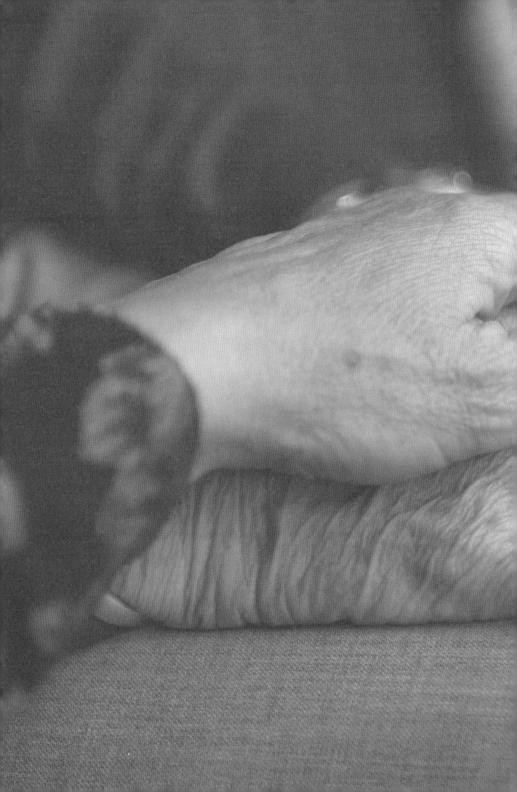

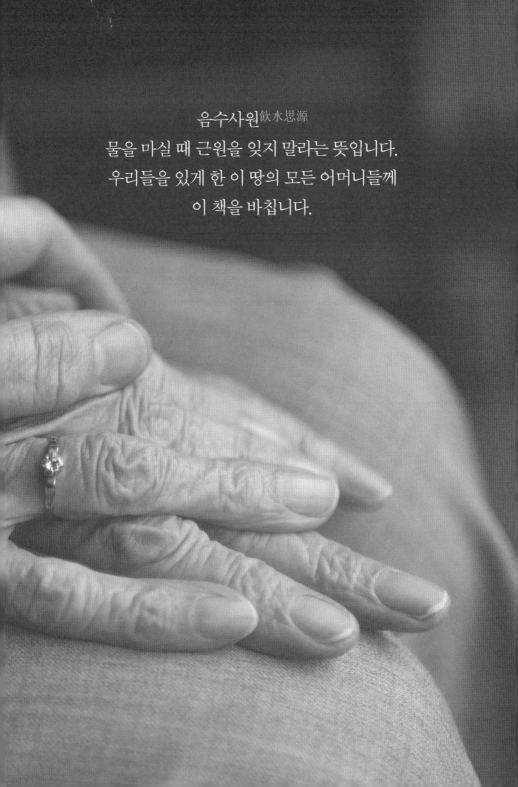

음수사원飲水思源
물을 마실 때 근원을 잊지 말라는 뜻입니다.
우리들을 있게 한 이 땅의 모든 어머니들께
이 책을 바칩니다.

이 땅의 모든 어머니들께

오래전에 모 일간지 기사를 보고 놀란 적이 있다. 영국문화협회 British Council가 세계 102개 비영어권국가 4만 명을 대상으로 '가장 아름다운 영어단어'를 묻는 온라인 설문조사를 실시했는데, 그 결과 Mother(어머니)가 1위를 차지했다는 기사였다. 2위는 열정Passion, 3위는 미소Smile, Love(사랑)는 4위였다. Mother(어머니)가 Love(사랑)를 앞섰다는 것은 놀라운 일이 아닐 수 없었다.

우리말 역시 마찬가지라고 본다. 우리말 중에 가장 아름다운 단어를 꼽으라고 한다면 '어머니' 혹은 '엄마'일 것이다. 이 책에 실린 어머니에 대한 원고를 정독한 결과 의심의 여지가 없었다. 수많은 우리말 중에서 역시 가슴에 가장 큰 울림을 주는 아름다운 낱말은 '어머니'가 아닐까 싶었다.

원고가 편집부에 들어온 순서대로 엮은 사모곡思母曲의 산문집 《세상에서 가장 아름다운 이름, 어머니》는 한마디로 '어머니'란 말이 왜 아름답고 거룩한지를 보여주는 책이다. 신산한 근현대사를 살아오신 한국인 어머니의 정체성을 생생하게 보여주고 있기 때문이다. 그래서 이 책의 부제를 '한국인 어머니의 마음, 희생, 사랑, 기도, 응원 이야기'라고 했다.

장 제목도 자연스럽게 부제를 참고했다. 1장은 '어머니의 마음'이라고 했다. 자식을 위해 자신의 인생을 바치는 어머니 마음이 무엇인지를 깨닫게 해주는 장이다. 100세 철학자로 불리는 김형석 교수님께서 60대 중반쯤에 쓰신 글 중에 가족과 자식을 위해서 "나에게는 죽는 고생을 참아 넘기는 일밖에는 남은 것이 없다"고 말씀하셨다는 어머니를 술회하는 고백이 눈에 띈다.

2장은 '어머니의 희생'인데, 병원으로 달려가 당신의 피를 팔아서 저자의 중학교 등록금 1100원을 마련했다는 박주선 전 국회부의장님의 글만 보아도 한국인 어머니의 희생이 어떠했는지 가슴을 먹먹하게 하고 콧잔등을 시큰하게 한다. 다른 저자 분들의 원고도 마찬가지다.

3장은 '어머니의 사랑'이다. '안방엄마'와 친어머니인 '애미'의 사랑을 아낌없이 받고 자란 정병국 전 문화부장관님의 글과 풀뿌리처럼 강한 어머니를 만나 '내가 성공했다면 오직 관세음보살 같은 어머니 덕이다'라고 이야기하는 김윤환 대표님의 글도 3장의 다른 저자 분들과 함께 우리들을 사색케 한다. 비단에 꽃을 던진다는 금상첨화錦上添花란 말이 떠오른다.

4장은 '어머니의 기도'이다. 이 장 역시 유명필자 분들이 함께 있지만 기업을 경영하는 한상원 회장님의 '어머니와 약속'도 종교를 초월한 감동을 선사하고 있다. 자식의 성공을 위해서 80세의 나이로 1년 6개월 만에 구약 39권, 신약 27권 합계 66권 1734페이지를 기도하는 마음으로 완필하셨다고 하니 절로 숙연해지는 것이다.

5장은 '어머니의 응원'이다. 돌아가신 어머니가 지금도 곁에 계시어 따뜻하게 감싸고 있는 것 같다는 홍기삼 유한대 이사장님의 '어머니와 이별이란 이 세상에는 없다'라는 글도 절절하다. 물론 이 장의 다른 분들의 글도 곡진하기는 진배없다.

우리가 사모곡의 산문집《세상에서 가장 아름다운 이름, 어머니》를 발간하는 이유는 한마디로 세상이 더없이 각박해졌기 때문이다. 인간성을 상실해가는 세상일수록 우리에게 위로가 되고, 각성이 되고, 용기가 되고, 희망이 되는 유일한 분이 계신다면 바로 어머니란 존재가 아닐까 싶었던 것이다. 끝으로 책을 발간하는 데 편집 방향을 자문해주신 소설가 정찬주 작가님과 신홍래 작가님께 감사드린다. 음수사원飲水思源, 물을 마실 때 근원을 잊지 말라고 했다. 우리들을 있게 한 이 땅의 모든 어머니들께 이 책을 바친다.

2022년 정월
여백 편집부 일동

차 례

1장

어머니의

마음

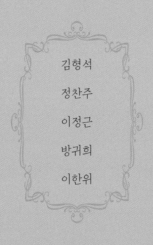

김형석

정찬주

이정근

방귀희

이한위

쑥대단에 얽힌 기억

김형석(철학자, 연세대 명예교수)

큰 보자기 같은 어머니

나는 지금 90이 넘은 노모를 모시고 있다.

그러나 나는 어머니의 먼 과거는 잘 모르고 있다. 지금에 와서 새삼스레 물어볼 수도 없는 일이지만, 또 어머니의 기억력이 거기에까지는 미치지도 못할 것 같다.

늙으면 노망스러움이 생긴다는 말을 자주 들었다. 그러나 아직 내어머니에게서는 그런 면을 심하게 느끼지 않는다. 항상 조심하는 탓도 있겠지만, 언제나 일을 하고 있기 때문에 그 일이 정신적 퇴락을 막아주는 것 같기도 하다. 생각해보면 감사한 일이다.

일본 사람들은 어머니를 '주머니'라고 말한다. 어머니는 아들을 낳아주기 위한 주머니로서의 방편 구실을 한다는 뜻일까. 나는 이전부터 그런 표현을 마땅치 않게 생각했다. 어머니도 한 인격을 갖춘 인간이며, 우리 형제들을 위한 사랑의 보금자리라고 생각해왔기 때문이다.

그런데 80이 넘으면서부터는 어머니 자신이 스스로를 보자기나 주머니 같은 존재로 여기는 것 같다. 모든 생의 목적과 뜻을 자녀들에게 두고 있기 때문이다. 어려움을 겪고 있는 자손들을 위해서는 걱정을 하면서도 자신을 위한 고통은 별로 말하지 않는다. 입버릇같이 하는 말이 있다. "나에게는 죽는 고생을 참아 넘기는 일밖에는 남은 것이 없다"라고 한다. 나의 갈 길은 이미 다 갔으니까 너희의 길을 잘 준비하라는 뜻이기도 하다.

나는 얼마 전 이상한 꿈에서 깨어났다. 내가 있는 곳에서 서쪽으로 그리 넓지는 않았지만 평탄하게 직선으로 된 길이 트여 있었다. 길 양쪽에는 높지 않은 풀, 나무, 꽃들이 가을을 풍기는 듯이 시들게 피어 있었다. 길 서쪽 끝에는 큰 태양이 지평선에 걸려 있었다. 그 장면은 마치 곧 해가 질 테니까 준비를 갖추라는 뜻 같아 보였다. 나는 꿈에서 깨어나면서 오래지 않아 어머니께서 세상을 뜨시려는 것 같다는 예감에 사로잡혔다. 처음에는 어쩔 줄 몰라 마음이 착잡했으나, 곧 가실 길을 유감없이 복되게 가셔야지, 그리고 나는 그 일을 감사히 받아들여야지 하는 생각으로 굳혔다.

나는 아직도 일해야 할 자녀들을 먼저 보내고 가슴 아파 하는 어머니의 친구들과 나의 친구들의 모친의 경우를 너무 많이 보아왔다. 그러나 90이 넘도록 한 번도 후손의 불길한 사건을 겪지 않은 어머니는 고마운 분이라는 생각이 들기도 한다.

그래서 드리는 기도가 있다. "어머니에게 건강과 즐거운 마음과 믿음을 주시옵소서"라고.

소처럼 근면한 어머니

내가 자랄 때, 어머니의 고향은 평양 동남쪽에 해당하는 중화 지방 역포라는 곳이었다. 한 달에 세 번씩 장이 서고, 완행열차가 멎었다 지나가는 보통 농촌 마을을 약간 넘어선 큰 시골에 해당하는 곳이었다.

외할아버지는 수염을 길게 길렀고, 마음씨가 무척 착하셨던 것 같다. 외할머니는 언제 세상을 뜨셨는지 모른다. 나는 한 번도 만난 일이 없었으니까. 외조부는 배裵 씨 성을 가졌지만 친척은 별로 없는 것 같았다.

외편은 모두가 가난하게 살고 있었다. 외할아버지가 일 년에 몇 차례씩 우리 집을 찾아올 때는 언제나 엿가락이나 말눈깔사탕을 들고 오시곤 했다. 그러면서 노자는 아껴야 하기 때문에 50리 길을 도보로 내왕하시곤 했다.

나는 친할아버지가 없었기 때문에 외할아버지 품에 안겨서 검은

색으로 길게 드리운 턱수염을 만지는 것이 즐거웠다. 나도 이다음에 백 살쯤 되면 이렇게 긴 수염이 나는 것일까, 하고 생각하면서.

내 어머니는 맏딸이었다. 그 밑에 남동생이 둘 여동생이 둘 있었다. 큰외삼촌은 마흔이 넘어서 폐환으로 작고한 것 같다. 작은외삼촌은 마을에서 장사라고 불릴 정도로 건강했다. 그러나 나를 가장 사랑해준 이는 큰이모였다. 큰이모는 아기가 없었기 때문에 나를 무척이나 사랑해주었다. 어떤 겨울방학 때는 큰이모네 집에서 몇 주간씩 머문 일이 있었다. 가난했지만 나를 끔찍이 잘 먹여주었기 때문에 살이 쪄가지고 집으로 온 일도 있었다.

그러나 지금은 외편 가족 중 한 사람도 내 옆에는 없다. 모두가 이북에 머물고 있을 것이다. 큰이모는 세상을 뜬 지 오래고.

어머니가 우리 집으로 출가해올 때는 스무 살쯤이었을 것이다. 내 누나가 열여덟 살에 시집을 갔을 때 어머니는 더 늦으면 안 된다고 걱정했으니까. 그 당시 어머니는 약간 늦게 결혼을 한 셈이었다. 2년 후에 누나를 낳고 3년 뒤에 내가 태어났으니까, 어머니가 25세 때 내가 출생한 셈이다. 그때 아버지는 30세였었다. 그래도 부모님은 맏아들이었던 나에 관해서는 무리 없는 정성을 쏟았던 것 같다. 내 뒤에도 두 딸과 두 아들이 있었다.

생각해보면, 한 인간이 태어나 자라서 어른이 된다는 것은 모두가 우연 중에서도 우연인 것 같다.

아버지와 어머니는 성격이 잘 맞는 편이 못 되었다. 아버지는 보기 드문 추상적 성격의 소유자였고, 어머니는 백까지 현실적인 편이었다. 계속되는 가난이 두 분 사이의 불화와 언쟁을 자주 유발하기도 했다. 그러나 나는 항시 어머니 편이었다. 생계를 이어간 분이 바로 어머니였기 때문이다.

쇼펜하우어의 말을 빌리면, 성격은 아버지로부터 전해 받고 지능은 모친으로부터 물려받는다고 한다. 나는 그렇게 머리가 우수한 편은 못 되지만 어머니는 머리가 좋았던 것 같다. 한글을 읽었고 약간의 한자도 알았다. 큰외삼촌이 공부를 할 때 옆에서 엿들은 것이 도움이 되었다는 얘기였다. 물론 정식 교육을 받은 일은 없었다.

또 어머니는 대단히 기억력이 좋은 편이었다. 지금도 옛날의 사건들을 상세히 기억하고 있다. 특히 가족들의 나이나 생일은 평생 잊지 않는다. 나는 지금도 가족들의 생일, 결혼 날짜를 어머니에게 묻는 때가 있다. 만일 나에게 어느 정도의 기억력이나 추리력이 있다면 그것은 어머니의 혜택일 것이다. 어머니 자신도 그런 말을 하는 때가 있다. "머리 좋은 며느리를 맞아야 하느니라"라고. 그 점은 어머니께 감사드리고 싶다.

어머니는 비교적 사리 판단이 분명한 편이다. 옳고 그른 것을 꼭 따져야 하고 대인 관계에서의 이해와 득실은 꼭 밝히는 편이다. 겸손한 편이지만 어떤 사람이 틀렸거나 마땅치 않게 보이면 끝까지 동조하거나 곁을 주지 않는 성격이다. 그렇게 가난한 일생을 살면서도 빚을 지거나 이웃에게 손해를 입히는 일은 절대로 하지 않았다.

시골에서 농사를 지을 때, 가장 어려운 일은 논밭을 가는 일이다. 소가 있어야 하고 남정네들이 하는 일이다. 부친이 일을 못했기 때문에 그런 때는 가까운 이웃의 도움을 빌려야 한다. 말하자면 일삯을 지는 셈이다. 그런 경우 어머니는 꼭 그 일삯을 갚는다. 여자의 몸이기 때문에 한나절 일이면 하루 동안 일해주고, 하루 일이면 이틀씩을 꼭 채워서 품삯을 갚곤 했다. 그 결과이기도 했지만 마을에서 우리 가정이 갖는 신용은 언제나 흔들리지 않았다.

그런 일을 해낼 만큼 어머니의 건강은 특출했다. 아버지의 일까지 어려움 없이 해냈던 것이다. 불행하게도 나는 어머니의 그런 건강을 계승하지 못했다. 나약했던 아버지의 체질을 받은 것은 후회스럽기 그지없는 일이다. 어머니는 병원을 전연 모르고 살았다. 80이 되어서 치과에 다닌 것이 병원행의 처음이자 마지막이었던 것 같다.

아버지는 그리 크지 않은 키였지만 어머니는 장대한 편이다. 손목이나 발목뼈는 나보다 훨씬 굵은 셈이다. 항상 내가 우리 집에서 제일 왜소한 것을 가엾게 여기기도 했다.

어머니는 대단히 근면한 편이었다. 나는 지금까지 어머니만큼 부지런한 사람을 본 일이 별로 없다. 90이 넘은 지금까지도 언제나 무엇인가를 하고 있다. 나 자신도 얼마나 많은 도움을 받고 있는지 모

과거를 회상해보면 주름살로 가득 찬 어머니의 얼굴에서
성인(聖人)다운 무엇을 발견하는 때가 있다.
남을 위해서 모든 고통을 이겨내는 사람이 곧 성인이 아니겠는가.

른다. 정원 청소를 비롯해서 방 청소는 물론, 때로는 빨래도 직접 한다. 일을 위해 태어나서 일을 하다가 세상을 마치는 일생 같아 보인다. 이에 비하면 아버지는 약간 게으른 면이 있는 성격이다.

어머니는 자녀들 중에 게으름을 피우는 이가 있으면 아버지를 닮았다고 마땅치 않게 여기곤 했다. 나는 자신 속에 때로는 스며드는 게으름의 타성을 발견할 때마다 아버지로부터 어머니에게로 가야 한다고 채찍질한다. 어머니는 선천적으로 좋은 품성을 지닌 분이다.

쑥대단의 기억

이렇게 좋은 어머니인데도 어머니의 일생은 거의 고생과 역경의 연속이었다.

그 첫째는 가난이었다. 어머니가 65세쯤 될 때까지는 가난이 계속되었다. 내 조부는 적지 않은 재산을 갖고 있었다. 그러나 그 대부분이 삼촌에게로 돌아갔다. 약간의 농토가 있던 것도 아버지의 비생산적인 생활 때문에 자취를 감추게 되었다. 가족들의 식생활은 농촌에서 이어갈 수 있었으나 그 이상의 경제력은 불가능했다. 그래도 그 어려운 생계를 모두 어머니의 힘으로 꾸려 나갔다.

다른 어머니들은 봄에서 가을까지 농사를 지으면 안식의 겨울을 맞는다. 그러나 어머니는 그럴 수가 없었다. 시간만 있으면 깨기름을 짜서 이웃 마을로 팔러 다녔다. 정직하고 근면한 성격이 높이 삼을 받았다. 시골 가정들이 어머니의 내방을 기다리곤 했으니까.

이런 고생은 내가 대학에 다닐 때도 계속되었고, 그 이후에도 당분간 계속됐던 것 같다. 그래도 어머니는 내가 방학에 집에 돌아오거나 함께 머물 때는 그런 장사를 하지 않았다. 아마 나에게 그런 모습을 보여주고 싶지 않았을 것이다.

그 덕택으로 나는 고학은 했지만 학교에 다닐 수 있었고, 가족들은 최저의 생활을 영위해갈 수 있었다.

어머니의 평생 소원의 하나는 자기 집에서 살아보는 일이었다. 내가 중학교에 입학하던 해, 어머니의 땀과 노력으로 삼촌네 땅에 집을 한 칸 마련했다. 그러나 내가 대학에 입학을 한 해에 그 집을 팔아야 했다. 대학을 나온 뒤 산속에 작은 집 한 채를 마련했다. 동리 사람들이 모두 합심해서 집을 지어준 셈이었다. 시골에 살면서 친척 집 셋방살이를 하는 것이 못내 안쓰러웠던 때문일 것이다.

그 집에 머무는 얼마 동안 어머니는 마음이 놓이는 몇 해를 보냈다. 내 집에서 마음 놓고 살 수가 있었으니까. 그러나 불운은 또 다가왔다. 해방 뒤 2년째 되는 여름에 나는 38선을 넘었다. 남은 가족들은 공산주의자들의 박해를 받아야 했다.

6·25 전쟁과 더불어 어머니는 당신이 손수 지었던 집을 등지고 피난길을 떠났다. 고생은 다시 시작되었다. 가족의 책임자는 나였지만 어머니는 수많은 가족들의 뒷바라지로 또 고생할 수밖에 없었다.

내가 연세대학교에 안정된 뒤부터는 어느 정도 고생의 짐은 가벼워진 셈이다. 그러나 세 동생들의 번거로운 짐들이 지금도 어머니의 마음을 부담스럽게 해주고 있다. 생각해보면 어머니는 우리를 위해 고생을 낙으로 살아온 셈이다. 어머니의 고생을 생각할 때는 언제나 나 자신의 불효를 책하지 않을 수가 없다.

손자들이 외국 유학을 떠날 때도 그렇다. 보내야 할 길이고 때에 따라서는 영광의 길일 수도 있다. 그러나 손자들을 보내는 어머니의 마음은 언제나 아프기만 하다. 비행장에서 돌아와 보면 어머니의 눈시울은 붉어져 있다. 며칠 동안은 식사도 제대로 하지 못한다. 내가 "어머니, 남들이 못 가는 길인데 얼마나 좋습니까" 하고 위로해드린다. 그러나 어머니의 대답은 언제나 비슷하다. "내가 살았을 때 돌아올 것 같지 않으니까 그렇지…"라는 것이다. 역시 인생은 고달픈 역정歷程이다.

그러나 지금의 어머니는 옛날에 비하면 행복한 편이다. 내가 어렸을 때 어머니의 고생은 너무 지나쳤다. 할머니가 계시기는 했으나 삼촌 댁에 온 가족이 덧붙어 살았기 때문에 가족 전체의 쓰고 고통스러운 짐을 혼자서 져야만 했다.

그 일이 너무 고달픈 때에는 자살까지도 계획했을 정도였다. 나는 지금도 그 한 장면을 잊지 못하고 있다.

나는 그날 아침 새벽잠에서 깨어났다. 옆에 누웠던 어머니가 없어진 것이다. 나는 불길한 예감에 사로잡혔다. 어머니가 밤 깊도록 울고 있었기 때문에 혹시나 자살을 하지 않는가 싶어 어머니의 치마끈을 손에 꼭 감고 잠들었었다. 그런데 그 어머니가 종적을 감춘 것이다.

나는 부엌, 뜰 안, 마당 밖으로 나가보았다. 삼촌 가족들은 모두가 잠들어 있었다. 나는 어머니가 갔을 곳을 쉬 짐작할 수 있었다. 언젠가 한번 치맛자락에 돌을 싸매고 강물에 빠지고 싶었다는 얘기를 한 일이 있었기 때문이다.

나는 강가로 달려나갔다. 작은 논이 있는 옆 강이 머리에 떠올랐다. 우리 집 땅이라고는 그곳밖에 없었기 때문이다. 그러나 강까지 가기 전에 맞은편에서 오는 어머니를 찾아냈다. 어머니는 크게 자란 쑥대단을 머리에 이고 마을로 돌아오고 있었다. 아직 여름해가 뜨기 전 새벽이었다.

나는 "엄마, 무슨 일이야?" 하며 달려들었다. 어머니는 쑥대단을 내려놓고 나를 품에 안은 채 한없이 울었다. 띄엄띄엄 하는 얘기였다. …오늘은 죽으려고 결심을 했는데 병신같이 약한 네가 자꾸만 눈에 아른거려서 죽을 수가 없었다…라는 것이다. 그래서 강물이 높아지기까지 쑥대를 꺾다가… 네가 크는 것까지는 보아야 하겠기 때문에 돌아왔다…라는 것이었다.

어머니는 그 쑥대로 발을 만들었다. 나는 여러 해 동안 그 발을 볼 때마다 그날 새벽을 연상하곤 했다. 그러나 그 사실은 나와 어머니밖에는 모를 것이다. 어머니도 나도 누구에게 말한 일이 없었으니까.

이런 과거를 회상해보면 주름살로 가득 찬 어머니의 얼굴에서 성인聖人다운 무엇을 발견하는 때가 있다. 남을 위해서 모든 고통을 이겨내는 사람이 곧 성인이 아니겠는가.

갈 사람은 가고 남을 사람은 남아

'어머니'의 대명사는 '사랑'이다. 모든 어머니는 사랑하기 위해 태어났다가 사랑으로 그치는 것 같다. 그 점에 있어서는 우리 어머니도 예외는 아니다. 그리고 그 사랑의 대상은 언제나 나에게 있었다. 그러나 나는 누구보다도 어머니의 마음을 아프게 해드리곤 했다.

그 하나의 원인은 소년기까지의 나의 불건강에 있었다. 젖먹이로 있을 때 내 건강을 돌보아준 미국인 의사가 있었다. 부친이 평북 운산 금광에서 일하고 있을 즈음, 그곳에 와 있던 미국인들을 위한 의사였다. 그 의사는 내 부모에게 "이 애는 아버지가 의사가 되어야 하겠다"라며 걱정했다. 그때부터 아버지는 나를 위해 의학을 공부하게 되었고, 어머니는 사라져가는 불씨 같은 내 건강 때문에 수많은 눈물을 흘려야 했다.

나는 의식을 잃고 쓰러져 있다가 어머니 품 안에서 다시 눈을 뜨곤 했던 어렸을 때의 기억을 지금도 잊지 못하고 있다. 그때마다 내 얼굴은 온통 어머니의 눈물로 젖어 있었다. 어머니는 나를 업고 집으로 가면서 "그렇게 고생스럽게 살 바에는 차라리 죽는 편이 낫겠다. 너도 고생에서 벗어나고 나도 이렇게 속 태우는 일이 없어지고…"라는 말을 하곤 했다. "내가 전생에 무슨 죄가 있어서 이렇게 병신자식을 낳았을까" 하고 애태우던 일도 자주 있었다.

이런 생각을 하면 나만큼 어머니의 마음을 아프게 한 아들도 없었을 것이다. 그 악몽이 지금도 어머니의 기억에서 완전히 사라지지 않고 있다. 그래서 바쁘게 일에 몰려다니는 것을 보면 어머니는 언제나 불안한 생각을 떨쳐버리지 못한다. '저렇게 무리를 해도 괜찮을까…' 하는 눈치이다. 이런 생각을 하게 되면 나는 선천적으로 불효의 운명을 지고 태어났을지 모른다. 가슴 아픈 일이다.

나는 이러한 어머니에게 무엇을 어떻게 해드려야 할 바를 모르고 있다. 지금도 어머니는 아들이 당신을 위해 무엇을 해주기보다는 당신이 아들에게 무슨 도움이 될까를 더 많이 생각한다. 옛날에도 그랬다. 나는 중학교를 마친 뒤 1년간 직장을 갖고 있었다. 가난한 가족의 생계를 알면서 대학에 가겠다는 나만의 욕심을 낼 수가 없었기 때문이다. 그때에도 어머니는 "네 친구들은 고학을 해서라도 대학에 가는데 너도 떠나보아라. 내가 이렇게 건강한데 굶어 죽기야 하겠니?"라고 나의 진학을 격려해주었다. 그것은 어버이가 자녀를 위해 모든 것을 희생하는 것이 당연하다는 당신 나름의 신념에 기인한 바였다.

그 생각에는 지금도 변화가 없다. 어머니는 내가 당신을 위하는 것보다는 자녀들을 위해 맘 쓰는 것을 당연한 것으로 여기고 있다. 그러한 마음씨 때문에 지금도 우리 가족들은 남이 보기에는 효심이 부족하다고 생각할지 모르나, 부모에 대한 정성을 자녀들에게 쏟는 것을 상례로 삼고 있다.

나도 말은 하지 않으나 여러 자녀의 앞날을 위해서는 언제나 정성을 모으고 있다. 물론 다른 가정들도 마찬가지일 것이다. 그러나 나는 그 뜻을 어머니로부터 뜻깊게 배우고 있다. 그런 점에 있어서 어머니는 언제나 나의 스승이기도 하다.

이렇게 고마운 어머니도 나날이 늙어가고 있다.

바로 어제 오후였다. 지방 강연에서 늦게 집으로 돌아왔더니 어머니는 뜰 안의 은행잎들을 쓸어 모으고 있었다. 나를 보면서 "한꺼번에 다 떨어졌으면 좋겠는데, 아직도 일주일 동안은 매일 쓸어야 할 것 같다"라고 말씀한다.

나는 늙은 어머니와 낙엽, 늦가을에서 겨울로 접어드는 계절과 어머니의 모습을 떼어놓고 생각할 수가 없었다. 명년 가을에도 또 오고 가는 가을에도 낙엽들을 쓸어모아 주어야 할 텐데…라고 생각하면서 함께 방으로 들어갔다. 어머니는 조금씩이지만 계속 쇠약해간다. 누구도 막을 수 없는 운명의 길이다. 항시 죽음을 마음 앞에 느끼면서 사는 것 같다.

작년에는 오랜만에 동생 집에 다녀왔다. 손자에게 하던 얘기가 생각난다.

"죽을 때는 꼭 돌아올 테니 걱정하지 말아라. 너희 아버지가 내 눈을 감겨줄 테니까… 내가 죽거든 너희 아버지보고 나 때문에 밤샘하지 말고 여느 때와 같이 마음 놓고 자라고 얘기해라. 갈 사람은 가고 남을 사람은 건강히 일해야 할 것이 아니냐…."

생각하면 눈물이 날 정도로 고마우신 나의 어머니이다.

(김형석 교수님이 60대 중반에 집필한 원고입니다-편집부)

어머니, 곁에 계셔서 고맙습니다

정찬주(소설가)

　이불재 돌담 안팎으로 해당화가 몇 송이 피었다. 돌담 밖은 며칠 전에 먼저 피었던 것 같다. 해당화 향기를 맡고 있으면 젊은 날 어머니가 떠오른다. 해당화 꽃에서 젊은 날 어머니께서 바르던 밀가루처럼 생긴 분 냄새가 나기 때문이다. 외출이라도 할 요량으로 어머니께서는 둥그런 분 뚜껑을 열곤 했는데, 그때마다 해당화 꽃향기가 코를 자극했던 것이다. 분홍색 분 뚜껑에는 작은 꽃무늬가 인쇄돼 있었던 것 같다.

　올해 94세가 되신 어머니는 지난 4월 6일 방에서 넘어져 왼쪽 뇌를 다친 이래 아직도 거동이 불편하고 허리통증을 호소하신다. '섬망'이란 증세 때문에 과거와 현재의 기억이 얽히어 특히 숫자 감각이 현저하게 떨어져 있다. 숫자를 앞으로는 겨우겨우 세지만 뒤로는 힘들어하신다. 나는 오늘도 휴대폰을 들고 어머니와 함께 1부터 50까지 셌다. 오늘의 날짜와 요일도 몇 번씩 반복하며 외우시게 했다. 100점을 드리면 어머니가 기뻐하신다. 학창시절에는 어머니께서 내가 100점을 받아 오기를 기다리셨지만 이제는 입장이 바뀌었다. 이게 무시무종無始無終, 처음도 없고 끝도 없는 세월인가.

그날이 잊히지 않는다. 지난 4월 6일 새벽 6시 무렵, 사경을 헤매시던 어머니께서 전화를 하셨다. 내 휴대폰 번호를 잊지 않고 기억해냈던 것이다.

"머리가 어지럽고 걸음을 걸을 수가 없다."

"어머니, 천천히 말해보세요."

"넘어져 머리를 다쳤다. 어제 경찰 두 명이 와서 네 전화번호를 알려달라고 해서 걱정할까 봐 가르쳐주지 않았다."

처음에는 사실인 줄 알았지만 곧 횡설수설이란 것을 알았다. 나는 깊은 산중에 살고 있으므로 즉시 광주에 사는 둘째 여동생에게 전화해서 조선대 병원 응급실로 모시라고 했다. 죽음을 눈앞에 두고 내 전화번호를 기억했던, 내가 무슨 피해라도 입을까 봐 경찰에게 내 전화번호를 알리지 않았다는 어머니였다.

첫째 여동생과 조카 현기가 어머니를 조선대 응급실로 모시느라고 고생했다. CT 촬영 결과 뇌출혈이 있었지만 다행히 수술할 정도는 아니란 의사소견이 나왔다. 어머니는 정오쯤 응급실에서 환자들이 있는 일반 병실로 옮겨졌다. 이마 타박상에 의한 '섬망'이란 병명이 밝혀졌다. '섬망'이 가시려면 한두 달 걸린다고 했다. 어머니는 기억을 온전하게 하지 못했다. 오른발과 오른손의 마비로 병상에서 꼼짝을 못했다.

아내와 함께 택시를 타고 병원에 가보니 의식은 또렷하나 눈과 이마에 큰 멍이 들어 있었다. 팔과 무릎에도 멍이 보였다. 사투를 벌이시면서 여러 번 넘어지셨던 것 같았다. 멍이 든 어머니의 쪼글쪼글한 이마와 팔을 만져보니 마른 나뭇가지 같았다.

병원을 나서 산중 집으로 오는데 병원에 홀로 남은 어머니로부터 간병인에게 부탁한 듯 전화가 왔다.

"머리가 아프니 병원에 오면서 약을 사 와라."

"방금 어머니 뵈었어요. 약은 간호사나 의사에게 말씀하세요."

치매 약식검사 결과 다행히 치매는 아니라는 판정을 받았다. 그러나 정밀검사를 하면 어떻게 나올지 모른다고 했다.

서울의 손녀 윤지와 윤경이가 날마다 할머니 건강을 물어왔다. 유아기 때 할머니가 윤지, 윤경, 현기를 키워주었으니 더 놀라고 걱정했을 터이다. 평소에도 어머니는 유독 손자 손녀들의 소식을 물었다. 윤경이와 현기가 결혼하는 것을 보고 눈을 감겠다고 말씀하시곤 했다. 별명이지만 '강철어머니'는 손자 손녀를 등에 업고 광주와 서울을 오르내리셨던 것이다.

4월 10일 토요일 오전, 어머니 뇌에는 이상이 없다는 담당 의사의 소견으로 조선대 병원에서 퇴원했다. 조카 현기가 어머니를 승용차에 태우고 둘째 여동생 집으로 모셨다. 1주일 동안 세 여동생의 헌신과 현기를 비롯한 조카들 도움에, 대학교수인 남동생이 수시로 보양식을 제공하여 어머니는 차츰 원기를 회복하셨다. 특히 유아원을 운영하는 둘째 여동생이 밤잠을 설치며 어머니를 간병했다. 정성을 다하니 하늘이 감동했다. 드디어 오른발과 오른손의 마비가 풀리기 시작했다.

이후 4월 19일 월요일 오전, 어머니는 간호사 출신인 막내 여동생 제의로 재활병원에 입원하셨다.

"오빠, 재활치료도 골든타임이 있어요. 지금이 적기예요."

나는 동생들과 상의한 뒤 어머니를 다시 입원시키기로 결정했다. 오전에 막내 여동생과 조카 현기가 어머니를 세종요양병원으로 모셨다. 막내 여동생이 집으로 가지 않고 어머니 옆에서 간병을 했다.

어머니가 평소에 가장 사랑하는 막내 여동생이었다. 기적은 하루 만에 일어났다. 놀랍게도 오른발, 오른손이 이전보다 자연스럽게 움직이기 시작했다. 막내 여동생은 어머니의 극적인 호전에 놀랐다. 나도 마음속으로 '어머니 만세!' 삼창을 했다.

"어머니 퇴원하실 때는 집까지 걸어가서야 합니다."

"오냐. 일어나마. 인자 걸을 것 같다야. 자식들이 효도를 많이 헌

다잉.”

몸이 편찮으신데도 어머니는 나를 위해 기도하셨다

“무슨 일이든 니 뜻대로 이루어지기를 바란다.”

부모의 마음이었다. 어머니는 내 가슴을 늘 먹먹하게 했다. 아침마다 어머니에게 안부 전화를 드렸듯 어머니는 날마다 우리 가족을 위해 기도를 하셨던 것이다. 말씀의 힘과 판단력은 예전과 비슷해진 것 같았다. 막내 여동생은 23일 아침에 퇴원하셔도 될 것 같다고 예상했다. 그날은 내가 2년 동안 미뤘던 대장 검사를 하는 날이었다.

막내 여동생이 동영상을 보내왔다. 어머니가 워커를 의지하지 않고 혼자 걸으신다. 숟가락을 든 오른손으로 아침밥과 김치를 드신다.

“오빠, 이 정도면 내일(23일) 아침에 퇴원하실 수도 있을 것 같아요.”

어머니의 퇴원은 우리 가족에게 주는 최고의 선물이라는 생각이 든다. 즉시 전화를 하지 않을 수 없다. 어머니가 아내에게 전화로 말씀하신다.

“밥은 묵었냐? 나는 묵었다.”

“어머니 목소리가 예전과 같아요. 빨리 나으셔서 걸으세요.”

“오냐. 인자 걸을 것 같은 생각이 든다.”

둘째 여동생이 어머니를 다시 집으로 모시겠다고 했다. 화순에 사는 첫째 여동생은 수시로 가서 어머니를 돌보겠다고 했다. 서울에서 광주로 이사 온 막내 여동생은 날마다 어머니를 돌볼 터였다. 어머니의 자식 5남매와 손자 손녀들은 내 눈에 보일 만큼 한마음이 되었고 우애를 보였다.

4월 24일. 오후 2시 30분쯤 둘째 여동생 집에 도착하니 어머니는 혼자서 느릿느릿 달팽이처럼 걸으셨고, 피부색은 거의 예전으로 돌아와 있었다. 사촌 누나 큰딸 영숙이도 문병을 와 있었다. 어머니께서 "어저께 현기가 고생했고, 나도 병원에서 많이 걸어 피곤하드라"라고 말씀하시며 조카 현기 칭찬을 아끼시지 않았다.

"니들 부부가 오니 기분이 좋다!"

어머니께서 모처럼 환하게 웃으셨다. 첫째 여동생이 어머니 점심은 평소에 좋아하시는 오리탕에 밥을 말아 잡수시고 식후에는 두유를 마셨다고 알려주었다. 둘째 여동생과 막내 여동생이 서울에 볼일이 있어 가고 없으니 화순에서 올라온 첫째 여동생이 큰언니로서 간병을 다하고 있었다. 몇 걸음이지만 혼자서 걸으시고 조심스럽게 누우시는 것을 직접 보니 마음이 놓였다. 이제는 꾸준하게 반복운동을 하시면 머잖아 달리실지도 몰랐다. 수리에 밝으신 어머니께서 지금까지 들어간 병원 비용을 묻고 또 물으셨다.

"조대 병원 비용은 얼마였냐, 재활병원 비용은 얼마였냐?"

"조대 병원은 찬영(남동생)이가 조대 교수여서 20% 할인받았고, 세종요양병원은 병원 이사장이 제 애독자여서 최소비용만 들었습

100점을 드리면 어머니가 기뻐하신다.
학창시절에는 어머니께서 내가 100점을 받아오기를
기다리셨지만 이제는 입장이 바뀌었다.
이게 무시무종(無始無終), 처음도 없고 끝도 없는 세월인가.

니다."

어머니가 병원비를 계산할 정도면 건강이 많이 회복되셨다는 증거였다. 나는 어머니께서 몇 차례 반복해서 묻는 대로 보고(?)하고 서울 사촌 큰형님께서 보낸 위로금 액수까지 거듭 말씀드렸다.

이처럼 어머니께서 병원비 같은 경제적인 것에 관심을 가질 정도로 회복한 이유는 세 여동생의 간병과 남동생, 조카 현기의 헌신이 절대적이었다는 사실이다. 그리고 그때그때 무슨 치료를 받을 것인지는 최근까지 간호사였던 막내 여동생의 조언이 필수적이었다. 어떤 막연한 희망사항이나 이웃 사람들의 소견을 듣고 결정하는 것은 위험하다는 판단을 했다. 다만 어머니께서 편안하게 생각하는 것이 무엇인지 그 정신적인 것만은 동생들의 의견을 듣고 내가 최종적으로 결정했다. 어머니와 대화도 이제는 자연스러웠다. 둘째 여동생 집을 나오면서 나와 아내가 말씀드렸다.

"다음에 올 때는 어머니 빨리 걸으셔야 합니다."

"어머니, 또 올게요. 건강 빨리 회복하세요."

그랬더니 어머니께서는 우리를 걱정하시며 손을 흔드셨다.

"오냐, 그러마. 잘 살아라."

70살이 된 나지만 어머니 앞에서는 언제나 걱정스러운 아들일 뿐이었다. 그다음 말씀, "살아보니 부부가 제일이드라"는 레퍼토리가 있지만 오늘은 하지 않으셨다.

"어쨌든 니들 부부가 건강해야 한다. 나는 살 만큼 살았다."

아내는 어머니의 말씀이 가슴에 와닿았던 듯 운전대를 잡은 나에게 환기시켜주었다. 산중 집으로 돌아오는데, 조카 현기가 한 말이 가슴에 남는다. 할머니께서 건강을 더 회복하시어 방림동 집으로 가시면 할머니 집을 당분간 숙소로 이용하겠다는 것이었다. 박사 과정을 밟고 있는 조카가 참으로 고맙고 자랑스럽다. 할머니께서 어렸을 때 키워주셨으니 은혜를 갚겠다는 것인지도 모르겠다.

"낮에는 대학원 연구실에 있다가, 밤에는 아빠 집으로 가지 않고 할머니 집으로 가서 자겠습니다."

낮에는 강의도 있고 하니 학교에 있다가 밤에는 할머니를 보살피겠다는 말이었다. 말만 들어도 얼마나 기특하고 흐뭇한 조카 현기인가! 산중 집에 와보니 어머니께서 첫째 여동생이 올린 꼬막 비빔밥 드시는 저녁 식사 장면이 카톡으로 와 있다.

지난 9월 첫 주부터는 어머니께서 혼자 사시던 방림동 집으로 오셨다. 하루 종일 혼자 계시는 것이 걱정되어 방에 CCTV를 설치하고 '주간보호센터'에 등록했다. 센터 승용차로 아침에 가셨다가 오후 5시쯤 오시니 방림동 집은 잠만 주무시는 셈이었다. 지금은 자식들이 CCTV의 도움을 크게 받고 있다. 네 동생과 나는 휴대폰으로 어머니가 무엇을 하시는지 다 볼 수 있기 때문이다. 지금은 CCTV를 보고서 문안인사를 하니 어머니가 꼼짝을 못하신다.

"어머니, 아침 식사 아직 안 드셨네요. 식사하시고 약 드세요. 날이 추워졌으니 보일러 끄지 마세요."

"오냐. 나 아직 정신 총총헌께 걱정하지 마라. 내 아들 머릿속에서 좋은 생각 퐁퐁 솟거라. 쪼간 있다가 센터 차 오면 출근(?)헐 텐께 안심하고 좋은 글 많이 쓰거라."

아내는 내일 김밥을 싸려고 준비 중이다. 동생들과 돌아가면서 어머니 집에 들르는데, 나는 일요일에 가서 어머니와 점심을 함께 먹기로 했던 것이다. 어머니는 김밥을 서너 개 드시면서 행복해하신다. 그런 어머니 모습을 보는 나도 행복하다. 어머니와 나, 아내는 김밥을 먹고 나는 뒤 헤어질 때는 반드시 세 사람이 서서 함께 껴안는다. 그때마다 어머니는 이렇게 말씀하신다.

"아들아, 며느리야. 사랑한다."

그런데 지난주 일요일에는 여동생들이 시켰는지 어머니께서 이렇게 말씀하시어 크게 웃었다.

"아이 러브 유."

어머니께서 나를 낳으셨던 보성군 복내면 바람재마을 당산나무 옆 생가터를 찾아가서 메모해두었던 몇 자 글이 지금 문득 떠오른다. 메모를 그대로 옮겨본다.

세상의 모든 어머니가 거룩하시듯
나에게 위대한 분은 오직 어머니다
하늘의 신조차도 부정하지 못하리
나는 바람재마을 이 터에서 태어났다

어머니는 맑은 꿈속에서 벼 익는
가을 들판 용샘을 보고 나를 낳으셨다
검푸른 용샘에는 순한 물고기들이
용띠 아기 탄생을 너울너울 축복했다

젊은 날 어머니는 내게 말하셨다
내 꿈속 가을 들판은 세상 사람들에게
누런 벼 향기같이 살라는 네 운명이다
용샘 물고기들은 널 지켜줄 이웃이다

어머니 꿈으로 소설가가 되었나 보다
그래, 한 문장이라도 함부로 쓰지 말자
늙은 어머니의 오래된 꿈 흩트리고
내 인생 남은 길에 허물 짓는 일이니까.

내 엄마 윤현기 씨의 세 가지 이미지

이정근(정당인, 방송인)

'신은 모든 곳에 있을 수 없기에 어머니를 만들었다.' 익숙한 문장으로 다가오는 '어머니'라는 단어의 무게와 깊이를 되새겨보면서, 다시 한 번 조용히 읊조려본다. 어. 머. 니. 그 실체는 잡히지 않고, 귓가에 맴도는 이 문장의 본 모습을 알게 된 것은 그야말로 행운이다.

현재 사용 중인 옥편이 우리 선조들에 의해서 9300년 전에 저술되었으며, 당시 가림토문자와 조합으로 아버지, 어머니, 할아버지, 할머니, 아들, 딸과 같은 단어들이 만들어졌다는 사실을 문헌을 통해 알게 된 것은 최근의 일이다. 뜻도 모르고 수천 년간 사용해오던 단어의 탄생배경을 알게 되었다는 것은, 새벽안개 걷히며 다가오는 햇빛 그 이상의 환희요 흥분이었다. 특히 어머니라는 단어의 음절에 담긴 속뜻을 새겨들었다. 어머니의 '어'는 '부리다, 만들어내다'라는 뜻을 가진 거느릴 '어御' 또는 진흙 '어淤'이며, 어머니의 '머'는 머드, 뫼, 메주 같은 울퉁불퉁하게 흐드러진 형태를 의미하고, 어머니의 '니'는 진흙 '니尼'라고 한다.

어머니는 진흙을 부리는 존재라는 의미라는 것이다. 진흙에 그 뿌리를 두고 있는 어머니의 의미. 어머니란, 아무것도 있을 것 같지 않은 진흙 속에서 수많은 생명을 품어내듯이 무無에서 유有를 탄생시킨 존재인 것이다. 이 의미 해석은 김봉한 한학자로부터 선물받았다. 9,300년 전에 저술된 옥편에 이미 기록되어 있는 것으로, 당시 사용되던 우리글[가림토문자]과 조합하여 만든 단어라는 사실을 그는 저서 《지어선보》(김봉한, 국고전문화연구원, 2021년)에 상세히 밝힌 바 있다. 이미 9,300년 전부터 어머니라는 단어에 대한 해석이 존재했다는 것은 자부심 가득 찬 사실이기에 자랑스럽게 소개하고자 한다.

방송 다큐멘터리 작가로 20여 년 이상 활동하며 수많은 인물의 삶을 조명하고 때로는 유명인의 영상 자서전을 제작해왔는데도, 나와 함께 뒹굴며 지내온 내 어머니의 삶을 곱씹어보려는 노력에는 생각이 미치지 못하던 나를 죽비로 깨우친 단어-어머니의 진의眞意이다.

엄마는 진흙 속의 연꽃이다

나의 어머니 나의 엄마 윤현기. 1934년 11월 10일생. 전북 전주 대지주 집안에서 아홉 남매 중 맏이로 태어나 1955년 12월 19일 가난한 서생에게로 당시 몸종을 거느리고 시집오셨단다. 2남 3녀의 자녀를 두었고, 그리고 달포 전, 66년을 함께해온 남편 이동식 씨와 사별하였다.

'같이 살아온 세월이 60년이야, 잘해주지 못해서 미안합니다.'

태극기 덮인 남편의 관에 손을 얹고 주위에 아무도 없는 양 울먹이며 전하던 그녀의 마지막 인사말이다. '여자의 일생'이라는 문구 바닥에 깔린 생활의 부침과 행-불행의 쌍곡선은 그녀에게도 예외를 허락하지 않았다. 유복하던 생활 속 끝자락에 달려온 인생 굽이굽이는 어느 누구에게도 예외는 없으련만, 엄마 윤현기 씨에게는 유독 그 굴곡이 도드라졌다.

내가 기억하는 엄마는 단 하루도 쉬지 않았다. 어린 시절, 내 친구들이 부러워할 정도로 엄마는 예쁘고 세련된 멋쟁이였다. 나는 엄마가 학교에 오시는 날이면 '우리 엄마야~'라고, 친구들에게 뽐내곤 했다. 엄마는 일류양장점에서 외출복을 맞춰 입을 정도로 자신을 가꾸고 꾸미는 일에도 정성을 들였다. 사치가 아닌, 단아하고 청결한 단

장이다. 분 내음이 아닌 비누 냄새, 유행에 걸맞은 단정한 옷차림, 꼿꼿한 자세와 빠른 걸음걸이. 엄마를 묘사할 수 있는 이미지들이다. 그런데도 엄마는 단 하루도 손에서 일을 놓아본 적이 없을 정도로 24시간을 알뜰히 주도했다.

아버지 사업 부침으로 인한 여러 번의 이사. 타고난 부지런함과 생활고 해결의 방편이 어우러진 수많은 종류의 부업 전선. 학교 구내매점, 운동부 학생 대상 급식, 수출용 수제스웨터 용역, 장마가 뒤덮은 해변가 식당영업, 업자가 놀라며 특급대우를 해주던 마늘까기 작업… 한시도 손이 쉬는 것을 보기 어려울 정도였다.

"아무려면 사람값만 하겠냐?"
엄마가 즐겨 사용하는 말이다. 기름값을 아끼자며 보일러 온도를 좀 낮추거나, 식당에서 가격을 기준으로 삼거나, 노동력에 대한 대가 지불을 망설일 때면, 어김없이 일갈하신다. '아무려면 사람값만 하겠냐, 그런 일에는 돈 아끼지 마라!' '어떠한 일도 저울 한쪽의 생존보다 무거운 것은 없다.' 시골 노인네치고는 통 크게 내지르는 스타일이다. 작고 아담한 체구 어디에서 그런 강단이 나올까….

엄마의 어린 시절 일화에서 그 실마리가 엿보이기도 한다. 엄마가

46

일본인 '국민학교'에 다니던 어느 날, 한 학급당 두 명에게만 지급하던 운동화를 엄마가 받았는데, 일본인 학생이 '조센징에게 이 귀한 운동화를 줄 수 없다'라고 반발하며, 엄마의 운동화를 빼앗아 갔다. 엄마는 '내 것이 맞다'라며 이에 대항하여 싸웠고, 일본 학생과 한국 학생의 진흙탕 싸움판으로 커졌는데, 엄마는 엄마 스스로 운동화를 되찾았다. 이에 그치지 않고 엄마는 그 일본인 여학생을 데리고 교무실로 찾아가, 일본인 여학생의 부당한 행동으로 인해 싸움이 벌어진 상황을 설명했고, 선생님 앞에서 사과를 요구했다. 당시 담임선생님인 한국인 여선생님이 '정당하게 받은 것이니 윤현기가 신는 것이 맞다'라고 정리해주었다고 한다. 사과까지 받은 엄마에게, 선생님은 '현기는 대단하다'고 칭찬해주었다는 것이다.

80여 년 전의 일을 소상히 기억하고 마치 어제 일처럼 전달하는 엄마의 표정에는 분함이 어려 있다. "일본인들은 나빠!"라고 단언하신다.

그 일뿐이랴. 도란도란 뒤적이며 넘기는 지난 세월 이야기의 끝은 언제나 눈물이며, 결론은 수없이 되뇌어온 엄마의 인생철학-'사람값이 최고'이다. 그런 시간들을 통해, 엄마 윤현기 씨의 지난 세월이 진흙임을 알았다. 어느 경우에도 당당함을 잃지 않았던 엄마의 정신세

계와 삶을 대하는 태도가 진흙 속에 핀 연꽃임을 알았다.

엄마는 공자님의 친구임이 분명하다

5, 6년 전의 일이다. 보령시 주최로 '어른과 인성'이라는 주제로 열린 시민강좌에 셋째 사위가 강사로 초대되었다. 동네 지인들과 함께 강연장을 찾은 엄마가 웃으면서 사위 자랑에 신나 하시던 모습이 눈에 선하다. 그날 저녁, 식구들과 저녁 식사 자리에서 엄마는 정색을 하며 사위에게 질문한다.

"박 서방, 오늘 강의에서 인상 깊게 들은 내용을 마을 사람들에게 전하려는데, 이해가 안 되는 부분이 있네. '북극성과 덕'에 대한 설명을 들을 때는 아하! 하고 무릎을 쳤는데, 다시 정리하려니까 도저히 말끝이 이어지지 않는다네. 다시 한 번 그 뜻을 설명해줄 수 있는가?"

순간 식사자리가 조용해졌다. 모두가 침묵이다. 나는 그 무거움을 안다. 남편의 강의를 수없이 들으며 그 순간에는 반짝이는 전등불빛 같은 깨달음이 와도 나의 언어로 만들어 남에게 전달하기란 매우 어렵다는 것을. 엄마 윤현기 씨는 그 틈을 정확히 짚고 있었다. 모두 같은 생각이었을 것이다. 그런데도 되물어서 자신의 무지를 드러내는 것에는 주저함이 많다. 자신이 모른다는 것을 또는 이해력이 부족하다는 것을 부끄러워하는 것이 우리네 보통 사람들의 정서이니

진흙에 그 뿌리를 두고 있는 어머니의 의미.
어머니란, 아무것도 있을 것 같지 않은 진흙 속에서
수많은 생명을 품어내듯이
무(無)에서 유(有)를 탄생시킨 존재인 것이다.

까. 그런데 나의 엄마 윤현기 씨는 다르다.

'성인은 모르는 것을 아랫사람에게 물어보는 것을 부끄러워하지 않는다(不恥下問 불치하문)'라는, 공자님의 논어에 나오는 이야기를 순간 떠올리게 했다. 남들이 어떻게 생각할까, 부끄러운 일이 아닌가,라는 생각에 앞서, 제대로 배워 주변에 전하는 것에 더 큰 가치를 두는 것이 성인의 올바른 자세라는 깨우침의 교훈 말이다. 바로 엄마 윤현기 씨의 태도에서 그 큰 교훈의 꽃을 보았다.

"아하! 북극성과 덕이 그렇게 연결되는 것이구먼. 고맙네."
사위의 설명을 들은 뒤 어머니가 개운한 표정으로 좌중을 둘러보자, 그때부터 강의내용에 대한 이러저러한 질문들이 쏟아진다. 저녁식사 자리가 세미나장이 되었다. 어른의 솔선수범이란 이런 것이구나, 어른의 덕이 바로 이렇게 보여지는구나, 뿌듯했다. 학창 시절, '우리 엄마야!~'라고 자랑하던 그 자랑스러움으로 가슴 벅찼다. 80세를 훌쩍 넘긴 윤현기 여사가 보여준 '불치하문'의 호기심과 향학열은 공자님의 친구가 아니면 도저히 불가능한 일 아니겠는가!

나의 엄마 윤현기 씨는 나이 80 중반을 넘긴 지금에도 숫자 조합하여 풀기, 그림 색칠하기, 단어 맞추기 실력이 여전하다. 마치 날다

람쥐 도토리 줍는 듯하다. 기억력도 남다르다. 어르신 장수 퀴즈대회에 출전하여 탁월한 실력이지만, 나이에 밀려 준우승을 받았다. 축하를 건넸지만 손을 내저으신다. '아니, 퀴즈대회에서 왜 나이를 따지느냐'며 입술을 뽀로통하는 귀여운 여인이다.

윤현기와 공구孔丘.
매우 잘 어울리는 조합이다. 혹시 아버지 이동식 씨가 질투하시려나….

어머니는 그림자를 다스리는 도술가이다

나는 아직까지 머리 위에 드리우는 그림자를 본 적이 없다. 햇빛 방향에 따라 동서남북으로 흩어지는 생활의 어두움을 그림자라 한다면, 윤현기 그녀가 나의 생활에 비치는 빛은 언제나 그 그림자를 나의 머리 위에 올려놓는다. '엄마는 자식을 머리에 이고 산다.' 흔히 얘기하는 하늘의 명을 알게 된다는 지천명知天命의 나이 50이 지나서도 나는 이 문장의 참뜻을 몰랐다.

엄마와 완전히 별개의 세계처럼 움직여온 나의 사회생활 고비 때마다, 생활 속 어려움을 헤쳐 나가시던 엄마의 모습이 머릿속에 어른거려 그 속에서 지혜를 찾았던 경우가 빈번하다. 엄마가 생각이나 행동으로 보여주신 생활의 지혜는 타인에 의해 만들어지는 동서남북 그림자가 아니다. 자신의 지혜를 머리에 얹고 사는 자식의 머리에 고스란히 쏟아부음으로써 남들에게는 보이지 않는 그림자로 나의 머릿속에 남겨준 당신의 선물인 것이다. 신은 그림자가 없다고 하지만, 어머니는 자신의 그림자를 나의 머리 위에 얹어놓을 수 있는 도술가이다.

"자식들 앞에 잔돌 뿌리 하나라도 있으면 치워야 해. 아니면 만나서 혼날 줄 알아!"
남편이 잠든 관과 영결하며 또랑또랑한 목소리로 당부하던 나의 엄마 윤현기 씨. 어떠한 상황에서도 중심을 잃지 않고 해야 할 일을 안다, 그리고 한다. 나의 엄마는 남편과 사별하던 날, 그날 한 포기 진흙 속의 연꽃으로 다시 태어나셨다.

윤현기.
나의 엄마는 진흙 속에 핀 한 줄기 연꽃이다.
공자님의 친구임이 분명하다.
그림자를 다루는 도술가이다.

이렇듯 여러 가지 표현으로 그녀를 그려보았으나,

나의 50 중반 지나 밀물처럼 다가와 내 손에 잡힌 한 줄기 깨달음.

부르다가 내가 죽을 이름은

어머니 윤현기.

당신뿐입니다.

시간이 흐를수록 커지는 엄마

방귀희 《E美지》 발행인

　요즘 부모에 의한 아동학대로 피어보지도 못하고 져버린 어린 생명들 소식을 들으며 너무 끔찍하여 몸서리가 쳐졌다. 불교에서는 부모자식간의 인연은 육백생(六百生)이 지나야 맺어진다고 하였는데 이것은 쉽게 맺어질 수 없는 너무나도 귀한 인연이라는 뜻이다. 부모는 전생에서 빚을 진 사람이고, 자식은 전생의 빚을 받기 위하여 태어난 것이라고도 한다. 그래서 부모는 자식들에게 한없는 사랑을 쏟아붓는다. 부모 자식 사이는 타산적일 수가 없는데 요즘은 왜 이렇게 이기적인 부모가 많은지 걱정이 된다.

　만약 내가 이런 부모를 만났다면 나는 쓰레기처럼 버려졌을 것이다. 나는 혼자서는 조금도 움직이지 못하는 중증의 장애인이기 때문이다. 아동학대가 만연한 세태를 보면서 돌아가신 지 20년이 되는 엄마가 그리워진다.

널 이렇게 만들어서

우리 엄마가 늘 하시던 말씀이 '내가 널 이렇게 만들어서'라는 자책감이었다. 사연인즉 엄마가 몸이 약해서 늘 아프셨는데 돌잔치를 준비하려고 쌀을 담궈 불려서 머리에 이고 방앗간에 가야 했다. 엄마가 나를 업고 가려고 하자 친척 아줌마가 몸도 약한 사람이 이 무더위에 아이를 업고 어떻게 떡쌀을 이고 가느냐며 아이를 자기가 봐주겠다고 하여 엄마는 나를 맡기고 갔다. 아기가 더위에 병이 날까봐 그리한 것인데 그날 저녁에 아기는 고열로 생사를 오가게 되었고, 열이 가라앉았을 때 아기는 사지가 축 처져 있었다. 소아마비에 걸린 것이다.

소아마비는 음식물에 의해 옮겨지는 바이러스 전염병인데 당시는 그 심각성을 몰랐다. 그때부터 엄마는 아기를 업고 용하다는 병원을 찾아 전국을 순회했다. 밥도 제대로 먹지 못하고 잠도 제대로 자지 못했지만 아이를 고쳐야 한다는 일념으로 힘든 시기를 버텨냈다.

너를 고생시켜서

엄마는 아주 현명하셨다. 입학통지서를 받고 바로 입학 절차를 밟았다. 오히려 학교에서 상태가 좋아지면 입학하라며 입학유예를 권하기도 하고 특수학교를 소개해주며 그곳으로 가라고 했지만, 엄마는 공부는 제때 해야 하고, 일반학교에서 건강한 아이들과 함께 공부해야 한다는 소신을 굽히지 않았다.

그때부터 엄마는 딸을 업고 등교와 하교를 시키며 교육에 전념하였다. 내 덩치가 커져가면서 엄마는 몹시 힘에 부치셨지만 학교를 그만두자는 말씀을 단 한 번도 하지 않으셨다. 엄마는 어렸을 때 부모님이 돌아가셔서 이모네 집에서 성장했는데, 1920년생인 엄마가 살던 당시 여자들은 교육을 시키지 않았었지만 이모 딸은 학교에 보내고 엄마는 집안일을 시켰다고 한다. 그래서인지 엄마는 배움에 대한 욕구가 강해서 우리 1남 3녀를 모두 대학에 보냈다. 막내인 나도 당연히 대학에 보내야 한다고 주장하셨지만 아버지 쪽 친척들은 '병신 자식 공부 가르쳐봤자 아무 소용 없다'라고 비양거렸다. 아버지도 딸의 미래를 위해 돈을 물려주는 것이 최선이라고 생각하셨지만, 엄마는 돈은 뺏앗아 가는 사람이 반드시 있게 마련이지만 지식은 아무도 빼앗아 가지 못한다며 대학교육을 고집하셨다. 그래서 나는 초등학교부터 모든 교육과정을 정상적으로 마칠 수 있었다.

학교에 가면 화장실에 갈 수가 없어서 물도 안 먹고 국도 안 먹으며 학교생활을 하는 딸을 늘 안쓰러워하셨다. "너를 고생시켜서…." 말을 잇지 못하셨다.

너는 아무도 못 건드려

1957년에 태어나 1960~70년대에 학교생활을 한 나는 사회적으로 가장 혜택을 받지 못했다. 가난했고, 문밖에 나가는 순간부터 물리적 장벽과 제도적 장벽에 부딪혀야 했다. 진학할 때마다 입학거부라는 큰 산을 넘어야 했고, 친가 쪽 사람들 말대로 대학을 졸업해도 이력서 한 장을 보내지 못하고 있었다.

그때마다 엄마가 함께 싸워주었다. 아니 나는 아무 말도 못하고 있었지만 엄마는 조목조목 따지며 우리 사회의 제도가 잘못되었다고 항변하였다. 엄마한테 그런 용기가 있는 줄 미처 모르고 있었다. 엄마는 장애인에 대한 차별과 맞서며 '너는 아무도 못 건드려'라고 온몸을 막아주셨다.

엄마가 억척스럽게 길을 만들어주셔서 나는 대학을 수석으로 졸업하였고, 그 덕에 방송국에 출연하러 다니다가 방송작가가 되었다. 내가 원고를 써서 돈을 벌어오자 가장 신나 하는 사람이 엄마였다.

"우리 막내, KBS 작가야. 밤새워 일해. 얼마나 바쁜지 몰라"

엄마가 지나칠 정도로 딸 자랑을 해서 나는 오죽하면 '엄마 땜에 쪽 팔려죽겠어'라고 신경질을 부리곤 했었다.

이제 스스로 살 수 있어

엄마는 아버지가 돌아가신 뒤 10달이 지난 82세 봄날 홀연히 떠나

나이가 들면서 어머니라는 존재, 그 이름이 얼마나 위대한가를 깨닫게 된다.
이 세상에 나를 태어나게 한 것도 어머니이고,
이 세상에서 나를 성장시켜준 것도 어머니이고,
이 세상에서 내가 떳떳하게 살아갈 수 있도록 해준 것도 어머니이다.

섰다. 우리 집 강아지한테 '오늘은 할머니가 늦잠을 잔다'라고 말하며 방문을 열었을 때 잠을 자듯 누워 있었다. 내가 부르지 않아도 '나 불렀니?'라고 내 방으로 달려오던 분인데, 큰 소리로 말해도 아무런 반응이 없었다. 돌아가신 것이다.

119구급차가 와서 엄마를 병원으로 데리고 갈 때만 해도 다시 돌아올 줄 알았다. 나는 엄마에게 할 말이 너무나 많았는데 그렇게 속절없이 가버리셨다. 엄마가 가장 많이 하신 말씀이 '내가 너를 두고 어떻게 죽니'였다. 엄마는 몸이 약한 편이고 부모님을 일찍 여의셔서 죽음에 대한 공포가 있었던 듯하다. 그래서 언니들이 20살이 될 때마다 '이제 엄마 없이도 자기 앞가림은 하겠다'라고 기뻐하셨다. 엄마는 심각하게 하는 말씀이었지만 우리들은 귀담아듣지 않고 키득거리고 웃었다.

그러던 엄마가 이상하게 돌아가시기 며칠 전 이런 말씀을 하셨다.

"이제 나 없이도 너는 스스로 살 수 있어."

나는 내가 노력해서 남들이 부러워하는 직업을 갖고 경제활동을 했다고 생각했지만 엄마가 갑자기 떠나신 후 엄마와 나는 한몸으로 살아왔다는 것을 알게 되었다. 아무짝에도 쓸모없이 보이는 중증장애인도 부모가 사랑으로 정성껏 키우면 독립적인 삶을 살아가는 인격체가 된다는 것이 나를 통해 증명되었다.

요즘 형제들이 모이면 우리 엄마가 얼마나 훌륭한 분이었는가를 새록새록 말하며 그리워한다. 엄마는 시간이 지날수록 나에게 점점 커져간다. 나는 장애인이 된 것을 원망하지 않는다. 좋은 부모를 만난 것이 얼마나 행운인가!

엄마를 다시 만나면

나이가 들면서 어머니라는 존재, 그 이름이 얼마나 위대한가를 깨닫게 된다. 이 세상에 나를 태어나게 한 것도 어머니이고, 이 세상에서 나를 성장시켜준 것도 어머니이고, 이 세상에서 내가 떳떳하게 살아갈 수 있도록 해준 것도 어머니이다.

만약 내가 우리 엄마를 만나지 못했으면 나는 지금 어느 장애인시설에서 자기 정체성이 무엇인지 자기 존재감 없이 초라한 노년을 보내고 있을 것이다. 엄마가 돌아가셨을 때 내 나이가 46살이었으니까 엄마는 오른쪽 손만 겨우 사용하는 사지마비의 딸의 삶을 위해 45년 동안 당신의 삶을 희생하셨다. 그 흔한 효도여행 한번 가지 못하셨다. 장애인 딸을 자신이 돌보지 않으면 안 된다는 무거운 책임감 때문이었다.

어렸을 때는 엄마니까 당연히 해야 할 일이라고 생각했지만 그 희생은 아무나 할 수 없는 성자스러운 인간애의 발로였다. 그 위대한 사랑을 몰랐던 내가 원망스럽다. 나는 엄마에게 감사의 표현을 하지 않았던 것이 가장 후회스럽다.

나도 엄마를 만나러 갈 날이 머지않았는데 엄마를 만나면 엄마와 손을 잡고 소풍을 가고 싶다. 그것이 엄마와 내가 가장 하고 싶었던 일이다. 엄마와 나란히 산책하며 엄마한테 속삭일 것이다.

"나 굉장히 열심히 살다 왔어. 부끄럽지 않게 살았다고. 다 엄마 덕분이야. 고마워, 우리 엄마!"

어머니의 따스한 밥 한 그릇

이한위(배우, 방송인)

　나는 4남 4녀 중 7번째로 태어났다. 아버지는 일본군에 징용되어 일본식 교육을 받으며 일본문화를 많이 접한 분이었다. 광주상업학교를 나온 뒤 은행에 취직해 은행원 생활을 하다가 22살에 어머니와 만나 결혼하셨다. 1927년에 태어나신 어머니는, 아버지와 결혼하시던 당시 채 스무 살도 안 되었을 때였다. 초등학교 때부터 워낙 키가 컸던 어머니는 놀림도 많이 받고 한편으론 뜀박질을 워낙 잘하셔서 육상선수 대표로 나가곤 했다. 어머니는 초등학교까지만 다니셨지만 지금도 초등학교를 졸업했다고 자부심을 갖고 계신다. 당시 시골은 학교에 아예 가지 못하는 사람들이 대부분이었고, 게다가 여자들이라면 굳이 학교에 보내지 않아도 된다는 생각하는 사람들도 많은 시대였기 때문이다.

은행원이던 아버지는 광주에 집을 두었지만 전근으로 여기저기 옮겨 다니셨고 나와 형제들은 이산가족 생활을 많이 해야 했다. 어머니가 전근 가신 아버지에게 가서 생활하시게 되면 미취학 아동인 형제들을 따로 데려가시는 통에, 우리 형제들 일부는 1년도 넘게 따로 지내기도 했다. 제주도로 전근을 가시게 되어 내가 제주도에 엄마와 함께 따라가 생활한 적도 있다. 아버지가 충주에 근무하시던 때에는 어머니는 아무리 짐이 많고 무거워도 맛있기로 유명한 충주 사과를 늘 챙겨 오셔서 우리를 먹이시곤 했다.

그러다 형제 8명이 함께 모여 지낼 때면 어머니가 음식과 빨래를 하느라 하루가 어떻게 가는지도 모를 정도로 정신없이 지나간다. 추운 겨울에도 이불 홑청을 뜯어서 찬물로 모두 빨래를 해내셨고, 8형제다 보니 벗어놓는 옷 양만 해도 엄청났다. 어렸던 나는 그때 어머니가 당연히 할 일을 하시나 보다라고 생각했지만, 지금 돌이켜보면 감히 엄두도 내지 못할 만큼의 일거리였다. 낮에는 방망이 두드리는 소리와 재봉틀 소리가 그치지 않았고 어머니는 밤 늦은 시간이면 바느질과 이런저런 일들을 처리하시곤 했다. 결국 어머니는 그렇게 뜬 눈으로 지새우시면서도 아무런 내색도 없이 묵묵히 그 많은 일을 마친 뒤, 눈을 붙이는 둥 마는 둥 하고 이내 남편과 자식들을 위해 서둘러 따끈한 아침밥까지 지으셨다. 그러다 보니 내 유년시절, 어머니는 잠시 잠깐 남들과 밖에서 담소 나눌 시간도 없었던 것 같다.

어머니는 기억력이 대단한 분이었다. 아주 머나먼 친척 관련된 부분들까지 집안 대소사를 다 기억하셨다. 쌀뜨물 한 방울까지도 허투루 버리지 않으시는 분이기도 했다. 말 그대로 현모양처이셨던 어머니는 음식 솜씨도 남달리 좋아 집안 대소사가 모두 어머니 몫이었다. 제사나 잔치 때마다 양가 친척들이 어머니를 꼭 찾으셨고, 어머니는 아무리 힘들고 지쳐도 내색조차 없이 열 일 제쳐두고 달려가 음식을 해드리곤 했다. 집에서 잔치를 할 때면 나는 늘 오늘은 어떤 음식이 나올까 기대하곤 했다. 언제나 묵묵히 그 모든 것을 척척 해내시는 어머니를 보며 언젠가부터 그 노고를 당연하게 여기게 된 것도 같다.

하루는 어머님이 혼자 조용히 울고 계시는 광경을 목격했다. 모처럼 외가 쪽에서 놀러오시면 어머니의 그런 모습을 보게 되곤 했는데, 어떤 의미일지 궁금했지만 어린 마음에도 괜히 어머님이 마음 아파하실까 봐 묻지 않고 넘어가곤 했다. 아마도 그 울음 속에는 어머님의 삶에 대한 고단함이 묻어 있을 것이다. 그러고 보니 한 번도 어머니의 방귀 소리를 들어본 적이 없는 것 같다. 어머니는 늘 너무나 단정하셨고 자식들에게 흐트러진 모습을 보이지 않으시려 했기 때문일 거다.

아버지는 봉급도 괜찮은 편이었고 일본에서 교육을 받은 영향인지 원예 분야에 관심이 높았다. 할아버지에게서 일부 물려받은 땅에서 취미 삼아 꾸준히 주말 농장을 하셨고 과수원도 일구셨다. 은행 일을 하던 아버지에게는 이런저런 부탁이 많이 들어왔고 그러던 어느 날, 아버지가 서준 보증이 잘못되는 바람에 집에 차압이 들어왔다. 그렇게 집도 넘어가고 더는 은행 일도 할 수 없게 되어 아버지는 사표를 내고 온 가족이 과수원에 들어가 살게 되었다.

앞으로 과수원을 경작하며 생활해야 하는데, 우리 가족 모두 처음 겪는 일이다 보니 녹록지 않았다. 어머니도 농사라는 건 해보지 않으신 분인데, 본격적으로 농장을 하려니 기막히고 황망할 따름이었다. 다행히 우리 과수원은 토질이 괜찮은 편이었다. 토질과 기후가 작물에 가장 중요하다고 아버지는 말씀하셨고, 청포도, 키위, 딸기, 사과 등 다양한 시도를 게을리하지 않았다. 거봉이 귀하던 당시 이미 일본에서 거봉을 들여왔을 정도였으니 말이다. 과수 과정에서 시행착오도 많이 겪으셨다. 특히 딸기는 무척 손이 많이 가고 예민해서 더욱더 신경을 썼지만 농사가 잘되지 않았다. 그때의 기억 때문인지 나는 지금도 딸기만 보면 지겹고 몸서리 처질 정도다. 농사가 고되고 잘되지 않아 어머니께서 눈물을 훔치실 때면 나도 코끝이 찡해왔다. 아버지는 동물을 좋아하셔서 개, 고양이 등을 다양하게 키우셨는데 어머니는 개를 싫어하셨다. 그런데도 동물들 돌보기와 뒤처리는 무조건 어머니 몫이었다. 그래도 어머니가 아버지에게 화내시는 모습을 본 적이 없다.

많은 사람들의 생각과는 달리, 나는 엄청나게 내성적인 성격이었다. 아마 형제들과 나이차가 많이 나 기를 못 펴고 살아서였을까? 본능적으로 서열에서 밀렸기 때문일지도 모르겠다. 형들이나 누나들이 시키는 대로 하지 않으면 바로 구박을 받거나 응징당했다. 형과 누나들의 심부름을 도맡아 해야 했고 말 그대로 '리모콘'으로 지시를 받으면 즉각 시행해야 했던 '야만의 시대'였으니. 그때만 해도 형이나 누나가 사춘기일 때는 동생들이 그 화풀이 대상이 되거나 별다른 이유도 없이 두들겨 맞는 것쯤이야 예사였으니 말이다. 재밌는 건 형이나 누나들은 나를 때려도 괜찮았지만 내가 밖에 나가서 맞고 들어오는 건 용납이 안 되었다. 형제자매가 많은 집안에서는 어쩌면 그들이 부모 역할을 어느 정도 대신해야 했던 것이다.

어머니는 통제를 하고 싶어도 자식이 많아서 통제가 쉽지 않으셨던 것 같다. 성장기에 다들 그러하듯이, 각각 나름대로 정도가 다르긴 했겠지만 우리 형제자매들도 숱한 거짓말을 통해 어머니께 용돈을 얻어내곤 했다. 대학교 4학년 초반쯤이었을까. 어머니는 그동안 내가 거짓말해온 것을 다 알고 있었다고 하셨다. 그러나 단 한 번도 용처를 묻지 않고 최대한 원하는 대로 해주셨던 이유는, 아들을 믿었고 아들이 그 돈을 나쁜 곳에 쓰지 않길 바라는 마음에서였다고 하셨다. 어머니는 그런 분이셨다.

난 연기학과가 아니라 정밀기계공학과에 들어가 대학 공부를 했

나를 위해 많은 음식을 준비하고 내가 무엇을 먹으며 좋아할지
생각하는 건 어머니께 커다란 즐거움이었던 것이다.
그때 엄마가 하시는 고생은 행복하고 즐거운 고생이었다는 사실을
미처 깨닫지 못했다.

다. 내성적인 성격을 고쳐보고 싶어 동아리에서 음악과 연극을 시작하게 된 것이었다. 할 수 있는 한 열심히 하려고 늘 노력했고 중요한 역할도 많이 하곤 했다. 잘해서라기보다는 꾸준히 중간 이상을 해와서인지 선배들로부터 신뢰도 많이 받았다. 하지만 부모님 눈에는 공학을 전공한 내가 엉뚱하게 연극이라니, 걱정이 많으셨을 것이다.

졸업 후에도 쉬지 않고 이런저런 다양한 시도를 하고 일해왔지만, 내게는 정식 취업이 곧 탤런트 공채 도전이었다. 서류 접수부터 시작해 수차례의 거듭된 시험 끝에, 약 한 달 정도의 과정을 거쳐 공채 탤런트 합격이라는 승전보를 날렸다. 기대도, 짐작도 못했던 배우라는 직업을 공식적으로 갖게 된 것이다. 그 과정에서 나는 늘 '장렬하게 떨어지자'라는 마음을 몇 번이고 되새겼다. 잘하지 못하더라도 최선을 다하자. 내가 지닌 능력 안에서는 다 하고 떨어지자, 장렬하게. 장렬하게 떨어지기 위해 갔는데 합격한 것이다. 내게 장렬의 의미란 후회 없도록 최선을 다하는 마음이다. 그래서 지금도 나는 짧은 녹화든 영화든 어떤 일에든 '장렬'하게 임하게 된 것 같다.

1983년에 서울로 올라와 내가 연기자의 길로 들어서던 때 어머니 50대이셨다. 서울에서 생활하다 보니 한 달에 한 번 광주에 가기도 쉽지 않았다. 서울에서 그렇게 자취하다 어머니의 손맛이 그리울 때면 아무 때고 무조건 달려 내려가서는 밥을 해달라고 졸라댔다. 어머니께서 신경을 쓰실까 봐 전화를 미리 안 드린 것이었는데, 어머니는 왜 미리 연락하지 않았냐며 야단을 치셨다. 오랜만에 만나는 자식을 즐겁고 행복한 마음으로 맞이하기 위해서라는 엄마 마음을 깨닫지 못했다. 나를 위해 많은 음식을 준비하고 내가 무엇을 먹으며 좋아할지 생각하는 건 어머니께 커다란 즐거움이었던 것이다. 그때 엄마가 하시는 고생은 행복하고 즐거운 고생이었다는 사실을 미처 깨닫지 못했다. 그 뒤부터는 엄마 밥이 먹고 싶다고 미리 투정을 부리고, 갈 때마다 일부러 그렇게 어머니를 고생시켰다. 어머니 마음을 서운하게 하느니보다 그게 낫다.

추운 계절에 사극이나 드라마 등을 촬영할 때면 어머니의 밥이 더 그리워진다. 지금처럼 밥차도 없던 시절 오지에서 촬영할 때는 밥을 '추진'한다고 표현했다. 날마다 똑같은 그 밥을 먹을 때마다 어머니의 밥이 너무나 그리웠다. 대단해 보이지는 않아도 정말 대단한, 가슴을 치는 음식. '규칙적으로 불규칙했던' 배우 생활을 하면서 때론 목숨 유지용으로 음식을 먹고, 목숨 유지용 라면을 끓여 먹다가 더 생각나는 어머니의 밥. 그래서 광주에 갈 때마다 즐거운 과식을 했던 것 같다. 그렇게 행복한 과식이라면 다 살로 가도 좋다고 생각하면서.

어느 날, 그날도 한 상 가득 차려놓으신 밥을 맛있게 먹으며 어머니께 물었다.

"엄마! 내가 나오는 프로 중에서 뭐가 가장 마음에 들어요?"

어머니는 일일 연속극에 내가 나올 때가 가장 좋다고 대답하셨다. 아버지 동창에게는 내 또래의 아들이 있었는데, 그는 이름을 대면 누구나 알 만한 야구스타로, 고등학교 때부터 초특급 신인이었다. 또래인 나는 공채 탤런트 합격 후에도 긴 긴 세월 무명이었다. 어쩌다 TV에 나와도 너무나 설명하기 어려운 역할, 너무나 짧은 등장 시간… 그렇다 보니 부모님은 일일 연속극에 내가 나올 때 나를 매일같이 볼 수 있어서 행복하고, 동네 사람들에게도 내 자랑도 늘어놓을 수 있어서 좋다 하신다. 일일연속극은 지방 출신 연기자들에게는 이렇듯 효도 종목이다.

음식 솜씨가 좋아 명절 때마다 스카우트 전쟁을 부르시던 어머니도 60대부터 간이 조금씩 달라지기 시작했다. 세월에는 장사가 없었다. 이제는 어머니의 이런 모습도 볼 수 없다. 치매에 걸리신 지 벌써 10년이라는 세월이 흘렀으니까. 이제는 중증으로 발전되어 어머니는 나를 가끔 못 알아보실 때도 있다. 주변에서는 어머니께서 나를 못 알아보니 서운하겠다고들 하지만, 나는 그저 안타까울 뿐이다. 그렇게 반듯하고 힘든 내색 한번 하지 않으시고 남들에게 아쉬운 모습 보이지 않으시던 우리 어머니.

최근 어머니를 뵈러 형제들과 함께 요양원으로 찾아갔다. 그동안 큰형, 큰며느리, 맏딸, 맏사위가 주로 어머니를 모시고 간호해왔는데 다행히 그들을 잘 알아보신다. 그분들에 비해 나를 못 알아보시는 게 차라리 낫다는 생각이 들었다.

그래도 농담 반 진담 반으로 어머니에게 따져 물었다.

"엄마, 참 서운하네. 나도 어머니한테 이렇게 잘하는데 왜 큰형이랑 큰누나 식구들만 알아보고 나는 가끔 까먹으셔?"

내 질문을 알아들으셨는지 어쩐지, 어머니는 빙긋 웃으며 대답하셨다.

"내가 니를 제일 믿응게."

어머니의 그 대답이 논리적인 것이었는지, 우연히 나온 변명조의 대답이었는지, 그저 할 말 없어서 나온 말인지는 누구도 알 수 없을 것이다. 나는 부모님 속을 덜 썩인 자식이었다. 내성적이기도 하고 부모님 말씀을 잘 따랐다. 통제도 쉬운 자식이었다. 나 같은 자식이라면 열이라도 키울 수 있다고 하실 정도이긴 했다. 그러나 어머니의 진심이 어디까지였는지는 확인할 수 없지만, 그 말씀은 오랫동안 마음에 남을 것 같다.

우리는 이렇게 형제가 많은데도 어머니께서 사랑과 근면과 검소함으로 우리를 잘 키워주셔서 다들 이렇게 잘 지내고 있는 것 같다. 그래서인지, 나도 비록 늦게 결혼했지만 북적북적 가족이 많은 게 좋아서 벌써 자식 셋을 두고 행복하게 살고 있다. 아직 아이들이 어려도 내가 집에 도착했을 때 셋이서 내 품으로 달려올 때면 세상에서 그보다 더 행복할 수가 없다. 밥을 먹기 전에도 배가 부르다. 서로 부대끼고 북적대도 좋다. 이게 사람 사는 세상이고 산다는 거니까. 요즘처럼 출산율이 낮고 이제 자식 1명도 잘 낳지 않는 시대에 세 아이들이 내 앞에서 재잘거릴 때면, 어머니가 나와 형제들을 키우면서 고생하시던 일들이 수시로 떠오른다. 내가 받은 어머니와 가족의 사랑을 그렇게 우리 아이들에게도 전하며 살아간다. 할 수 있을 때 실컷 안아주고 놀고 사랑해주려 한다. 어머니 밥에 담긴 그 온기와 사랑은 이제 나를 넘어 우리 아이들에게로 이어진다.

어머니!

저를 못 알아보셔도 저는 어머니를 아직도 보고 어머니를 부를 수 있으니 감사합니다.

예전처럼 밥을 못 해주셔도 배고프지 않습니다.

제 가슴속에 어머니가 해주셨던 따스한 밥의 온기가 영원히 남아 있으니까요.

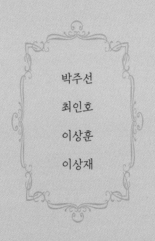

박주선

최인호

이상훈

이상재

어머니의 꿈, 아들의 꿈

박주선(전 국회부의장)

먼동이 터오는 이른 새벽이다. 문득, 어머니를 생각하니 눈시울이 뜨거워지면서 눈물이 볼을 타고 흘러내린다. 나에게 어머니는 동녘 하늘에 떠 있는 해와 같은 분이다. 불가佛家의 일광보살日光菩薩을 연상시키는 분이다. 며칠 전 친구 두 명과 막걸리를 마시다가 한 친구가 내 어머니를 얘기하는 바람에 그만 눈물을 흘리고 말았는데, "이 친구는 아직도 어머니 얘기만 나오면 울보가 되는구먼. 허나 박 의원 어머니가 어떤 분인지를 알게 된다면 누구라도 그럴 수밖에 없을 거네"라고 나를 위로해준 적이 있다.

어머니는 끼니를 거를 만큼 몹시 가난한 집으로 17세에 시집을 오셨다. 이후 가족의 생계는 오직 어머니 몫이 돼버렸다. 시력을 잃은 시어머니와 자존심이 강한 시아버지, 자식 두 명을 위해 어머니는 보성에서 화순까지 생선 바구니를 머리에 이고 다니시면서 참으로 고달프게 날품장사를 하셨다. 아버지는 동생을 낳은 어머니에게 가족의 생계를 맡긴 뒤 한량처럼 전국을 방랑하며 가정을 돌보지 않았다.

초등학교 2학년 때였다. 군복무 하던 삼촌이 휴가 나와서 "이런 처지에서는 애들 교육마저 포기할 수밖에 없다"라며 어머니께 대책 하나를 간곡하게 제의했다. 시부모는 당분간 고모 집에서 모시도록 요청하고, 나와 동생은 친척집에 있도록 부탁한 뒤 어머니에게 서울로 올라가 식모살이를 몇 년간 하여 봉급을 모아 구멍가게 장사라도 하도록 권유했던 것이다. 결국 어머니는 서울에 사는 당숙모의 소개로 수유리에서 2년여 동안 식모살이를 했다. 서울로 가시는 어머니 앞에서 "우리도 데리고 가요. 언제 올 거야?" 하며 어머니 치맛자락을 붙잡고 울부짖었던 생이별의 순간이 지금도 눈에 선하다. 우리 형제를 떼어놓고 눈물 흘리며 열차 타는 어머니 모습을 생각하니 또다시 가슴이 먹먹해진다.

서울에서 식모살이를 끝내고 고향에 돌아오신 어머니는 우선 단칸방을 얻으셨다. 나와 동생은 비로소 어머니와 함께 살게 되어 기뻤다. 어머니는 그동안 모은 돈으로 비단 장사를 시작하셨다. 비단 보따리를 머리에 이고 보성읍과 면의 마을을 찾아다니며 비단을 팔았다. 당시는 농촌에 돈과 쌀이 귀하던 시절이었으므로 비단 대금은 주로 잡곡과 보리쌀이었다. 어머니께서 지친 몸으로 집에 돌아오실 무렵이면 우리 형제는 동구 밖으로 마중 나갔다. 어머니는 비단 대금으로 받은 곡물을 머리에 이고, 등에 메고, 손에 들고 힘겹게 걸어오셨는데, 동생과 나는 곡물을 나누어 등에 들쳐 메고서 나르곤 했다. 어머니는 날마다 힘든 장사를 하면서 점심은 굶기 일쑤였고 저녁밥도 건너뛰는 날이 많았다.

어머니는 비단 장사가 힘들어서 더는 계속하지 못하셨다. 초등학교 5학년 때였다. 다시 집을 세 얻어 구멍가게와 주막을 열었다. 할머니를 여읜 채 고모 집에 홀로 계시던 할아버지를 모셔 와서 함께 생활했다. 그런데 구멍가게와 주막의 수입은 생각했던 것보다 신통치 않았다. 할 수 없이 어머니는 또 다른 장사를 하셨다. 보성읍과 면 소재지의 5일장에서 채소와 잡곡류 등 농산물을 싸게 매입해서 매주 3회 정도 광주의 남광주시장과 대인시장 노점에서 파시곤 했다.

어머니는 5일장에 농산물을 매입하러 가시는 날이면 꼭 미리 막걸리 안주를 만들어놓으셨다. 그러면 나는 학교에서 돌아온 뒤, 손님들에게 막걸리 술상을 차려드리곤 했는데, 대다수 손님들은 기특하다며 칭찬을 해주셨지만 일부 손님은 상차림이 변변치 못하다고 꿀밤을 주기도 했다. 어머니가 광주로 나가시는 날에는 밤새도록 농산물을 다듬고 묶은 다음 새벽 2시쯤 손수레에 싣고 20여 리 길인 보성역까지 가서 새벽 4시 5분에 출발하는 광주행 기차에 실어드렸다. 그리고 새벽 6시쯤 집에 돌아와 1시간 정도 눈을 붙인 뒤 10여

어머니는 그토록 힘든 고생을 하시면서
한(恨)도 원망도 많았을 텐데
당신의 운명을 한탄하거나 남을 탓하지 않으셨다.
힘든 환경과 고통스러운 역경을 피하지 않고
오히려 떳떳하게 버티고 당당하게 이겨내셨다.
어머니의 소망은 오직 단 한 가지뿐이었다.
자식의 반듯한 성장과 입신양명이었다.

리 거리에 있는 학교로 등교했다. 학교 가기 전까지의 새벽잠은 정말 꿀잠이었고, 잠에서 깨어나지 못해 가끔 지각도 했다.

밤에는 등잔불을 켜고 공부했는데, 초저녁인데도 막걸리 손님들이 술자리를 빨리 끝내주지 않을 때는 부엌으로 들어가 아궁이 잉걸불 불빛 옆에서 시험공부를 한 적도 있었다. 또 하나 생생한 기억은, 당시는 통행금지가 새벽 4시에야 해제되던 시기였는데, 보성역전 파출소에서 통금 위반이라며 붙잡아 몇 번인가 기차를 놓치기도 했던 일이다. 뒤늦게 나의 딱한 사정을 알게 된 파출소장님이 이후부터는 특별히 배려해주어 어머니께서는 광주행 열차를 무사히 탈 수 있었다. 지금도 그 파출소장님이 가끔 떠오른다.

인간의 삶에는 예기치 못한 사고와 불행이 도사리고 있는 것 같다. 어머니는 늘 내가 등교할 때마다 '차 조심' 하라고 말씀하시곤 했다. 당시 시골에는 자동차가 거의 다니지 않았으므로 '차 조심'은 굳이 당부하시지 않아도 될 당부였다. 그런데 비바람이 몰아치는 어느 날이었다. 나는 하굣길에서 자동차 사고를 당했다. 회천면 지서로 순시 가던 보성경찰서장 승용차에 머리를 다쳐 의식을 잃었다. 다행히 병원에 실려 간 지 5일 만에 의식을 회복했지만 말이다. 병원에 있는 동안 '소생할 가능성이 없다'라는 의사의 소견에 어머니는 혼절했고, 외갓집에서는 나의 죽음에 대비해서 수의와 관까지 준비했다고 한다.

내가 의식을 되찾자, 나를 끌어안은 어머니께서는 "아이고 하느님 감사합니다"라고 중얼거리면서 하염없이 흐느끼셨다. 돌이켜 생각해보면 '차 조심' 하라는 어머니 말씀을 흘려들었던 것도 '어머니께 큰 죄를 짓고 불효를 했구나' 하는 생각이 들어 후회가 막심하다.

이후 나는 초등학교를 수석으로 졸업하고 중학교에 진학했다. 나는 꿈에 부풀었다. 그러나 어머니에게는 고통이었다. 아들의 교복을 새로 맞춰 입혀야 했고, 아들의 교과서도 구입해주어야 했던 것이다. 어머니는 궁리 끝에 망설이지 않고 병원으로 달려갔다. 이윽고 어머니는 당신의 피를 뽑아 팔아서 아들의 중학교 등록금 1100원을 마련했다.

이와 같은 사실을 내가 안 것은 훗날이었다. 1974년 16회 사법시험에 수석합격을 하여 기자들이 취재차 단칸 셋방을 찾아왔을 때 어머니께서 비로소 말씀하시어 알게 되었던 것이다.

나는 중학교를 졸업하면서 형편상 고등학교 진학을 포기하려고 했다. 그러나 어머니께서 내 몸이 부서지는 한이 있더라도 학비는 대줄 테니 진학해야 한다고 단호하게 말씀하셨다. 그리고 선생님들께서도 '너 같은 인재가 학업을 포기해서는 안 된다'라며 강하게 권하셔서 광주고교로 진학을 했다. 고교 입학 후, 중학교에 진학한 동생이 내 역할을 대신했고, 나는 남광주역으로 나가서 어머니가 팔러 오신 농산물을 손수레에 싣고 남광주시장, 때로는 대인시장까지 날랐다. 교복 차림의 나는 손수레를 앞에서 끌고 어머니는 뒤에서 밀었다. 그리고 나서야 나는 등교하곤 했다.

　고등학생 시절 이런 일화도 잊을 수 없다. 학업과 연관이 있는 영화를 단체로 관람하곤 했는데, 나는 어머니의 고생을 생각해서 관람료 30, 40원이라도 아껴야겠다는 마음이 들어 영화 관람을 포기하곤 했다. 그런데 어느 날 역사 과목을 가르치시던 전용종 은사님께서 '오늘 영화는 칭기즈칸의 일대기를 그린 내용이니까 꼭 관람하라'고 50원을 주셨던 일이 생각난다. 또, 그 무렵에 선병팔 중학교 은사님께서 보내주신 '타고난 왕후장상은 없다. 영웅들의 훈장 뒤에 숨겨진 숨 가쁜 이야기들을 항상 생각하라. 희생하시는 어머니의 은혜를 갚기 위해서라도 최선의 노력을 다하라'는 격려 서신이 나에게 큰 용기와 자신감을 심어주었다. 정말로 평생 잊을 수 없을 것이다. 고교 시절 몇 분의 은사들께서 '항상 교복을 깨끗하게 입고 다녀서 박주선이는 부잣집 아들인 줄 알았는데, 어머니께서 그렇게 고생하시면서도 자식에게 궁색한 티를 보이지 않도록 하신 점이 한없이 존경스럽다'라고 말씀하신 격려도 뇌리를 스친다. 나는 운 좋게 초등학교, 중학교에 이어 고등학교도 수석으로 졸업을 했다. 그런데 광주고를 수석으로 졸업하고도 서울대학교 법대에 낙방했다. 나는 크게 낙심하여 학업을 포기하려고 했다. 그러자 어머니께서 나를 엄하게 꾸짖었다.

"너의 이런 나약한 모습을 보려고 내가 지금까지 고생한 것이 아니다. 몇 번이라도 도전해서 합격해라. 나는 네 꿈을 이루는 너를 보고 죽겠다. 그것이 내 꿈이다."

나는 어머니의 응원으로 재수, 삼수 끝에 서울대학교 법대에 입학을 했다. 그러자 어머니는 서울로 올라오시어 시장골목 식당에서 500원짜리 밥장사로 나의 학비와 생활비를 벌었다. 나는 어머니를 도와 식당일도 했고, 동생은 중학교를 졸업한 후 학업을 포기하고 철공소에 취업하여 내 뒷바라지를 했다. 동생에게 미안하기 그지없고 빚진 마음일 뿐이다. 어머니는 식당일 외에도 광고 전단지를 돌리기도 했고, 밤늦게까지 봉투 만드는 일을 하시면서 내가 결혼할 때까지 무려 20번 이상이나 셋방을 전전하셨다.

시장골목 식당에서 밥 장사를 할 때였다. 식당 주인들이 번갈아가면서 파출소 경찰관들에게 식사를 제공했던 적이 있었다. 그런데 하루는 식당일이 바빠서 어머니 대신 내가 파출소에 식사를 배달하게 되었는데 경찰관 한 분이 반찬이 부실하다며 투정을 했다. 그래서 나는 식사 제공의 부당함을 따지지 않을 수 없었다. 그런 일이 있고 나서부터는 어머니의 식당만은 파출소에 더는 식사를 제공하지 않아도 되었다.

대학 4학년 때였다. 사법시험에 수석 합격한 뒤 어머니를 부둥켜안고 눈물을 펑펑 쏟으며 엉엉 울었다. 주위 사람들도 어머니의 택

호인 장흥댁을 언급하며 함께 기뻐해주었다.

"하늘은 무심하지 않구나. 장흥댁이 그토록 고생을 하더니 하늘이 감동해서 자식에게 저런 영광을 주는구나."

지성감천이라는 말이 있다. 사실 어머니는 어렵고 힘들게 장사하면서도 자식만을 위해서 고생하신 것이 아니었다. 걸인들이 달라는 동냥이나 탁발승들이 요청하는 시주를 거절한 적이 없었다. 게다가 식사 대접까지 하면서 '목마른 사람에게 준 찬물 한 잔도 공덕이 된다'라며 자식들에게 항상 베풀며 살라고 말씀하셨다.

나는 어렸을 때부터 검사가 되는 것이 꿈이었다. 어머니가 주막을 하실 때였으니 초등학교 5학년 무렵이었던 것 같다. 탁주 주조장에서 아침에 한 번 자전거로 술을 배달을 해주었으므로 많이 팔리게 되면 전화가 없던 때라서 주문을 못 했다. 하는 수 없이 방과 후에 내가 옆집 자전거를 빌려 타고 주조장에 가서 막걸리를 실어 오곤 했다. 나는 키가 작아 자전거 안장에 앉아서 타지 못하고 두 바퀴 사이에 발을 넣어 페달을 밟다가 넘어져서 길바닥에 막걸리를 쏟아버리기도 했다.

그런데 당시는 가정에서 술을 담가 마시는 일이 흔해서 세무서 밀주 단속반에게 적발되어 고발당한 뒤 검찰청에 소환되어 조세 처벌법 위반으로 벌금처분을 받곤 했다. 검찰의 소환장을 받은 어머니나 마을 분들은 안절부절못했다. 그런 모습을 보면서 나는 장래 정의로운 검사가 되어 억울하고 불쌍한 사람들을 보호하고 싶다는 생각을 했던 것 같다.

어머니는 그토록 힘든 고생을 하시면서 한(恨)도 원망도 많았을 텐데 당신의 운명을 한탄하거나 남을 탓하지 않으셨다. 힘든 환경과 고통스러운 역경을 피하지 않고 오히려 떳떳하게 버티고 당당하게 이겨내셨다. 어머니의 소망은 오직 단 한 가지뿐이었다. 자식의 반듯한 성장과 입신양명이었다. 어머니는 그런 소망을 염원하면서 당신의 고단하고 신산한 삶을 헤쳐나가신 분이다. 어느 날 아내가 나를 평한 일이 있다.

"당신 어머니처럼 온갖 고생 하시면서 자식을 위해 인생을 바친 사람이 또 어디 있겠소? 그렇게 살아오셨으면서도 세상을 원망하거나 탓하는 말씀을 들은 적이 없지요. 당신도 어머니를 닮은 것 같아요. 당신을 고통스럽게 한 이들을 미워하지 않으니 말이에요. 세상이 더 좋게 바뀌어야 한다는 신념으로 걸어온 당신의 삶이 자랑스럽기만 해요."

검사 출신인 내가 중상모략으로 4번 구속되고 4번 모두 무죄를 선고받고 난 이후에 했던 아내의 말이다. 실제로 내가 구속되자 내 가족은 모두 만신창이가 되었고, 돌변한 사회의 냉대는 이루 헤아릴 수 없었다. 구속됐을 때 구치소 안에서 대성통곡을 한 적이 있다. 가족들은 어머니께 나의 구속 사실을 숨긴 채 내가 미국에 장기출장을 갔다고 거짓말로 둘러댔다고 한다. 구치소로 면회 온 아내에게 나는 어머니 근황을 묻곤 했다. 어머니께서 소식이 뚝 끊어진 나를 책망하시기도 했다고 아내가 전해주었다.

"주선이는 미국 가서 왜 전화 한 통 없느냐?"

결국 나의 구속 사실을 아신 어머니의 충격은 산이 무너지듯 컸다. 2번째 구속 후 무죄 석방 될 즈음 어머니는 정신적 충격 때문에 치매 환자가 되었다. 이후 13년간 치매 환자로 사시다가 병상에서 눈을 감으셨다. 시집온 젊은 날부터 물불 가리지 않고 살이 찢기고 뼈가 부서지도록 고생만 하신 어머니가 왜, 어째서 박복한 인생을 살다 가셨는지 하늘이 야속하다는 생각이 절로 들 때가 있다. 지금도 어머니께 지은 죄가 너무 커서 가끔 하염없이 눈물만 난다.

'세상의 모든 곳에 신이 존재할 수 없기에 신은 어머니라는 존재를 만드셨다'라는 유태인의 금언처럼, 내 어머니의 자식에 대한 사랑과 시부모에게 며느리로서의 도리를 다한 자세는 가히 신이라도 하기 쉽지 않으리라 생각한다.

종친회로부터 '장한 어머니상'을 받는 자리에서 "내가 장한 어머니가 아니라 박주선이가 장한 아들이다"라고 수상 소감을 말씀하신 것처럼, 언제나 자식을 앞세우고 본인은 자식을 위해서 고생만 하셨던 어머니! 이런 내 어머니를 이제는 뵐 수도, 모실 수도 없다니 너무나 슬프다. 어머니가 오늘따라 무척 보고 싶다.

목욕탕의 추억

최인호(소설가)

예나 지금이나 같은 어머니거늘

최근에 나는 구한말의 선사禪師 경허鏡虛에 관한 법어집法語集을 즐겨 읽고 있다. 그는 1849년에 나서 1912년에 죽은, 우리나라 선가禪家의 가장 마지막 맥을 잇고 있던 유명한 화상이다.

그는 살아생전 아무것에도 걸리지 않은 무애행無碍行으로 숱한 일화를 남기고 있는데, 출가하면 부모나 가족을 버리는 여타의 수도자와 달리 그는 어머니를 자신의 거처 가까운 곳에 모시고 수행을 하였었다.

그가 충청남도 서산 천장사天藏寺에서 보임補任 생활을 하고 있을 때였다. 하루는 경허 스님이 자신의 어머니를 위하여 법문을 한다고 대중을 모아들일 것을 온 내외에 전하였다.

유명한 고승의 법회라 수많은 대중이 모여들었고, 경허 스님은 시자侍者에게 어머니를 모셔올 것을 분부하였다. 시자가 그 뜻을 어머니에게 전하며 큰스님으로 존경을 받고 있는 아드님의 법회에 가시기를 권하였고, 그 어머니 되시는 할머니는 아들인 경허가 자신을 위하여 특별한 법문을 한다고 하니 기뻐서, 그 즉시로 옷을 갈아입고 대중이 모여있는 큰 방에 들어가 향을 피우면서 정성을 다하여 경의를 표하였다.

그때 경허 스님은 묵묵히 앉아 있다가 어머니를 위한 특별 법문을 한다고 말하면서 벌떡 일어나 옷을 벗기 시작하였다. 그리고 완전히 벌거벗은 나신이 된 후 어머니 앞에 서서 다음과 같이 말하였다.

"어머니, 저를 보십시오."

할머니는 자신을 위해 무슨 심오한 설법을 해줄 줄만 알고 크게 기대하고 있다가 이 해괴한 짓을 보고 크게 노하여 소리치면서 말하였다.

"도대체 무슨 법문이 이럴 수가 있단 말인가."

그리고는 법석法席을 박차고 나가 자기 방으로 들어가서 굳게 문을 닫아버렸다. 어머니를 위한 특별 법문을 기대하고 있던 여러 대중은 그 뜻 모를 해프닝에 넋이 나가서 모두들, 벌거벗고 버티고 선 큰스님을 멍하니 쳐다볼 뿐이었다. 아연한 회중에게 경허 스님은 크게 웃으면서 다음과 같이 말하였다.

"저래가지고 어찌 남의 어머니 노릇을 할 수 있단 말인가. 내가 아주 어렸을 때는 이 몸을 벌거벗겨서 씻기며 안고 빨고 하시더니 지금은 어찌 그리 못하실 것인가. 아들인 내가 그때의 나와 무엇이 달라졌단 말인가."

기상천외의 이 해탈 법문解脫法門에 관해서 자세한 설명은 없다. 다만 미뤄 짐작하건대 아들 경허는 예나 지금이나 다름없이 어머니를 어머니로 보고 벌거벗은 것인데, 어머니는 경허 스님을 더는 아들로 보지 않고 하나의 다른 성인으로 보아 그의 벌거벗은 몸에서 수치와 분노를 함께 느낀 것이다.

변한 것은 아무것도 없다. 어머니는 여전히 어릴 때의 어머니요, 아들은 여전히 벌거벗겨서 씻기며 안고 물고 빨고 하던 어릴 때의 그 아들이다. 어린 아들을 벌거벗겨 씻길 때는 아무런 수치를 느끼지 않았는데도 어찌 같은 아들인 경허 스님의 나신 앞에서는 수치와 분노를 느낄 수 있단 말인가.

어머니와 아들의 모자 관계는 예나 지금이나 변함없이 같건만, 달라진 것은 아들을 대하는 어머니의 '마음'인 것이다.

아들인 경허 스님은 어머니를 변함없이 어머니로 생각하여 벌거벗었건만 어머니는 더는 경허 스님을 아들로 생각지 않았던 것이다. 그를 아들이라 부르고 있던 것은 그저 하나의 혈연일 뿐, 마음속으로는 아들을 다른 하나의 외간 남자로 생각하고 있었던 것이다.

이러한 허구를 경허 스님은 수많은 대중이 모인 법당 안에서 스스로 벌거벗음으로써 충격을 가해 우리의 낡은 인식의 허물을 벗기려 하였던 것이다.

경허 스님은 어머니에게 이러한 말을 듣기 위함이었으리라.

"애야, 여기가 어디라고 벌거벗느냐. 감기 들겠다. 어서 옷 입어라."

경허 스님은 어머니가 벌거벗겨 목욕시켜주고 씻기며 물고 안고 빨아주시던 어린 날의 기억을 되살리고 싶었는지도 모른다.

내게도 경허 스님과 같은 추억이 있다.

마흔 살이 넘은 중년의 나이에도 어머니를 떠올리면 나를 벌거벗겨 목욕시켜주고 때를 밀어주고 물고 안아주시던 어린 날의 기억이 떠오른다. 요즈음엔 특히 어머니와 함께 목욕하던 장면들이 자주자주 떠오른다.

내 어렸을 때 목욕은 하나의 사치였다. 학교에서 신체검사 하기 전날이나 위생검사 하기 전날에 더운물을 한 솥 데워다가 부엌 한쪽 구석에 쭈그리고 앉아서 목욕하는 것이 고작이었다. 그럴 때면 어머니는 한구석에 앉아서 연탄불로 데운 물을 아껴가면서 더운물에 찬물을 알맞게 섞어 내가 앉은 양푼 속 물이 식지 않도록 이따금 쏴쏴 부어주곤 하셨다.

지금도 기억난다. 부엌의 60촉짜리 알전구 불빛은 잔뜩 흐린 데다 더운 김이 부옇게 스며들어 부엌은 안개 낀 듯 희미하였었다. 유리문 바깥으로는 겨울바람이 덜컹거리고, 이따금 부엌 천장으로 쥐들이 우르르우르르 떼 지어 달려가곤 하였었지.

한기가 들지 말라고, 한기가 들어 감기 걸리지 말라고 어머니는 더운물을 데우는 솥에서 바가지로 물을 퍼서 내 등에 흠뻑 뿌려주곤 하였었다. 어디서 구해 오셨는지 때를 미는 깔깔이 수건으로 무슨 원수나 진 듯 내 등을 빨래판처럼 박박 밀어대곤 하였다. 그럴 때면 때가 까맣게 묻어 나오곤 하였었다.

"아이구야, 아이구야. 사람 죽이네."

내가 짜증을 내며 소리를 지르곤 하였었지. 때를 벗기는 게 아니라 가죽을 벗겨내는구나. 살갗을 벗겨내는구나. 얼마나 세게 밀었으면 살갗이 벗겨져 내려 가벼운 찰과상을 입었을까. 때를 벗기고 나서 더운물을 부어내리면 온 살갗이 아리고 쓰라렸지. 그래도 막무가내였다. 어머니의 손은 막무가내로 때를 벗기고 사타구니를 씻어내렸었지. 어쩔 수 없이 고추가 빳빳해지면 어머니는 소리가 나도록 엉덩이를 찰싹 때리곤 하였었지. 그러면 제풀에 가라앉곤 하였었다.

목욕이 끝날 무렵이면 어머니는 화단에 물 주던 물뿌리개를 가져와서 그 속에 더운물과 찬물을 알맞게 섞어 넣어 들고 내 머리를 빨랫비누로 박박 감기기 시작하셨다. 그 독한 양잿물로 머리를 감고 또 감았는데도 아직까지 대머리가 안 되었다는 것은 참 이상한 일이

목욕이 끝난 뒤 물뿌리개로 내 머리를 헹궈내실 때,
마치 총정리하듯 나를 일으켜 세운 뒤 내 어깨와 머리 위에 물뿌리개로
물을 정결히 부어내릴 때면 그것은 목욕이라기보다는
차라리 전쟁이 끝난 뒤 평화를 느끼게 하는 단비와도 같은 느낌이었다.
그렇다. 어머니는 채송화와 봉숭아에 물을 주듯
내 몸에 물을 주어 나를 자라게 한 것이다.

아닐 수 없다.

"아이구야, 아이구야. 사람 쥑인다."

머리통을 이리 쑤시고 저리 긁고 손톱을 세워 박박 문지르면 나는 아이고 아이고 비명을 지르곤 하였었다. 그런 뒤에 함석으로 만든 물뿌리개에서 알맞게 따뜻한 물이 주르르르 쏟아질 때의 그 기쁨이란.

채송화에, 봉숭아에 물 주던 그 함석 물뿌리개로 머리를 감을 때 비눗물을 씻어내리는 그 지혜를 어디서 배우셨을까. 어머니는 오가는 길거리에서 열려진 이발관 문틈으로 이발사 아저씨들이 사용하던 그런 수법들을 눈여겨 봐두셨다가 내 머리를 감길 때 써먹어 보신 것일까.

목욕이 끝난 뒤 물뿌리개로 내 머리를 헹궈내실 때, 마치 총정리하듯 나를 일으켜 세운 뒤 내 어깨와 머리 위에 물뿌리개로 물을 정결히 부어내릴 때면 그것은 목욕이라기보다는 차라리 전쟁이 끝난 뒤 평화를 느끼게 하는 단비와도 같은 느낌이었다. 그렇다. 어머니는 채송화와 봉숭아에 물을 주듯 내 몸에 물을 주어 나를 자라게 한 것이다.

그런 날 밤이면 잠은 얼마나 맛있었던지. 잠은 꿈보다 달고 꿈은 죽음보다 깊었다. 잠결에 손을 내복 사이로 집어넣어 배꼽을 가만히 만져보기도 하였었다. 언제나 때가 끼어 꺼칠꺼칠하던 배꼽은 셀로판지처럼 매끄럽고, 겨울이면 터지고 터져 언제나 글리세린을 바르던 손등도 그날 밤에는 매끄러운 옥수玉手였었다.

아주 드물게 나는 어머니와 둘이서 동네 목욕탕에 가기도 하였었다. 지금은 흔한 목욕탕이 그땐 왜 그리도 멀던지. 목욕 한번 가려면 어머니는 북만주로 이주를 떠나는 유랑민처럼 세숫대야에 비누, 수건들을 가득 담아 들고 먼 길을 떠났었다.

나는 알고 있었다. 그 세숫대야 속에는 간단한 빨랫감도 들어 있었음을. 어머니는 간혹 목욕탕에서 창피를 당하곤 하셨는데, 공짜로 뜨거운 물을 펑펑 쓸 수 있어 간단한 빨랫감들을 목욕탕으로 가져와 몰래 빠시다가 목욕탕 주인에게 들키곤 하였었기 때문이다.

그런데도 어머니는 목욕탕 가실 때마다 여전히 빨랫감들을 암시장에 나가는 쌀장수처럼 몰래 숨겨 갖고 들어가시곤 하였다. 남의 눈치가 보이면 내게 옷을 대여섯 개 껴입히셨는데, 그것은 내가 감기 걸릴까 걱정되어서가 아니라 빨랫감을 들고 가기보다 입혀 가는 게 편하기 때문이었다. 나는 목욕탕에 갈 때면 으레 대여섯 개의 윗도리에다 대여섯 개 정도의 바지와 내복을 껴입곤 하였었다.

목욕탕 가는 길에도 어머니는 쉴 새 없이 내게 주의를 주었다.

"너 몇 살이지?"

"아홉 살."

"초등학교 몇 학년?"

"3학년."

나는 중학교에 들어갈 때까지 어머니를 따라 여탕에 들어갔다.

정확히는 기억되지 않는데 초등학교 4학년 때부터인가, 열 살 이상부터인가, 그때부터는 목욕비를 반값이 아닌 온 값을 다 받는 것이어서 나는 초등학교 6학년이 되도록, 나이가 열세 살이 되도록 언제나 초등학교 3학년에, 언제나 아홉 살이었다.

다행스럽게도, 참으로 다행스럽게도 나는 키가 작고 성장이 더뎌 성장이 멈추어버린 난쟁이와 같았다. 우리는 어떻게 해서든 목욕탕 문을 지키고 있는 무서운 주인의 눈을 속여야 할 필요가 있었던 것이다.

나는 참 치사했다. 어린 나이에도 참 치사했다. 난 정말 내가 비록 키가 작아 난쟁이 같았지만 내 나이 그대로 말하고 내 학년 그대로 말하여 어엿한 성인 대접을 받고 싶었다.

목욕비 반값과 온 값의 차이는 정말 작은 액수에 지나지 않았다. 그 적은 돈을 아끼기 위해서 거짓말을 하고 또 하고, 목욕탕 주인 앞에 다가갈 때는 무릎을 낮추어 키를 더 작게 하고 일부러 어린애처럼 손가락을 빨곤 하였었지.

"너 몇 살이지?"

"아홉 살."

일부러 어린애 같은 목소리로.

"몇 학년?"

"3학년이오."

일부러 재롱을 떨면서.

지금은 어머니를 이해할 수 있다.

어머니가 내게 나이를 속이고 학년을 속이게 한 것은 꼭 목욕비를 아끼기 위해서가 아니라 성인 값을 낼 때에는 더는 어머니를 따라 여탕에 들어갈 수 없으므로, 나를 분가시켜 남탕으로 보내지 않고 어린아이 그대로 머물게 해서 언제까지나 자신의 곁에 머물게 하고 싶은 애정 때문이었다는 것을.

그러나 당시에는 참으로 부끄럽고 창피하였다. 운 좋게 목욕탕 주인의 눈을 피해 탕 안으로 들어갈 수 있었다 해도 여탕에 들어가면 이번에는 여인들이 흘깃흘깃 나를 쳐다보다가 어떤 여인들은 노골적으로 어머니에게 항의를 하곤 하였었다.

"애가 몇 살이에요?"

"아니 왜요?"

"얜 어린애가 아닌 것 같은데."

여인들은 본능적으로 아이와 어른의 눈을 구별해내는 영감이 있는 모양이다.

맹세코 나는 중학교 1학년 때까지 성에 눈뜨지 못하였었다.

어머니를 따라 여탕에 들어가도 그저 그뿐이었다. 일부러 새치름히 뜨고서 몰래몰래 여자들의 몸을 훔쳐보는 짓거리는 절대로 하지 않았다. 그런데도 여인들은 내 모습에 민감하였다. 그도 그럴 것이 아무리 키가 작아도 초등학교 6학년 아이를 3학년으로 절반이나 뚝 떼어 속일 수가 있겠는가.

"얘가 왜 어린아이가 아니에요."

어머니는 일부러 나를 일으켜 세워 보이곤 하였다. 아아, 그때 내 벌거벗은 몸으로 쏟아지던 여인들의 매서운 시선의 화살들.

"애, 너 몇 살이냐?"

목욕탕 주인과는 비교가 되지 않는 여인들의 날카로운 질문. 수건으로 부끄러운 곳을 가리고서 나를 문초하던 그 여인들. 지금은 모두 할머니가 되었을 그 아가씨들은 뭐가 부끄러워 나를 그토록 미워하였을까.

"아, 아홉 살이오. 아, 아홉 살이오."

그러할 때 나는 내가 그녀들과 다른 신체적 구조를 가졌다는 것이 얼마나 수치스러웠던지. 허락된다면 그 부분을 가위로 싹둑 잘라버리고 싶었다.

한번 목욕탕에 가면 얼마나 진을 빼었던지. 어머니는 그곳에서 빨래도 하고 뜨거운 물속에 대여섯 번 들어갔다 나오시고, 어떨 때는 욕탕에 드러누워 아예 잠까지 주무셨다. 그래서 목욕탕에서 나올 때면 손이란 손은 모두 쭈글쭈글 수분이 빠져나와 한꺼번에 늙어버리고 발가락도 퉁퉁 불어버리곤 하였었다.

깨깨 씻어라, 인호야

나는 지금도 기억한다. 어머니는 욕탕에 들어갈 때마다 수건으로 배 부분을 가리셨다. 언제나 그러셨다. 어머니가 그러시는 것은 부끄러운 곳을 가리는 다른 여인들과는 다른 행위였다. 다른 여인들은 부끄러운 곳만 가렸지 어머니처럼 배 전체를 가리지는 않았다.

나는 왜 어머니가 같은 여인들 앞에서도 자신의 배를 가리고 싶었던가를 잘 알고 있다. 어머니의 배는 배가 아니다. 그것은 터지고 찢기고 꿰매고 상처 난 걸레 조각이었을 뿐이었다. 어머니는 3남 3녀의 우리를 낳으셨다.

그뿐만이 아니다. 낳자마자 죽어버린 쌍둥이와 어렸을 때 돌아가신 누이까지 합하면 아홉 명의 아이들을 배고 또 낳으셨다. 야구팀을 짜도 될 만한 숫자의 아이들을 그 작은 몸으로 배고 낳으셨던 것이다. 그러니 배가 성할 리가 없다.

한껏 아이를 배었다 낳으면 그 팽팽했던 흔적이 균열을 일으켜 보기 흉한 자국을 남긴다. 이런 고통이 평생을 두고 어머니에게 이어져 내려온 것이다. 하나의 아이가 그 뱃속에서 자라고 나오기까지 어머니의 배는 얼마나 찢기고 터지고 균열을 일으킨 것일까.

해마다 자라는 나무의 눈금이 나이테를 이루듯 아홉 명의 아이들이 그 배를 나와 태를 끊고 탄생되었다. 그러기까지 어머니의 배는 얼마나 찢기고 터졌을 것인가.

어머니. 어머니와 함께 갔었던 어린 날의 목욕탕 장면이 요즈음 자꾸 머리에 떠오릅니다. 참 그땐 즐거웠었지요. 어머니, 경허 스님이 보여주셨던 법문처럼 이제 저는 나이가 들어 어머니와 그 어린 날의 목욕탕에 함께 들어갈 수는 없습니다. 목욕탕 주인이 문 앞에서 저를 들여보내지도 않겠지요. 아니 그 목욕탕 주인이 들여보내 준다 해도 이제는 어쩔 수가 없지요. 어머니는 이 세상에 아니 계시고 나는 아직 이 세상에 남아 있으니까요.

기억나세요, 어머니. 중학교 1학년 때인가. 그 지긋지긋하던 여탕에서 벗어나 성인으로서의 독립을 선언하던 날, 어머니는 남탕으로 들어가는 내 등 뒤에다 대고 몇 번이고 이렇게 소리치셨지요.

"꼭꼭 때를 밀어라, 머리는 세 번씩 감고, 물이 뜨겁다고 욕탕에 안 들어가서는 안 된다."

어머니는 여탕으로, 나는 남탕으로 들어간 그 첫날, 어머니는 여탕에서 이따금 내게 이렇게 소리쳤었지요. 그땐 남탕 여탕이 비록 칸막이가 되어 나뉘어 있었지만 허공으로는 통하여 어머니가 소리 지르면 그 소리가 그대로 내 귓가에 그렁그렁 들려왔었지요. 목욕탕 안에 그대로 메아리가 되어 울려 퍼지곤 하였지요.

"깨깨 씻어라(꼭꼭 씻으라는 말의 이북 사투리). 깨깨 씻어라, 인호야."

"알겠어요, 어머니."

"머리도 세 번씩 감고."

"알겠어요, 어머니."

"뜨거운 물에는 들어갔었냐?"

"들어갔었다고요."

내가 꼬박꼬박 대답하는 것을 보고, 뜨거운 욕탕에서 하나, 둘, 셋, 넷 하고 천까지 헤아리던 할아버지가 내게 이렇게 말하였었지요.

"네 어머니냐?"

"네."

"극성스럽기도 하구나. 지독한 어미로군."

어머니, 지금도 기억하고 있습니다. 이제 그만 나가자─ 하고 소리 질러대는 어머니는 여탕에서 나오시고 제가 남탕에서 나온 그 목욕탕 앞길에는 이미 어둠이 내려 있었지요.

어머니는 제가 깨깨 씻었나 쭈글쭈글 물기가 빠져나간 손들을 꼼꼼히 검사하였지요. 어머니, 그때가 참 그리워요.

어머니, 그때 어머니는 웬 떡으로 내게 만두를 사주었지요. 둘이서 중국집 창가 앞에 앉아서 접시에 나온 만두를 하나씩 둘씩 나눠 먹었지요. 하나 남은 만두를 내게 먹으라고 자꾸 밀어주셨지요. 어머니, 제가 대견스러워서 만두를 사주셨나요.

어머니, 나를 열 달이나 그 뱃속에 품으셨다 산고 끝에 낳으셔서 더 찢어지고 더 터진 그 배는 이제 먼지가 되어 썩어가고 있겠지요. 어머니, 그리스도교 초기에 사막에서 살던 난쟁이 교부 요한은 우리에게 이렇게 말하고 있지요.

"죽음이 가까이 있음을 항상 잊지 않기 위해서 이미 죽어 무덤 속에 있는 듯 살아갈 일이다."

어머니.

나이가 들수록 옛일이 자꾸 생각나요. 어머니와 둘이서 그 옛날로 되돌아가 그 옛날의 목욕탕으로 가보고 싶어요. 목욕탕 주인이 내게 몇 살이냐고 물으면 나는 이렇게 대답할 것입니다.

"아홉 살이에요, 아저씨. 초등학교 3학년이고요."

어머니의 힘

이상훈(방송피디, 소설가)

보통 어머니하면 자애롭고 모든 것을 품어주시는 포근함의 상징으로 보이지만, 우리 어머니는 엄격하시고 한 치의 빈틈도 보이지 않은 분이셨다. 어릴 때 친구 집에 놀러 가면 친구의 어머니는 맛있는 음식도 주시고 인자하신 미소로 맞이하셨다. 우리가 실수를 해서 그릇을 깨트려도 친구의 어머니는 괜찮다고 하시며 인자한 웃음을 잃지 않으셨다. 그런 친구의 어머니가 부러웠다.

우리 어머니는 동네에서 악착스럽고 고집스럽다는 소문이 자자했다. 칠 남매를 키우시면서 억척스럽게 살지 않으면 생활하기가 어려웠을 것이다. 술 좋아하시고 사람 좋아하시는 아버지는 경제관념이 없으셔서 돈이 주머니에 들어오면 동네 사람들 돈이라고 할 정도로 남에게 퍼주기를 좋아하셨다. 아버지가 술이라도 한잔하고 들어오

어머니가 계신 것만으로 나는 너무 행복하다.
어머니가 계시니까 고향이 따뜻하게 느껴진다.
나의 모든 것은 어머니에게서 나왔고,
어머니는 내 인생의 가장 훌륭한 스승이었다.

시면 주머니에 남아 있는 돈은 그냥 우리 몫이었다.

　술 취해서 귀가한 아버지에게 어머니의 잔소리는 종일 계속되었지만, 아버지는 한마디도 하지 않으시고 주무셨다. 그러면 그 잔소리는 우리에게 돌아온다. 그때는 어머니의 잔소리가 듣기 싫었고, 그악스럽게 우리를 몰아붙이는 어머니가 원망스럽기까지 했다. 우리 어머니가 친어머니가 아니라는 상상까지 했을 정도였다.

　자식들 밥 굶기지 않으려고 농사로는 자식 공부시키기 힘들다고 판단하신 어머니는 동생을 등에 업고 장사를 시작하셨다. 우리는 할머니 손에서 자랐다. 할머니는 항상 우리 편을 들어주시고 어머니와 우리 때문에 많이 싸우셨다. 할머니는 논도 있고 밭도 있는데 저렇게 돈을 벌려고 악착같이 일하는 어머니가 못마땅하신 것이었다. 일을 마치고 돌아온 어머니에게 할머니는 소리쳤다.

　"너는 돈이 그렇게 좋냐? 자식도 내팽개치고 그렇게 억척스럽게 살지 마라."

　어머니는 울면서 할머니에게 대들었다.

　"제가 누구 때문에 이렇게 악착같이 살려고 하겠습니까?"

　할머니는 괜히 아버지에게 화풀이 하시고, 아버지는 할머니와 어머니의 동네북이 된 것 같았다. 그런 아버지가 안쓰럽고 느껴지고 전쟁터의 전우처럼 동지애마저 느낄 정도였다. 어머니는 고군분투하며 악착같이 돈을 모았다. 나는 그런 어머니가 싫었다. 돈이 없어도 좋으니 친구 엄마처럼 그냥 따뜻한 어머니가 그리웠다. 어린 마음에 어머니는 돈밖에 모르신다고 생각했다.

초등학교 시절 한여름에 학교에서 돌아오면 리어카를 들고 복숭아밭으로 가야만 했다. 그 무더운 여름에 산중턱에 있는 복숭아밭에 복숭아를 따서 지게에 싣고 와서 리어카에 담아야 했다. 다 떨어진 러닝셔츠를 입고 복숭아를 따면 복숭아 껍질의 하얀 솜이 목덜미에 붙어서 가려움 때문에 긁으면 나의 목덜미는 항상 붉게 달아올랐다. 학교가 끝나면 복숭아밭에 가기 싫어서 선생님에게 일부러 청소하겠다고 해서, 복숭아밭에 가지 않으면 학교까지 찾아와서 어머니는 나를 끌고 복숭아밭으로 데리고 갔다. 한여름에 땀과 복숭아 껍질의 하얀 가루가 나의 목에 달라붙어서 나의 목은 항상 붉게 달아올랐다.

나는 지금도 복숭아를 먹지 못한다. 그때의 트라우마 때문에 복숭아를 보기만 하여도 목이 가려워지는 것이다. 그만큼 어머니는 인정사정없이 우리를 강하게 몰아붙였다. 친구의 어머니처럼 다정하고 따뜻한 어머니는 애초에 나와는 거리가 멀었다. 어머니는 칠 남매 굶기지 않으려고 할머니에게 모진 소리를 들으며 악착같이 돈을 모으신 것이다. 어머니의 악착이 없었다면 우리 형편에 대학 가기가 힘들었을 것이다.

어머니는 자식들에게 다정하시지는 않았지만 모든 것을 내놓으셨다. 어머니는 몸이 아무리 아파도 병원에 가시는 일이 없었다. 우리는 어머니가 당연히 아프지 않은 강철인 줄 알았다. 그런 어머니가 맹장염에 걸렸는데도 그 고통을 참고 병원에 가지 않다가 맹장이 터져서 수술을 받으셨다. 당시에는 맹장이 터지면 시골병원에서는 수술할 수가 없고 부산의 종합병원에 실려 가셨다. 위험한 수술을 마치고 부축을 받으며 집으로 돌아오신 어머니의 핼쑥한 얼굴을 잊을 수가 없다. 아픈 몸을 이끌고 부엌으로 들어가 수술한 배를 움켜쥐고 밥을 하던 모습이 눈앞에 선하게 그려진다. 그때는 어린 마음에 어머니의 손도 잡아드리지 못했다. 그만큼 어머니가 어려웠고 가까이 다가가기에 어린 차가운 가슴은 쉽게 녹지 않았다.

어릴 때 책에서 그리던 다정한 어머니의 모습을 나는 항상 혼자 그려보곤 했다. 내가 잘못을 해도 무조건적으로 우리에게 다정하게 잘해주는 어머니가 그리웠다. 어려운 살림에 자식들을 대학을 보내야겠다는 어머니의 집념은 강하셨다. 고등학교만 나와도 잘 먹고 산다는 할머니와 의견충돌도 잦았다. 어릴 때 할머니가 우리를 키웠기 때문에 할머니는 무조건 우리 편이었다. 억척스러운 어머니와 할머니가 다툴 때는 속으로 할머니 편을 들었다. 어머니에게 느끼지 못한 다정한 어머니를 보상이라도 하듯 어린 나는 할머니에게 집착했다. 공부 좀 안 하고 놀고 싶은데 어머니가 무서워 놀지도 못하고 공부만 해야만 했다. 할머니는 어머니에게 항상 말씀하셨다.

"우리 형편에 무슨 대학교냐? 그냥 애들 편하게 살게 하지 왜 그렇게 극성스럽냐?"

어머니는 할머니에게 말한다.

"제가 집을 팔아서라도 아들 대학은 보낼 낍니더."

어머니의 집념은 대단하셨다. 내가 고3 입시 준비에 자취를 하면서 잘 먹지 못하고 새벽까지 공부하다 피를 토하고 쓰러졌다. 폐결핵에 걸린 것이다. 그때 나를 살리신 분은 어머니였다. 폐결핵은 지금은 병도 아니지만 당시에는 위험한 병이었다.

할머니는 손자 죽인다고 우시면서 어머니에게 화풀이를 했지만 어머니는 냉정하게 대처하셨다. 결핵요양원에 들어가야 한다는 의사의 말에 어머니는 나를 결핵요양원에 입원시키지 않고 집에서 치료시키겠다고 했다. 당시 결핵요양원에 들어갔다가 죽어서 나오는 사람이 많았다. 집에서 전염을 시킬 수 있기 때문에 안 된다고 하는 의사를 물리치고 어머니는 나를 시골집으로 데려왔다. 별채 작은방에 혼자서 어머니는 다른 가족은 못 들어오게 하고 나를 보살폈다.

집으로 온 다음 날 나는 심한 기침과 함께 피를 토하고 정신을 잃고 쓰러졌다. 혼미한 정신 속에서 구름을 밟으면 발이 빠지는 깊은 수렁 속에서 누군가가 나를 부르는 소리까지 들었다. 죽음의 문턱까지 갔다가 눈을 떴다. 어머니가 내 손을 잡고 기도를 드리고 있었다. 나는 모른 체하고 그대로 있었다. 어머니의 따뜻한 손이 내 심장을 뜨겁게 했다. 어머니는 따뜻한 가슴이 없는 줄 알았다. 그때 처음으로 나는 어머니의 따뜻함과 포근함을 처음 느꼈다. 어머니의 따뜻한 손이 나의 온몸에 전해졌다.

나는 나도 모르게 눈물이 쏟아졌다. 따스한 어머니의 손을 그렇게 기다려온 나는 베개를 적실 정도로 눈물을 흘렸다. 어머니는 눈을 감고 계속 기도하고 계셨고 나는 계속 눈물이 쏟아졌다. 어머니도 결핵에 옮을 수 있다는 것을 아시면서 나를 지극정성으로 살렸다. 결핵환자에게 뱀이 좋다는 소식을 듣고 어머니는 동네 땅꾼들에게 부탁해서 매주 뱀 몇 마리를 어머니가 직접 가마솥에 산채로 넣어서 뱀탕을 끓였다. 어머니의 기도와 정성으로 기적처럼 결핵이 나았다. 어머니의 힘은 무서운 것이다. 그 당시 시골에서 대학 가기는 보통이 아니었다. 땅이나 소를 팔지 않으면 대학등록금에 하숙비 내기가 불가능했다. 그래서 대학을 우골탑이라 부르기도 했다. 어머니는 아버지를 설득해서 땅을 팔아서 우리 모두를 대학에 보냈다. 어머니는 전 재산을 자식에게 투자한 것이다. 그런 어머니의 피나는 노력이 없었으면 지금의 나는 존재할 수 없었을 것이다

어머니는 내가 결혼 후에도 며느리들에게도 엄격했다. 처음 결혼하고 집사람이 어머니 때문에 눈물을 흘린 적이 한두 번이 아니었다. 나는 그때마다 아내에게 이야기한다.

"어머니는 충분히 그럴 자격이 있는 분이다."

나이가 드셔도 어머니의 고집을 꺾을 사람은 아무도 없다. 구십이 넘으셨는데 지금도 어머니 하고 싶으신 대로 하셔야 한다. 자식들이 시골집이 불편하다고 아파트로 이사하라고 해도 절대 시골집을 떠나려고 하지 않으신다. 돌아가신 아버님과 평생 같이 살던 추억이 있는 집을 떠나시려고 하지 않으신다. 이제 어머니도 구십이 넘어가시면서 예전 같지 않으시다. TV를 틀어놓고 전원일기만 보신다. 채널을 돌려가면서 전원일기만 보신다. 그러고는 나에게 이야기한다.

"복길이가 어제 애기였는데 오늘 갑자기 처녀가 되었어. 방송이 이상하네."

여러 채널에서 전원일기를 하다 보니까 헷갈리시는 모양이다. 설날이면 그 많은 손자 손녀들에게 일일이 세뱃돈 봉투를 챙겨서 준다. 그리고 우리 자식들이 준 용돈으로 동네 할머니들에게 베풀며 사신다.

나는 지금의 어머니가 좋다. 구십이 지난 어머니는 내가 그렇게 원하던 자상하고 따뜻한 어머니로 돌아오셨다. 어머니가 계신 것만으로 나는 너무 행복하다. 어머니가 계시니까 고향이 따뜻하게 느껴진다. 나의 모든 것은 어머니에게서 나왔고, 어머니는 내 인생의 가장 훌륭한 스승이었다. 고향에 계신 어머니의 따스한 손길이 그립다. 어머니 사랑합니다.

엄마, 거기가 그렇게 좋아?

이상재(나사렛대학 교수, 클라리넷 연주자)

　나의 어머니, 아니 엄마…….

　나는 내 엄마를 어머니라 불러본 적이 없다. 가끔 집안 어르신들께서 다 큰 놈이 엄마가 뭐냐고 어머니라 불러야 한다 하시지만 난 그냥 엄마라는 말이 더 따뜻하고 정겨워서 좋다. 내게 엄마는 그냥 엄마다. 나의 전부이고 나의 눈이었던 엄마와 올해 7월 영원한 이별을 하고, 아직도 이별의 아픔에서 헤어 나오지 못하고 있다. 자꾸 엄마가 보고 싶어 눈물짓곤 하는데, 추억이라니, 그리움이라니… 그저 엄마와의 생생한 기억들이 아직 내 손에, 내 몸에 남아 나를 지탱하게 한다. 어디선가 '큰아들' 하고 엄마가 부를 것만 같아 가슴이 저려옴을 느낀다.

내 나이 7살 되던 해 어느 날, 동네 형들과 신나게 술래잡기를 하는데 내가 술래가 되어 골목 귀퉁이에서 '무궁화 꽃이 피었습니다'를 열 번 외치고 나니 아무도 없었다. 이리저리 형들을 찾던 중 빨간 티셔츠를 입은 앞집 형을 발견하고 그 등만 보고 뛰기 시작했다. 찻길을 건너 달리다 엄청난 속도로 내닫는 택시에 치여 몸이 공중으로 날았다. 정신을 차려보니 병원이었다. 팔과 다리는 뼈들이 모두 부서지고, 머리도 심하게 다쳤다. 그리고 그해 겨우내 눈이 잘 보이지 않는다는 사실을 알게 되었다. 교통사고 후유증으로 망막에 심한 손상을 입었다는 의사 선생님의 진단 결과를 듣고, 열 살 2월까지 약 3년 동안 9번의 수술을 받았지만 마지막 수술 후 의사 선생님은 더는 불가능하다는 진단을 내리셨다.

"우리 눈을 하나씩 주모 안 됩니꺼?"

울음 실린 어머니의 목소리를 들으며 '이제 난 끝이구나' 어린 나이에도 이런 생각을 하게 되었다. 부산맹학교 초등부 3학년 그해 7월, 나는 불빛도, 햇빛도 볼 수 없는 전맹이 되었다. 서울에 있는 병원을 오갈 때마다 엄마는 나를 데리고 창경원이나 고궁을 찾았다. 날개를 활짝 편 공작의 아름다운 자태, 공을 가지고 노는 코끼리의 장난스러운 모습, 물속에서 한가롭게 노는 하마와 물개, 호랑이와 사자, 여우와 양들을 보았던 기억, 고궁의 고즈넉한 분위기와 그 밝은 햇빛, 따뜻한 공기, 어느 먼 나라에 와 있는 듯한 느낌이 지금도 어제 일처럼 떠오른다. 이제 와 생각해보니, 그렇게 가난하고 어렵던 시절, 의료보험의 혜택도 받지 못하고, 9번의 수술을 받는 동안 가족의 집도 사라지고 그 후 20여 년을 셋집을 전전해야 했던 형편에 엄마는 비싼 입장료를 내며 나를 데리고 다니셨는지, 엄마의 마음을 조금은 알 것 같다. 그리고 감사하다. 그 유년의 경험은 예술가로서의 내 삶을 지탱해주는 든든한 자산이 되었다.

엄마는 이런 아들을 위해 보며 어떤 심정이셨을까? 자신의 눈이라도 주어 어린 아들을 지켜주고 싶은 엄마의 마음, 평생 아픔으로 자리 잡고 사셨을 어머니를 생각하면 가슴이 무너진다.

"저 손님은 언제부터 눈이 그리되셨나?"

"열 살 때요."

"그럼 수십 년이 되었겠네요."

"네, 40년이 좀 넘었네요."

"참, 긴 세월 불효하셨구먼."

"아니, 기사님, 그럼 장애를 가진 사람들은 다 불효자란 말씀이신가요?"

"암만, 자식이 감기몸살만 나도 잠도 못 자고 일도 못하고 가슴 졸이는 게 부모인데, 40년 넘도록 그리 살았다니 그 부모 맘이 어떻겠나, 그게 불효란 말이지… 부모님께 효도하시게나…."

그 택시 기사님의 말을 듣는 순간 생각했다. 난 엄마에게 늘 아픔이고, 멍이고 한숨이고, 눈물이 아니었을까? 엄마는 다른 엄마들처럼 큰아들인 나로 인해 기쁘거나, 행복하거나, 밝게 웃어본 적이 과연 있었을까? 뭘 이뤄내도 그저 가슴 아프고, 전임교수에 임용되던 때도 힘들었던 기억들로 한숨이 나오고, 장관상, 대통령상을 받았어도 눈물이 나고, 내 공연을 본 사람들이 감동적인 연주였다고 평을 해도 마음이 시리고 안타깝고 그러셨을 것이다. 그러나 난 엄마의 눈물을 많이 보지 못했다.

초등학교 2학년 초 겨울 무렵으로 기억한다. 부산맹학교 기숙사 생활을 하고 있어 엄만 토요일에 나를 데리러 오시고 진해집에 있다가 일요일 저녁이나 월요일 새벽차로 기숙사로 돌아갔다. 늘 엄마와 함께였으나, 어느 날은 아랫집 아주머니께서 부산 친정집에 다니러 가실 일이 생겨 나를 기숙사까지 데려다주시기로 하였다. 나는 엄마와 아랫집 아주머니와 함께 옷가방을 챙겨 들고 탑산 근처 시외버스 터미널에 도착하여 부산행 직행에 몸을 실었다. 창가에 앉아 있는데, 엄마가 '톡톡톡' 창을 두드리신다.

"엄마, 얼른 드가이소, 막 버스 갑니더."

"아이고, 느그 엄마 우시네, 니 보내려니 마이 서러운 갑다. 쯔쯔쯔…."

그제야 난 엄마가 늘 소리 없이 우셨다는 걸 알았다. 보지 못하는 자식에게 들키지 않으려 애쓰시며….

"어이 학생, 이거 가지고 올라가"

음대에 도착해서 연습실로 가는 계단을 오르는데, 수위실 아저씨가 부른다. 엄마가 보낸 카세트테이프가 벌써 왔나 보다. 서양 음악사 책을 녹음한 테이프인데 내겐 이게 교재다. 금요일에 집에 가면 일주일 동안 쌓인 빨래에, 기숙사에 있으면서 먹고 싶었던 음식들, 주로 잡채, 육개장, 김치전, 삼겹살 등등… 엄마는 나를 먹이기 위해 늘 바쁘게 음식을 준비하시고, 내가 맛있게 먹는 모습에 뿌듯해하신다. 일요일 오후 내가 기숙사로 돌아가면, 바로 교재를 녹음해서 학교로 보내주신다. 녹음한 테이프를 봉투에 담아 뉴코아 백화점 앞에 서 있는 중앙대학교 스쿨버스에 가서 아무 학생이나 붙들고, "이거, 우리 아들 공부하는 테이프 인데, 음대 수위실에 갖다 주면 됩니다. 부탁합니다." 한 번도 빠트린 적도 늦은 적도 없다. 내 방에 들어와 엄마가 보내주신 테이프를 들으며 공부를 한다. 다른 친구들보다 2주 먼저 예습을 하게 되는 셈이다.

엄마의 헌신과 살가운 보살핌으로, 동생들과 주변 사람들의 따뜻한 도움으로 관현학과를 수석으로 졸업할 수 있었다. 기적에 가까운 일이 아닐 수 없다. 수석 졸업 기사가 일간지에 소개되고, 여기저기서 연주 요청이 들어왔다. 나는 프로 음악가인 양 연주료를 받으

나는 내 엄마를 어머니라고 불러본 적이 없다.
가끔 집안 어르신들께서 큰놈이 대학에 다니는데,
엄마가 뭐냐고 어머니라고 불러야지 하시지만,
난 '엄마'라는 말이 더 따뜻하고 정겨워서 좋다.
내게 엄마는 그냥 엄마다.

며 여러 콘서트에 출연했다. 그러나 미래를 담보하기에 대학 졸업의 나의 학력은 턱없이 부족함이 느껴졌다. 유학을 결심하자, 부모님을 포함하여 주변 모든 사람들이 반대했다. 그도 그럴 것이 한국에서도 학교 다니는데도 그렇게 힘들었는데, 어떻게 혼자 힘으로 말도, 물도 낯선 곳에 가서 그것도 아무 도움 없이 혼자 공부하고 지낼 수 있을지 걱정이 앞섰을 것이다. 하지만 난 공부의 갈증을 해소하기 위해 모두의 걱정을 뒤로한 채, 동생의 도움으로 몰래 원서를 쓰고 휴대용 비디오카메라로 연주 영상을 찍어 여러 미국 학교에 보냈다. 1991년 5월 드디어 피바디 음대로부터 합격 통지서를 받고 그제야 부모님께 말씀드렸다. 그때부터 출국 준비를 해도 일정이 너무 촉박하였다. 건강검진에, 비자발급에, 잔고증명에… 출국을 일주일 앞두고 초조하게 기다리고 있던 내게 반가운 엄마의 전화가 울렸다.

"야야, 서류 다 보냈다. 다음 주에 비행기 타모 된다." 공중전화 속 울먹이던 엄마의 목소리가 지금도 생생하다. 막 수취함을 닫으려는 DHL 트럭에 달려가 서류를 던져 넣었다고, 유학서류 공증을 할 수 있는 국제변호사 사무실을 몰라 을지로 법무사 사무실 골목을 몇 바퀴나 돌았다고… 발을 동동 구르며 여기저기 뛰어다니셨을 엄마의 사랑이과 정성이 지금 나를 있게 했지만, 그때 엄마에겐 30년 동안 엄마의 건강을 괴롭힌 몹쓸 병! 당뇨를 앓게 되셨다.

여기서 끝이 아니다. 35kg 이민가방 4개에 짐을 꼭꼭 채워 들고 엄마와 함께 피바디에 도착했다. 엄마는 2주 동안 내가 혼자 지내기에 불편함이 없도록, 학교 근처 가게, 세탁소, 약국 등 직접 지팡이를 짚고 다니며 익힐 수 있게 해주시고, 지하에 있는 세탁장에서 빨래부터 건조하는 방법, 강의실을 찾아가는 방법, 카페테리아에서 음식을 받아 가까운 테이블까지 쏟지 않고 가는 연습까지, 세심히 챙기시고 또 당부하시고 당부하신다. 그런데도 온갖 걱정에 귀국하시는 비행기 안에서 내내 울면서 기내식을 드시는 바람에 한 달이 넘도록 위장약을 드셨다고 한다.

"공부는 힘들지 않니? 묵는 것은 괜찮고? 아픈 데는 없고?" 등등.

한국으로 돌아가신 뒤 통화료가 비싸 30초 아니면 1분 남짓 통화하는 동안 엄마는 쉼 없이 묻고 또 묻는다. 홀로 두고 온 아들 걱정에 드시는 것도 주무시는 것도 힘드셨을 우리 엄마, 나만큼 큰사랑에 행복한 사람이 있을까…?

"어르신 연세가 어떻게 되세요?"

"아흔넷."

"엄마 여든 하나신데 왜 13살이나 올리서."

"지금 계신 곳이 어딘지 아세요?"

"여가 철산… 아이모 목동인가…."

"엄마 여기 엄마 집이잖아."

"그럼 자제분은 어떻게 되세요?"

"아들이 넷인다…."

"아들 셋인데, 어디 숨겨논 아들 있으셔?"

　요양급여 현장실사로 나온 보건소 직원의 질문에 엄마는 엉뚱한 대답을 하신다.

　엄마에게 뇌경색 후유증으로 혈관성 치매가 찾아와, 최근 기억뿐 아니라 과거도 잘 기억을 못 하신다. 아버지가 볼일 보러 나가시고, 난 엄마의 점심을 챙겨 드린다. 요양보호사 선생님이 챙겨두신 만두와 찐빵을 드시기 좋게 잘라 드리면 맛있게 드신다. 비타민C가 많아 환자에게 좋다는 골든 키위를 깍고 있으면,

　"그거 시어서 못 묵는다. 깍지 마라" 하시곤 입에 넣어드리면 잘 드신다.

　"니는 밥 묵었나?"

　"나는 집에 가서 맛난 거 많이 묵으니깐 내 걱정은 마시고 맛있게 다 잡수이소."

　"이거 무라"

　괜찮다는 말에도 아랑곳하지 않고 기어코 찐빵통에서 만두 하나를 꺼내 손에 쥐여주신다.

　엄마란… 이런 것인가! 당신의 나이도, 사는 곳도, 아들이 몇인지

도 모르면서, 그저 본능적으로 자식에게 무언가를 먹이려고, 움직이기도 불편한 손으로 만두를 쥐여주는… 콧등이 시리고 눈이 아프다.

일요일 아침, 부모님 집 비밀번호를 누르고 현관을 들어서니 따뜻한 집안 공기가 후끈 달아오른다. 지은 지 오래된 집이지만 부모님이 사시기엔 참 좋다.

"엄마, 잘 주무셨어?"

"아들 왔나… 잘 잤다."

"엄마, 오늘 일요일인데, 목욕하셔야지."

"아이다. 오늘은 마 쉬자."

"안 돼, 일주일 한번 하는 목욕도 안 하면 찝찝해서 어쩌시려고, 자 후딱 씻겨드릴 테니 빨리 합시다."

엄마 등을 받쳐 요양보호센터에서 대여한 전동침대에 앉힌 다음 무릎을 꿇고 엄마 티셔츠와 런닝셔츠를 벗긴 뒤 다시 눕혀 바지와 기저귀를 뺀 다음, 양쪽 겨드랑이 아래 팔을 넣어 가슴 앞에서 깍지를 낀다. 엄마를 들어 욕실로 향한다. 엄마를 작은 의자에 앉히고 샤워를 시작한다.

머리부터 발끝까지 따뜻한 물로 적셔드리고, 샴푸를 손에 묻혀 여러 번 문지르며 머리를 감기는 동안 엄마는 물이 얼굴로 내려오지 않는 틈을 잘 알아 '푸푸' 숨을 쉰다. 얼굴부터 몸쪽으로, 가슴, 등,

배, 허벅지, 다리… 거품이 묻은 샤워 타월로 깨끗이 구석구석 닦아드리면 시원하신지 미소를 짓고 계신다. 왼쪽 발가락은 사이가 붙어 있어 씻겨드릴 때마다 늘 애를 먹는다.

"엄마, 밥 많이 드셔야지 살이 너무 빠져서 젖도 하나도 없네."

"아이다, 나 밥 잘 묵는다. 그거는 느그들이 다 빨아 무뻐서 그런 거다."

엄마를 일으켜 욕실 턱을 짚게 하고, 엄마 배는 내 왼쪽 허벅지에 뒤쪽은 내 오른쪽 허벅지에 끼우고 엄마 엉덩이를 씻는다. 다리에 힘이 없어 오래 서 있지 못하시기 때문에 이렇게 하지 않으면 주저 앉거나 앞으로 쓰러지신다. 늘 기저귀를 차고 계셔서 특히 엉덩이 쪽을 깨끗하게 씻지 않으면 피부가 상해 고생하신다. 아버지가 침대 위에 수건을 깔아두시면, 엄마를 수건으로 감싸 꼭 안아서 침대로 간다. 물기를 닦고 옷을 입혀드리는 동안 아버지는 스킨로션을 들고 서 계신다. 로션을 듬뿍 발라 얼굴을 '톡톡' 두드려드리는데 아프다 소리치며 하지 말라 하신다.

"하지 마라, 하지 마라, 아프다. 니는 예의도 없는 놈이다."

"여보, 큰아들이 엄마 목욕시켜주고 이쁘라고 로션 발라준다꼬 땀이 비 오듯 하는데, 당신은 와그라요." 아버지가 무안하신지 서둘러 식사 대용으로 드시는 두유를 가지고 오신다.

늘상 있는 일이라 엄마의 행동도 말도 나에겐 행복이다. 내가 해드릴 수 있는 일이 있다는 사실이 자식으로서 감사하고, 엄마의 쩌렁쩌렁한 목소리를 들을 수 있어서 안심이 된다. 언제까지 엄마가 내 곁에 계실지 모르지만 난, 지금 이 순간이 무엇과도 바꿀 수 없는 감동이고 행복이다.

"죽이 꼬시 하이 맛있네" 어제 끓여 놓은 전복죽을 데워드리니 맛있게 드신다.

"엄마, 많이 잡수이소, 엄마 말대로 94살까지 살라모 아직 13년 더 살아야 됩니더, 힘 내시소."

"암만, 그래야지. 내, 잘 묵고, 오래 살아야지."

그러나 우리의 바람을 뒤로 한 채 엄마의 건강이 나빠지기 시작했다.

요로감염 치료차 일주일간 입원하시는 동안 코로나 때문에 면회가 되지 않아, 아버지와 나는 간호사들이 귀찮아할 만큼 자주, 하루에 대여섯 번 전화만 할 수밖에 없었다.

"엄마, 밥은 잘 드셨어? 약도 다 묵고?"

"니 어데고? 아버지는? 왜 한번을 안 오노?"

"코로나 때문에 면회가 안 되서 엄마한테 갈 수가 없습니더, 내일 퇴원이니까 아버지랑 엄마 데리러 갈게예."

"빨리 데리러 와아~~~~ 너무 보고싶다~."

"나도 우리 엄마, 많이 보고 싶어. 엄마~~ 엄청 많이많이 사랑해."

"나도 우리 큰아들 엄청엄청 많이많이 사랑해."

엄마의 목소리로 들은 마지막 말이다. 그다음 날 엄마는 뇌 경련 발작을 일으켰고, 근처 3차 의료기관에서 치료를 받았다. 처음엔 시선도 맞추고, 이름을 물어보면 분명한 발음은 아니지만 대답도 했는데… 열흘이 채 안 돼 의식을 잃었다. 그 후 심폐소생술도 하고 인공호흡기와 투석기도 달아보았지만, 끝내 7월 25일 우리 곁을 떠나셨다.

엄마가 병원에 계실 때다. 아버지 대신 엄마를 돌봐드리는데… 큰 볼일을 보시며,

"야야, 이기 체면 땜시 잘 안 나온다. 커튼 치고 이불로 좀 가리도라."

"엄마, 내는 눈이 안 보여서 괜찮아, 안 보이는 아들이 아버지보다 낫지, 편하게 보셔."

"느그 아버지는 어디 갔노?"

"아부지는 왜? 이렇게 아들이 보살펴드리는데, 그리 아버지가 좋으요? 아들은 싫고…."

"아이, 그게 아이라, 느그 아버지가 편해서 그러지." 그 말 속에 비

친 엄마의 마음을 모를리 가 있겠는가. 앞이 안 보이는 아들이 변기를 비우느라 쏟을까, 다치진 않을까? 힘들게 하는 건 아닐까? 엄마는 볼일을 보시면서도 늘 큰아들 걱정과 안스러움에 편히 볼일조차 보시기 힘드셨을 거란 걸…. 아니나 다를까, 난 변기를 씻으러 화장실로 가는데, 쏟을까 봐 더듬더듬 한참이나 걸렸다. 병실로 돌아와 침대 밑에 변기를 보관하고 엄마에게 묻는다.

"엄마, 엄마는 살면서 언제가 제일 좋았어?"

"느그들 잘 됐다는 소리 들을 때가 제일 좋았지."

고개를 돌리고 눈물을 흘리다 코를 푸니, 엄만 감기를 걱정하신다.

살면서 자식이 전부이고 행복이었던 엄마에게 더 많이 효도하지 못한 후회가 밀려온다.

엄마, 거기가 그렇게 좋아?

밤마다 잠들기 전에 엄마가 보고 싶다고, 엄마 목소리 듣고 싶다고, 내 꿈에 좀 와달라고 그렇게 간절하게 기도를 하는데, 어찌 한번 찾아오질 않으셔?

가실 때도, 남아 있는 가족 힘들다고 정 떼고 이렇게 떠난다는데, 엄마는 이렇게 뭉텅이로 쌓아놓고 그냥 그렇게 가시면 어떻게 해?

'엄마, 끝까지 잘 보살펴드리지 못해 미안해. 앞 못 보는 아들 사람답게 살 수 있도록 키워주시고 사랑해주셔서 정말 고맙고 감사해요. 한 번이라도 더 꼭 안아드리지 못해 더더 미안해, 엄마, 내가 우리 엄마 엄청엄청 많이 사랑하는 거 알지? 엄마 너무 보고 싶어, 엄마 아들로 태어나서 참 행복하고, 모두, 다 고맙고 사랑해. 엄마, 너무 보고 싶어.'

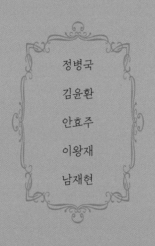

정병국

김윤환

안효주

이왕재

남재현

두 어머니

정병국(전 문화부장관)

어머니라는 이름

거대한 산, '어머니'처럼 우리의 마음을 설레게 하는 단어는 없을 것이다. 어머니란 단어를 떠올리기만 해도, 또 어머니란 단어를 듣기만 해도 가슴이 두근거리는 까닭은 아마 어머니처럼 그 어디에도 오염되지 않은 무염無染의 존재가 이 세상에 없기 때문일 것이다. 순도 100%의 원석原石인 어머니, 그리기에 경외심마저 느끼게 하는 어머니.

나는 한동안 침묵의 시간 속에 나 홀로 머물러 있었다. 그리고 눈을 감고 한참을 또 한참을 내 어머니에 대해 생각해보았다. 그러자 화석화되어 미동조차 하지 않던 오래된 기억의 편린들이 마치 비 온 뒤 저마다 자신의 존재를 뽐내는 봄날의 파릇한 새싹들처럼 한꺼번에 모습을 드러내는 것이 아닌가. 눈을 뜨면 금세 사라질 것만 같아 나는 나도 모르게 눈을 꼬옥 감았다. 시간이 흐를수록 빛바랜 사진첩 속 조각들은 생명을 얻은 듯 살아 움직이기 시작했다. 어머니는 오래된 무성영화 속 여주인공처럼 시공을 초월해 빠르게 움직이고 있었다.

안방엄마 그리고 에미

나는 양평 사람이다.

신령스러운 용이 산다 하여 검룡소儉龍沼라 불리는 샘물에서 발원해 굽이치고 굽이치며 수많은 산 내 개울의 물을 한데 모아 내 집 앞까지 흐르고 있는 남한강. 한강의 젖줄 중 하나인 그 남한강을 앞에 두고, 뒤로는 일곱 개의 읍이 한꺼번에 눈 아래로 펼쳐 보인다 하여 칠읍산이라고도 하는 추읍산이 든든히 바람막이 하고 있는 곳, 바로 그곳 경기도 양평군 개군면 부리 81번지에서 나는 태어났다.

참으로 아름다운 땅 양평의 진산鎭山인 용문산의 기운을 받았던지 나는 농부인 아버지와, 남들은 하나뿐인 어머니를 두 분씩이나 모시는 행운을 누릴 수 있었다. 혹여 행운이라는 말이 어폐語弊가 있는 것처럼 들리기도 하겠지만 솔직히, 아니 진심으로 내겐 행운이었다.

한 어머니는 '안방엄마'였으며, 또 한 분은 친어머니인 '에미'였다.

아버지는 '안방엄마'와 혼인을 하셨지만, 두 분 사이에 아이가 없자 '에미'가 정씨 가문의 대를 잇기 위해 일종의 후처後妻로 들어오신 것이다. 자연히 본처本妻인 '안방엄마'는 안방에 거하셨기에 '안방엄마'로, '에미'는 '안방엄마'가 내 친어머니를 부를 때 '에미'라고 했기에, 지금도 우리 형제들 사이에서는 아무 거리낌 없이 두 어머니를 구별해 이렇게 부르고 있다.

머리가 커서는 두 분의 성격과 역할에 맞게 모든 집안 살림을 도맡아 했던 '안방엄마'를 내무부 장관, 바깥 살림을 맡았던 '에미'를 외무부 장관으로 부르기도 하였다.

살아생전 두 분 사이에 그 어떤 문제나 갈등을 전혀 보거나 느끼지 못했기에, 아주 어렸을 때는 어머니가 두 분인 것이 당연한 줄 알았으며, 어머니가 한 분이어야 함을 깨우쳤을 나이에도 나는 그 어떤 부끄러움이나 창피함을 경험하지 못했다. 이 점 두 분께 감사드린다.

'안방엄마'는 참으로 큰 어른이었다.

기억난다. 아마 그때가 사월 초파일이었던가.

여섯 살이었던 내 손을 잡고 '안방엄마'는 지금의 이포대교에 있던 나루터로 향했다. 나룻배를 기다려 타고 강 건너에 내린 후 한참을 걸어 올라 원적산 중턱에 자리 잡은 포초골 미륵좌불이 있는 청양절(지금은 대성사大成寺로 바뀌었다)에 갔다. 비록 큰 절은 아니었지만

어머니란 단어를 떠올리기만 해도, 또 어머니란 단어를 듣기만 해도
가슴이 두근거리는 까닭은 아마 어머니처럼 그 어디에도 오염되지 않은
무염(無染)의 존재가 이 세상에 없기 때문일 것이다. 순도 100%의 원석(原石)인
어머니, 그러기에 경외심마저 느끼게 하는 어머니.

연꽃무늬 대좌 위에 거대한 돌부처가 반쯤 눈을 감고 우리를 반갑게 맞아주었다. '안방엄마'는 곧바로 계단을 올라 대웅전으로 들어가 절을 올리기 시작했다.

나도 따라 절을 올렸다. 수없이 반복되는 '안방엄마'의 기도문이 귓가에 들려왔다.

"정씨 가문이 번창하고 잘되도록 부처님께 비나이다~."

"정씨 가문이 번창하고 잘되도록 부처님께 비나이다~."

나도 덩달아 빌기 시작했다.

"정씨 가문이 번창하고 잘되도록 부처님께 비나이다~."

그때는 어려서 아무 생각 없이 재미로 따라했지만, 나중에 생각하니 '안방엄마'가 그토록 고마울 수가 없었다.

이뿐인가.

초등학교 5학년 때, 아버지의 뒤를 이어 농사를 지으라는 아버지에 맞서 서울로 전학시켜 달라고 떼를 썼다. 결국 내 고집에 밀려 허락하셨지만, 학비와 생활비 조달은 모두 두 어머니 차지였다. 정미소에 가 쌀을 찧을 일이 생기면 아버지 몰래 여분의 쌀을 더 가지고 가 그것을 팔아 내게 돈을 보내주셨다. '에미'야 친자식이어서 당연하겠지만, '안방엄마'는 당신이 낳은 자식이 아니었는데도 그리한 것이다.

어디 그뿐인가?

군사 독재에 맞서 학생운동을 하다 수배를 당하거나 옥고를 치를 때에도, 그리하여 동네 사람들로부터 '빨갱이 집안'이라며 낙인찍혀 온갖 수모와 험담을 들을 때에도 안방엄마는 꿋꿋이 나를 믿고 지켜 주셨다. 이때에도 절에 가 나를 위해, 그리고 정씨 집안을 위해 부처 님께 기도를 드렸을 것이 분명하다.

아, 그리운 안방엄마!
어머니의 마음은 바다와 같이 넓고 하늘과 같이 높다고 하였지만, 어찌 바다와 하늘의 넓고 높음만으로 나를 향한 그분의 사랑을 비견 할 수 있을 것인가.

'안방엄마'의 사랑은 신기할 정도로 늘, 언제나 한결같았다.
그분을 통해 인간의 내면에 '한결같은 마음씨'가 자리 잡고 있음을 알게 된 것만으로도 나는 행운아였다고 할 수 있다. 몸소 산고의 진 통을 통해 낳은 자식이 아님에도 그분이 내게, 그리고 우리 가족 모 두에게 보인 마음씨는 단지 곱고 따뜻하고 착함이라는 타고난 심성 心性 차원을 넘어 처음부터 끝까지 변함없는 자기희생과 노력이 뒷 받침되지 않으면 결코 일어날 수 없는 '마음 씀씀이'일 것이다. 아마 불교 용어를 빌리자면 무주상보시無住相布施, 즉 베풀었다는 의식조 차 없이 허공처럼 맑은 마음으로 타인에게 베푸는 그런 마음이 아닐

는지.

그분의 보시布施를 몸소 온전히 누린 당사자로서 그분이 내 어머니였음이 자랑스럽고 존경스러울 뿐이다.

또 한 분의 어머니 '에미'에 대한 감정은 '안방엄마'와는 사뭇 다르다고 할 수 있다.

이제 와 '에미'를 생각하면 혈육 관계 이전에 먼저 한 여인에 대한 연민憐憫의 정이 드는 것이 사실이다. 아내로서 2남 3녀를 낳아주었음에도 호적에도 오를 수 없었던 한 여인의 삶을 이해하기에는 꽤 오랜 시간이 걸렸다.

전학 간 지 얼마 지나지 않아 어머니가 서울에 올라오셨다. 어린 나이에 홀로 자취하고 있는 자식을 위해 반찬은 물론 옷가지들을 바리바리 싼 짐들을 이고 들고 하루에 한 번뿐인 새벽 기차를 타고 먼 길을 오신 것이다. 그 당시 서울에는 전차가 다녔다. 전차에서 내리는 '에미'를 본 순간 내 가슴속에는 반가움보다 창피한 감정이 먼저 엄습해왔다.

너무나 초라했다, 어머니가.

늘 고향에서 보아왔던 '에미' 그대로의 모습이었지만, 그날 나는 '에미'가 서울 사람과는 다른 얼굴과 피부와 행색을 지니고 있음을 발견했다. 사전 속 단어 '메떨어지다'와 참으로 잘 어울리는 그야말로 촌스러운 모양새.

양손에 들고 있는 커다란 보따리 뭉치 중 작아 보이는 짐 하나를 받아 들고 '에미'와 언덕길을 나란히 걷기 시작했다. 그러나 어느 순간, 머리에 큰 보따리를 이고 한 손에는 또 다른 보따리를 들고 있는 '에미'의 뒷모습이 눈에 들어왔다. '에미'와의 거리가 조금씩 더 벌어졌던 것이다. 뒤처지는 내가 안쓰러웠는지 '에미'는 이내 발걸음을 멈추고 뒤를 돌아보며 내가 가까이 다가오기만을 기다렸다. 비록 짧은 거리였지만 한참을 걸은 기분이었다.

그러면 내가 들고 있던 짐을 뺏어 들고 걷던 길을 묵묵히 다시 오르기 시작했다. 몸집보다 큰 짐이 어린 내겐 힘들고 버겁다고 느꼈던 것이다. 그러나 내게는 들고 있는 '짐'보다 더 무거운 다른 '짐'이 있었다. 행여 내가 알고 있는 급우가 나와 '에미'를 보지 않을까 하는 걱정과 두려움. 그 부끄러움과 창피함이 뒤섞인 불안감 때문에 나는 연신 주변을 돌아보았으며 자연 내 발걸음은 천근같이 무거워졌던 것이다.

'에미'가 서울에 올라올 때마다 이 같은 거리두기는 매번 반복되었다. 머리에 짐을 이고 양손에 보따리를 움켜쥐고 말없이 앞서가는 '에미', 그리고 사방을 두리번거리며 초조하게 뒷모습을 바라보는, 그리하며 앞서서 걷는 그 여인과는 전혀 관계가 없는 타인임을 주변에 당당히 공표하는 나의 모습은, 마치 소통 불능의 대사를 각자 따로따로 읊는 '부조리 연극'의 주인공들처럼 이상하면서도 괴이하되 무척이나 능수능란하고 자연스러웠다.

그러나 이 연극이 비극적이었던 것은, 바로 그토록 태연스럽게 펼쳐 보인 극의 이면에 또 다른 무언극이 진행되고 있었다는 사실이다. '에미'가 이미 내 마음을 읽고 있었던 것이다. 단지 말을 하지 않았을 뿐…. 물론 처음에는 몰랐을 것이다. 하지만 이 같은 일이 수년 동안 반복되면서 나는 '에미'의 얼굴에서 나만이 읽을 수 있는 작은 변화를 감지하였다. 그것은 슬픔의 그림자였다. 서서히 그리고 조금씩 길게 드리워지는 슬픔의 언어에는 더 짙은 어두움이 서려 있음을 나는 그때 알았다.

자신이 어머니라는 사실을 남들이 알게 해서는 안 된다는, 그리하여 자신이 느끼는 슬픔조차도 자식에게 드러내서는 안 된다는 무언의 구슬픈 언어. 하지만 나는 그 소리 없는 소리를 분명히 듣고 있었다. 아마 아픔을 동반한 슬픔이었기에 '에미'의 가슴에는 이로 인해 깊게 패인 상흔이 남아 있을 것이다. 그러나 나와 '에미' 모두, 죽음이 두 사람을 갈라놓을 때까지 서로에게 아무 말도 하지 않았다.

그렇다. '에미'와 나는 그런 사이였다. 서로 말을 하지 않아도 들을 수 있는 사이.

아버지가 돌아가시고 난 후, '에미'가 서울로 올라왔다. 문민정부가 들어서고 자유로운 몸이 될 때까지 '에미'의 몸은 자신도 모르게 점점 피폐해지고 있었다. 내가 민주화운동에 미쳐 돌아다니면 다닐수록 '에미'의 병은 이와 비례해 미치도록 상하고 있었던 것이다. 하지만 그때도 '에미'는 별말이 없었다. 이미 자식의 마음을 읽고 있었기에….

결국 당뇨로 인해 거의 앞을 못 보던 중, 뛰어오는 이웃집 아이에게 부딪쳐 한동안 병상에 누워 계시다 돌아가셨다. 사고가 난 날은 내가 대통령을 모시고 남미 순방길을 떠나는 날이었다. 돌아가서도 '에미'는 아버지 곁에 묻히지 못하셨다.

'에미'를 생각하면 무엇보다 처연懷然한 감정이 앞서는 것이 내 솔직한 심정이다. 물론 내가 알고 있는 '에미'는 당연히 그렇지 않다고 할 것이다. 실제로 내게 자신의 운명을 탓하거나 자신의 삶이 불행하다고 드러내 말한 적이 없다. 그러나 나는 '에미'가 너무나 불쌍하고 가여워서 가슴이 에일 정도다. 그나마 '안방엄마'와 같은 고운 분이 곁에 계셨음에 나 스스로 위로 아닌 위로를 삼고 있다.

내 어머니 '에미'.

오늘따라 어머니의 이름을 부르고 싶다. 그러면 나에게로 와 하나의 몸짓이 아닌 꽃이 되지 않겠는가.

다시 봄, 두 어머니

4월.

개군면은 온 천지가 노랑의 바다다. 개나리처럼 원색의 노랑이 아닌 산수유 꽃만이 지닌 은은하면서도 엷은 슬픔이 배어 있는 노란빛이다.

아! 기억난다. 어린 시절, 봄의 전령인 산수유의 노랑이 사라지고 늦가을 서리와 함께 붉음이 사방을 뒤덮으면 우리 가족은 한 방에 모여 밤새껏 낮에 딴 산수유에서 씨를 발렸다. 과육이 한약재로 사용된 덕분에 온 동네 사람들은 저마다 부업 삼아 농사철이 끝나 잠시 쉬고 있던 손을 또다시 바삐 움직이곤 하였다. 그 시절, 밤참을 담당하시던 분은 당연히 내무부 장관인 '안방엄마'였으며, 가장 많이 씨를 발리는 분은 외무부 장관, '에미'였다. 그때 나는 두 어머니와 함께 행복 속에 있었다. 소리 없이 왔다, 소리 없이 사라지는 산수유 꽃처럼 두 분 모두 '이 세상 소풍 끝내는 날 아름다웠다'라는 한마디 말도 남기지 않은 채 그저 소리 없이 왔다 가셨다.

만개한 산수유를 구경하며 옛일을 생각하다 차를 몰고 양수리까지 가기로 하였다. 빗방울이 채 떨어지기가 무섭게 와이퍼가 오래된 고무 마찰음을 내며 앞 유리를 훑고 있었다. 마을 어귀를 벗어나자 또 다른 광경이 눈에 들어왔다. 산수유가 없는 곳이라 이내 노란빛이 사라지고 빗방울을 흠뻑 머금은 신록의 연초록빛만이 강을 따라 끝도 없이 펼쳐지고 있었다. 아름다웠다. 그것도 잔인할 정도로.

이제야 4월을 잔인한 달이라고 외친 T. S. 엘리엇의 시를 이해할 것만 같다. 얼마나 아름다웠으면 죽음을 목전에 두고 다시 삶의 애착을 느끼게 만들었겠는가.

4월은 가장 잔인한 달, 죽은 땅에서 / 라일락꽃을 피우며, 추억과 / 욕망을 섞으며, 봄비로 / 생기 없는 뿌리를 깨운다

기억나는 대로 속으로 읊어보았다.

비가 와서인지 차창 밖으로 보이는 남한강의 물 색깔이 진흙빛을 띠고 있었다. 세상의 온갖 더러운 오물들을 한데 모아 담았는지 그야말로 탁류濁流 그 자체였다.

한참을 달렸을까. 어느 순간 물 색깔이 바뀌는 경계선이 보였다. 남한강이 북한강과 만나고 있는 것이다. 남한강의 물줄기와 북한강의 또 다른 물줄기, 두 물줄기가 한데 합쳐져 붙여졌다는 순우리말 이름 두물머리, 바로 양수리였다. 가까이 다가가자 이제 물의 경계가 사라지고 모두 한 빛으로 한 강으로, 한강으로 유유히 흘러가고 있었다. 나는 길가에 차를 댄 후, 우산을 집어 들고 차에서 내렸다. 짧은 순간이었는데도 빗물은 어김없이 그 틈을 비집고 들어와 머리와 얼굴을 세차게 내리치고 있었다. 나는 서둘러 우산을 펼친 후 강

변을 걷기 시작하였다.

봄비치고는 꽤 많은 장대비라 강물에 부딪히는 빗방울 소리가 봄의 향연을 알리는 독주회처럼 정적 속에 홀로 음악이 되어 소리 내고 있었다. 오랜만에 한가로이 마주하는 평화로운 순간이었다. 정신없이 바삐 돌아가는 일상에서 벗어나 얼마 만에 맛보는 여유로움인가. 두 강물이 합쳐지는 경계를 걷다 보니, 문득 두 어머니가 곧 나에게는 두물머리라는 생각이 뇌리를 스쳐 지나갔다.

그렇다.

두 분은 서로 다른 물길을 따라 흐르다 먼 길을 돌고 돌아 예정된 운명처럼 서로 만나, 한 분은 '안방엄마'로, 그리고 또 한 분은 '에미'란 이름으로 내게 오신 것이다. 덕분에 나는 남들보다 두 배로 큰 '어머니'란 한 이름의 자궁 속에서 분에 넘치는 사랑과 희생이 동반된 헌신이라는 자양분을 먹으며 지금의 내가 되었다. 어머니란 이름으로, 아들이란 이름으로, 가족이란 이름으로 남들과는 다른 연을 맺으며, 잠시 소풍 온 지상에서 우리만이 알 수 있는 우리만의 추억을 공유할 수 있는 특혜 또한 맛보았다. 두 분이 있어 어머니에 대한 추억 또한 배가 될 수 있었다.

생각이 여기에 이르자 두 어머니에 대한 억제할 수 없는 그리움이 물밀 듯이 몰려왔다. 슬픔이 너무 크면 눈물이 나오지 않는다고 했던가.

'어머니'란 이름을 소리쳐 불러보고 싶었지만, 소리가 나오지 않았다. 하지만 나는 확신한다. 두 분 모두 내가 외치는 소리를 분명 들었을 거라고. 내 어머니이지 않은가.

한동안 넋을 잃고 강물을 바라보다 다시 차가 있는 곳으로 발길을 돌렸다. 몰아치던 빗줄기가 잦아들기 시작했다. 나는 우산을 접고 비를 맞기로 하였다. 봄비가 아니던가….

집으로 돌아가는 길, 막연히 누군가 나를 기다리고 있을 것 같은 기분이 들었다. 누굴까….

차가 모퉁이를 끼고 돌자 노랑의 물결이 앞 유리를 뒤덮기 시작했다. 저절로 입가에 미소가 지어졌다. 나를 기다리고 있던 것은 다름아닌 산수유였다.

산수유의 꽃말이 '영원불멸의 사랑'이었던가.

물오른 꽃들 사이로 두 어머니가 보였다.

어머니, 사랑합니다

김윤환((주)영광도서 대표이사)

씨암탉을 판 어머니의 오천 원

어머니는 내 회사 ㈜영광도서에 투자한 첫 번째 분이라고 할 수 있다. 나의 천직인 서적판매 사업에 첫 번째 투자자가 어머니라는 사실이 나는 무엇보다도 자랑스럽다. 1967년 3월이었다. 부산에서 객지 생활하고 있는 나에게 고향의 봄바람이 불어왔다. 서점 점원일 때였다. 어머니께서 집안의 씨암탉과 수탉을 장으로 가지고 나가 판 돈 오천 원을 우편환으로 부쳐주셨는데, 그 금싸라기 같은 곡진한 돈이 오늘의 영광도서를 태동시킨 원천이 되었던 것이다. 어머니 기도와 사랑이 담긴 오천 원은 내 운명을 바꾸어버렸으니 그 가치와 무게는 무엇으로도 비교할 수 없을 것 같다. 어머니의 씨암탉이 황금알 낳은 것과 진배없었으니 말이다. 오늘의 나에게 엄청난 행운을 안겨주었기 때문이다.

어머니는 자식들을 위해 하루도 빠지지 않고 매일 새벽에 정한수를 떠놓고 기도를 해주셨다. 누구보다 먼저 어둑어둑한 꼭두새벽에 우물터로 달려가 떠온 첫 우물물이 정한수였다. 가족들의 옷이 낡거나 해지면 바느질로 누더기를 깁고, 밤새 베틀에 앉아 무명천을 짜서 6남 3녀의 옷을 해주셨다. 베틀 소리와 다듬이 방망이질 소리가 지금도 귓전에 맴도는 듯하다. 당시 우리 마을(함안군 대산면 구혜리)은 100호 정도의 비교적 큰 동네였는데 공동우물은 하나밖에 없었다. 제삿날이 가까워진 어떤 날은 물을 긷기 위해 밤새워가며 고생하시던 어머니 모습이 눈에 선하다.

고생도 운명으로 알고 삭여버린 어머니

어머니는 대산면 구혜리에서 30리쯤 떨어진 신촌마을에서 1920년 6월 27일 태어나 18세에 시집을 오셨다. 어머니는 막내며느리였지만 할머니는 다른 며느리와 똑같이 엄하게 대하셨다. 어머니는 들일과 밭일을 남정네 못지않게 하셨다. 삼베를 짜는 겨울에는 밤늦도록 길쌈을 하셨는데, 언제나 어머니는 꾸벅꾸벅 졸았고 할머니는 곰방대로 어머니를 때려 잠들지 못하게 하셨다고 말씀하신 적이 있다. 새벽닭이 울어야만 방으로 보내는 날들이 많았다고 하니 얼마나 고생을 하셨을지 짐작이 간다.

아버지는 할아버지가 지으시던 논밭을 그대로 물려받았는데, 살림을 늘릴 생각보다는《사서삼경》을 즐겨 외면서 시골 학동들을 가르치는 일에 전념하셨다. 그런 아버지의 모습이 어린 시절에는 이기적으로 보이기도 했지만, 마을 사람들에게 존경받는 모습을 보면 마음 한 편으로는 뿌듯하기도 했던 것 같다. 마을 사람들은 무슨 일이 생길 때마다 아버지를 찾아와 상담하고 조언을 들었던 것이다. 어머니는 천성적으로 자애로운 분임이 틀림없다. 밤낮으로 고생하면서도 누구를 탓하거나 신세타령을 하지 않으셨다. 당신의 운명이겠거니 하고 속으로 삭이셨다. 나는 어머니를 생각할 때 자비로움이 먼저 떠오른다. 녹록지 않은 살림이었지만, 특히 식사 때 걸인이 오면 "멀쩡한 사람이 왜 저러고 다니냐?"라고 하시면서도 외면한 적이 없었다. 가족들의 밥과 반찬을 줄여서 걸인에게 주곤 했던 것이다.

앞에서도 잠깐 얘기했지만 아버지는 한문으로 된 역사서《자치통감》이나《사서삼경》을 사숙하고 가르치는 한한자漢學者였다. 대부분의 농사일은 어머니와 형님들의 몫이었다. 어느 때인가는 어머니께서 만삭滿朔의 몸인데도 밭일을 하시다가 집으로 급히 돌아와 혼자서 동생을 순산하여 가족들이 깜짝 놀란 일도 있었다.

짐은 어깨에 맞추어서 져라

어린 시절, 어머니와 형들과 함께 나무를 하러 갔다. 우리 마을 구혜리는 들이 넓어서 나무를 하려면 보통 20~30리 떨어진 곳까지 가야 했다. 마을 뒤쪽을 흐르는 남강 상류를 건너 의령군 지정면의 태부고개, 원내 등지로 멀리 갔다. 형들이 만들어준 작은 지게를 지고 나도 한몫을 한답시고 쫄래쫄래 따라다녔다. 지금이야 연료가 바뀌고 운송수단도 크게 변했지만 트럭이나 경운기가 없었던 시절이었으므로 짐을 운반하는 도구는 오직 지게뿐이었다.

그래도 주먹밥을 지게에 달랑 매달고 형들과 함께 떠나는 길은 무척 즐거웠다. 소풍이라도 가는 듯이 앞서거니 뒤서거니 하면서 나는 노래를 부르는 등 재롱을 떨기도 했다. 그러면서도 나도 한몫을 톡톡히 하리라는 다짐을 마음속으로 했다.

새참 때쯤 목적지 산자락에 도착하면 지게를 벗어놓고 우리는 땔나무 일을 시작했다. 어머니는 주변을 빙 둘러보시고 비교적 나무하기가 수월한 곳을 지정해주셨다.

"니는 여기서 해라."

형들에게는 조금 더 올라가서 하라고 이르시고 당신께서는 주변에서 가장 힘든 산자락을 택하셨다. 갈비, 마른 가지, 둥치가 잘려나간 나무 밑동 등이 좋은 땔감이었다.

"손 다치지 않도록 조심하그래이."

어머니는 걱정이 되어 내가 있는 쪽을 자주 바라보시며 큰소리로 주의를 주셨다. 한창 힘을 쓸 나이인 형들은 부지런히 나무를 했다.

땔나무를 한 무더기씩 해놓고 그늘에 모여 주먹밥을 먹을 때가 나는 가장 신이 났다.

"너 짊어질 만큼만 해라."

"예."

대답은 그렇게 했지만 내심은 그게 아니었다. 누가 보더라도 옹골지게 해서 형들 못지않다는 대견함을 보여주고 싶었다. 이를테면 '어이구! 장하다. 벌써 어른 몫을 하는구나!'라는 칭찬을 들어야겠다고 작정했다. 열대여섯 살이면 제법 어른 흉내를 내는 동네 아이들도 있었다. 초등학교를 졸업한 덩치 큰 녀석들은 으슥한 담벼락에 옹기종기 모여 훔쳐 온 담배를 종이에 말아서 뻐금뻐금 연기를 내뿜기도 했던 것이다.

점심을 먹고 나서는 해거름이 되기 전에 각자가 한 나무를 차곡차곡 지게에 얹었다. 어머니의 나뭇짐은 다시 손댈 필요가 없을 만큼 빈틈없고 튼실했다. 형들의 나뭇짐은 겉보기에는 그럴 듯하지만 나뭇단이 제대로 다져지지 않을 때가 많았다. 나는 지게를 꾸릴 때 형들의 도움을 받곤 했다.

"많이 했구나. 근데 이 땔감을 다 꾸릴 작정이냐?"

내가 모은 나무 무더기를 보고 어머님께서 걱정스럽게 물었다.

"예."

나는 의기양양하게 대답했다. 그러나 어머니는 도리질을 하셨다.

"이걸 다 꾸리면 일어날 수도 없다. 반만 꾸려라."

"아입니더, 다 지고 갈 수 있습니더."

"집까지는 30리다. 욕심내면 안 된다."

"싫습니더. 얼매나 힘들게 한 나문데….'"

나는 뜻을 관철하고자 바득바득 우겼다.

"야, 임마! 그거 다 니꺼 될 것 같노? 반 짐 맞춰라, 반 짐."

형들마저 어머니 편을 거들자, 나는 눈물이 왈칵 쏟아질 것 같았다. 갑자기 외롭고 서러워서 고집을 피웠다.

"지고 갈 수 있심더. 얼매나 힘들게 했는데."

"할 수 없구나, 그래! 가는 데까정 가보자."

어린 내가 의기소침해지자 형들이 내 뜻대로 나뭇짐을 꾸려주었다. 그러나 큰 나뭇단에 작은 지게가 파묻힐 지경이었다. 나뭇단 위로 새끼줄을 넘기면서 형들이 계속 투덜거렸다.

"어디 얼매나 가는지 보자!"

마침내 나뭇짐 꾸리기가 완료되면 우리는 실크로드의 대상隊商 행렬처럼 대열을 지어 집으로 향했다. 그런데 나는 지게 작대기에 힘을 바짝 주어 일어서기는 했지만 바로 휘청거렸다.

'형들이 눈치를 채면 안 되지.'

나는 어머니와 형들이 눈치챌까 봐 다리에 힘을 모아서 오히려 앞서서 걸었다. 형들이 바로 뒤를 따르고 어머니는 맨 뒤에서 우리 형

지금도 그날의 나뭇짐 생각이 날 때마다 '짐은 어깨에 맞추어서 져라'는
어머니의 말씀이 가슴에 사무친다. 인생이란 사막을 건너면서
무리한 일과 지나친 행동을 삼가야 한다는 나의 생활신조는
어머니의 가르침에서 비롯되었다는 것을 절감하곤 하는 것이다.

제들의 걸음걸이를 주시하며 따라오셨다. 어린 나의 걸음걸이에 아무래도 마음이 많이 쓰였을 터였다.

고개를 넘기도 전인데 나는 비틀거렸다. 내 모습이 형들의 눈에 띄었을 정도였다. 그러나 나는 이를 악물고 빈틈을 보이지 않으려 애썼다. 그때였다. 어머니의 목소리가 들려왔다.

"자, 쉬었다 가자. 지게 받치그라."

어머니의 쉬자는 말이 반갑기 그지없었다. 어머니가 약간 높은 논둑을 의지하여 지게를 받쳐놓은 뒤, 내게 다가와 다짐을 받으셨다.

"니 정말로 이거 지고 집까지 갈 수 있겠나? 니 형들도 지(자기)힘에 맞게 지게를 꾸렸기 때문에 도와줄 수 없다."

의기양양하던 출발 때와는 달리 나는 풀이 죽어 대꾸를 못하고 고개를 떨구었다.

"지게 풀어라, 반 짐으로 다시 꾸리자."

애써서 한 나무를 반이나 버리자는 어머니의 뜻을 나는 거부할 명분도 묘수도 없었다.

"진작 그래라 카이(그렇게 하라니까). 왜 두 불 일(두 번 일) 시키노, 이카다(이러다가) 해 빠지겠다."

형들의 핀잔을 고스란히 감수하며 짐을 다시 꾸렸다. 절반이나 뭉텅 버려진 내 나뭇짐을 보면서 팔뚝이 잘려 나간 것처럼 가슴이 아렸다.

"마음 두지 마라, 정 아까우면 내일 너 혼자 와서 지고 가거라."

어머니는 '너 혼자'라는 말에 힘을 주었다. 그리고 우리는 다시 지게를 지고 사막의 대상처럼 느릿느릿 오아시스 같은 집으로 향했다. 개울을 건널 때는 어머님이 당신 지게를 먼저 옮겨놓고 다시 건너와 내 지게를 지고 건너셨다.

지금도 그날의 나뭇짐 생각이 날 때마다 '짐은 어깨에 맞추어서 져라'는 어머니의 말씀이 가슴에 사무친다. 인생이란 사막을 건너면서 무리한 일과 지나친 행동을 삼가야 한다는 나의 생활신조는 어머니의 가르침에서 비롯되었다는 것을 절감하곤 하는 것이다.

오늘의 나를 있게 한 어머니

링컨은 '내가 성공을 했다면 오직 천사와 같은 어머니의 덕이다'라고 말했다. 독일 소설가 장 파울은 '어머니는 우리 마음속에 얼을 주고 아버지는 빛을 준다'는 말을 남겼다. 그래서 셰익스피어는 '여자는 약하나, 어머니는 강하다'라고 했을 것이다.

나는 어머니로부터 정직하고 성실하면 어떤 일이든지 이룰 수 있다는 힘과 용기를 물려받은 것 같다. 생활방식은 옛날의 다른 어머니와 다를 바 없는 분이었지만 누구보다 앞서가셨던 분이 아닌가 싶다. 어머니가 직접 우리 형제들 앞에서 시범을 보이듯 나무지게를 지셨고, 부산의 한 서점 점원으로 있던 내가 사업자금이 필요하다고 하자 집에서 기르던 씨암탉과 수탉을 장에 내다 팔아 오천 원을 보내주셨으니 말이다. 가정교육도 한학자인 아버지 못지않았다. 아버지가 《논어》나 《맹자》를 읽으시면서 공자 왈, 맹자 왈 하실 때 어머니는 당신이 솔선수범하시면서 어린 자식들의 교만함에는 늘 엄하게 타이르고, 형제간에 우애가 없으면 집안이 망한다며 무엇보다 형제간의 우애를 귀가 아프게 당부하셨던 것이다.

그런데 나의 어머니, 배계아裵季阿 여사는 평생 자식을 위해 고생만 하시다가 1987년 추석을 5일 앞두고 68세에 뇌출혈(중풍)로 돌아가셨다. 생가지가 찢어지는 듯한 비통함에 얼마나 눈물을 흘렸는지 모른다. 지금도 어머니를 생각하면 왜 그때 정성껏 좀 더 잘 모시지 못했을까 하고 가슴에 회한悔恨으로 남는다.

오늘은 링컨의 말을 이렇게 고쳐서 읽고 싶다.

'내가 성공을 했다면 오직 관세음보살 같은 어머니 덕이다.'

그렇습니다. 오늘의 저를 있게 한 관세음보살 같은 우리 어머니, 사랑합니다. 고맙습니다.

신화가 된 어머니

안효주(요리연구가, 효스시 대표)

두 달 전 어머님이 돌아가셨다. 열 달 동안 먹고 잠들던 내 보금자리를 아흔 해 동안 품고 계셨던 어머니께서, 이제 다시는 돌아올 수 없는 먼 길을 떠나신 것이다.

어머니의 죽음을 통해 다시금 알게 된 사실은, 사람은 아파서 죽는 것이 아니라 먹지 못해 죽는다는 것이었다. 몇 년 전, 담도암 진단을 받으시고 집과 병원을 오가며 병마와 싸우시던 어머니는 죽음을 앞두고 그렇게 일체 곡기를 끊으셨다. 처음에는 일시적으로 그러려니 무심히 넘겼지만, 하루하루 이 같은 일이 반복되자 어느 순간 겁이 나기 시작했다.

'죽음.'

'죽음'이란 접하기 싫은 어둠의 단어가 머릿속으로 엄습해오자 아버님의 사후 한동안 잊고 지냈던 죽음에 대한 공포가 살을 뚫고 에이듯 되살아나 온몸에 가시처럼 소름이 돋았다.

어머니와 곧 헤어질 시간임을 알리는 내 몸의 신호, 소름. 점자點字처럼 돋아난 두려움의 그 표징表徵 앞에 나는 가슴이 먹먹해지고 숨조차 쉬기 힘들어, 마치 들판에 우뚝 선 채 처연히 앞만 바라보고 서 있는 허수아비가 되고 있었다. 마음을 가다듬고 어머니를 바라보다 마침 병원 침상 귀퉁이에 걸려 있던 하얀 팻말 속 어머니의 이름이 눈 속으로 빨려들어 왔다.

태어날 때 받은 이름을 불러주지 않아 이제는 모두에게 잊힌 허명虛名뿐인 세 글자, 윤수례.

살면서 결코 이 이름으로 주인공이 되지 못했던 한 여인이, 드디어 죽음 앞에서 누구의 '어머니'란 이름을 뒤로하고 그동안 감춰두었던 본래의 이름을 되찾아 당당히 자신이 누구임을 뚜렷이 밝히고 있음에 가슴이 찢어지는 것 같았다.

'어머니' 이전에 '윤수례'란 한 여인이었음을 자각하자 여러 의문이 들기 시작했다.

과연 어머니는 누구인가.

과연 나는 어머니 이전의 '윤수례'란 여인에 대해 얼마나 알고 있는가. 이 여인 역시 젊은 날의 꿈이 있었을진대, 과연 나는 이분의 꿈이 무엇이었는지 알아보려는 노력조차 해본 적이 있었던가. 과연

이 여인의 삶이 그녀가 꿈꿨던 삶이었을까.

　주삿바늘이 들어갈 혈관조차 보이지 않을 정도로 몹시 야윈 손등을 어루만지자 세월이 만들어낸 굴곡들이 내 손을 통해 전달됐다. 비록 젊은 날의 곱디고운 섬섬옥수纖纖玉手는 아니었지만, 나에게는 세월이 새긴 주름조차, 햇빛에 그을린 피부조차 아름다운 지상의 가장 위대한 여주인공 윤수례였다.

　어머니의 조그마한 손톱들이 내 지문과 마주하자 나도 모르게 울컥 눈물이 났다.

　평생 손톱을 깎을 일이 없으셨던 어머니. 논밭에 나가 맨손으로 풀을 뽑고 김을 매다 보니 손톱이 길어질 틈이 없었던 것이다. 손톱들도 자신의 명이 다하고 있음을 알고 있는지 붉은빛이 전혀 보이지 않았다. 그리고 이내 손끝 마디들이 내 손을 스쳐가자, 잊혔던 기억이 떠올랐다. 어릴 적 어머니는 이 갈라진 손끝으로 학독(돌로 만든 조그만 절구)에 고추를 갈아 겉절이를 한 후 맨 먼저 내 입에 넣어주셨다. 그리고 나서 걱정스레 내 표정을 살피시며 '간은 맞냐'고 물으셨다. 내가 머리를 끄덕이며 환한 표정을 지으면 그제야 안심이 되었는지 어머니의 표정 또한 밝아졌다.

　짐승도 죽을 때는 자기 고향을 찾는다고 하지 않았던가. 며칠 후,

아무리 맛깔나는 음식이라 할지라도 사람의 몸을 해친다면
그것은 음식이 아님을 나는 어머니의 일거수일투족을 통해 보고 배웠다.
위생의 근간에는 바로 사람에 대한 존경과 사랑을 품고 있기 때문이다.
그만큼 어머니는 음식을 만들 때 도를 닦는 심정으로 정갈하고 또 정갈했다.
정갈한 음식은 정갈한 음식만이 나는 소리가 있음을 나는 잘 알고 있다.

병원에서 나와 집으로 모시자 한결 편안한 모습이었다. 곡기를 끊으셨기에, 어머니는 자연히 먹을 힘도 눈을 뜰 기운도 없어서, 몇 날 며칠을 눈을 감은 채 자리에 누워 마치 누에가 허물을 벗듯 육신의 껍질을 하나씩 하나씩 벗고 있었다.

나는 알고 있었다. 아픔의 정도를 표현하는 방식에 있어 모든 어머니가 동일하다는 것을. 조금 아프다면 몹시 아프신 거고, 아무 데도 아프지 않다며 괜찮다고 하시면 조금 아프시다는 것을… 어머니 역시 예외가 아니었다. 어머니는 결코 '조금' 아프시다는 말 대신 늘 '괜찮다'라고 하시며 걱정하지 말라고 하셨다. 어찌 암 덩어리를 가진 환자가 조금만 아프겠는가.

그랬다.

평소 남에게 신세 지고 싶어 하지 않았던 어머니는 괴로웠지만 괴로워하시지도, 아팠지만 아파하시지도 않은, 그리하여 죽음 앞에서도 지저분한 노추老醜를 보여주기 싫어 이렇듯 조금씩 조금씩 아주 서서히 사그라드는 촛불처럼 그렇게 마지막 남은 생을 소리 없이 잠자듯 마감하고 있었던 것이다. 순간순간이 내게는 어머니가 내주시는 지상에서의 마지막 선물이었기에 시간이 허락하는 한 이승에서의 마지막 어머니의 모든 것을 하나도 놓치지 않기 위해, 눈으로 귀로 마음으로 끝없이 퍼 담고 있었으며, 제발 고통 없이 돌아가시기만을 두 손 모아 빌었다.

그리고 1월의 달력이 넘어가기 전전 날, 자신의 죽음을 예견했던 것일까. 링거병에서 떨어지는 수액의 낙수落水 소리가 어머니의 마지막 심장박동처럼 힘없이 뚝, 뚜우뚝 간격을 두고 무심히 주입구를 통해 흐르고 있던 그날. 어느 순간 눈을 감고 계시면서도 귀로는 다 듣고 계셨던 어머니는 가족들 얼굴을 한 번이라도 더 보고 싶어 있는 힘을 짜내어 눈을 번쩍 뜨셨으며, 눈동자의 움직임만으로 자신이 낳은 4남 2녀와 그들로부터 생명을 얻은 손주들 모두를 쳐다보시고는 이내 눈을 감으셨다.

다행히 어머니에게 친숙했던 집에서의 운명이어선지 바람대로 고통 없이 지상에서의 생을 편히 마감하신 것이다.

이승에서의 어머니는 새벽 동이 트기 전 식구 중에서 가장 먼저 일어나 동백기름으로 곱게 머리를 손질하신 후, 부뚜막에 맑은 정화수井華水 한 그릇을 떠놓으시고 지극정성을 드리곤 하였다. 도시로 유학을 떠난 다른 형제들과는 달리 공부에 별로 취미가 없었던 나는 본의 아니게 군대 가기 전까지 어머니 곁에 오래도록 남아, 새벽마다 반복되는 수도사와 같은 어머니만의 의식을 마주할 수 있었다. 물론 당시에는 어머니의 행동이 성스럽다거나, 기이하다고 생각해 본 적이 없었다. 으레 어머니가 하는 일이어서, 안 하면 오히려 이상할 정도였다.

지금 와 생각하면 어머니와 공유한 그 시절의 희로애락 모든 것은 내겐 엄청난 행운이었다고 할 수 있다.

미당未堂 서정주 시인은 〈자화상〉에서 "나를 키운 건 팔 할이 바람이다"라고 했지만, 나에게 있어 그 바람은 '어머니'였다. 어머니가 안 계신 지금 나는 신기할 정도로 나를 통해 어머니를 보고 느끼고 있다. 식자재를 고르고, 음식을 준비하고 만들고, 그 완성품을 손님에게 내드린 후, 그의 표정을 살피는 일련의 모든 나의 행동은 그 시절 어머니가 내게 보여주었던 모습 그대로로, 청결, 근면, 정성 등 기존에 나 스스로 나의 것이라고 알고 있던 모두가 어머니의 것임을 문득문득 실감하기 때문이다.

결국 나란 존재는 단지 어머니의 피와 살이 만들어낸 피조물이 아니라, 어머니를 보고 따라 배우며 익히고 습득한 모든 것을 자기 것이라고 착각하며 살아가는 매우 이기적인 동물이었다고 할 수 있다.

사실 내가 태어난 남원은 해산물과는 거리가 먼 내륙에 위치한 곳이다. 물고기라야 고작 냇가에서 잡은 피라미로 매운탕을 끓여 먹는 것이 전부였다. 이따금 이른 새벽 여수에서 완행열차를 타고 온 아낙네들이 고등어나 갈치 등 바다 생선들을 갖고 와 머리에 이고 이 동네 저 동네 돌아다니며 팔러 다니지 않았다면, 짠물고기는 결코 맛볼 수 없던 진귀한 먹거리였다. 때문에 서울에 올라와 일식당에 처음 취직했을 때, 날생선으로 만든 초밥을 먹지 못해 촌놈이란 소리를 들을 정도로 나는 몇몇 생선을 제외하고는 보지도 알지도 못한 그야말로 생선에 대해서는 형편없는 문외한이었다. 그나마 문어를 먹을 수 있었던 것은 당시 아낙네들이 내려놓은 커다란 양은대야 속에 담겨 있었던 덕분이다.

동네마다 뿔뿔이 흩어져 장사를 하던 아낙네들은 점심때가 되면 식사를 하기 위해 어김없이 우리 집에 찾아오곤 하였다. 마치 산란을 하기 위해 본능적으로 강물을 거슬러 오르듯, 그들은 어머니가 계신 강으로 오르고 또 올랐다.

그랬다. 그들에게는 어머니가 편히 자신을 맡길 수 있는 쉼터였다고 할 수 있다. 돈을 내고 음식을 먹는 전문 식당이 아니라 굶주린 배를 채울 수 있는, 그저 부담 없이 쉬면서 한 끼 해결할 수 있는 친구 집이라고 하는 편이 나을 것이다.

결코 넉넉한 집도 아니었건만 어머니는 자신을 찾는 그들에게 모든 것을 진심으로 아낌없이 내주었다. 때가 지나도 오지 않는 아낙네들을 애타게 기다리다, 할 수 없이 밭일을 하려고 나가다가도 허둥지둥 총총걸음으로 바삐 집을 향해 오고 있는 그들을 마주치면, 시름을 떨구고 밝은 마음으로 다시 집으로 들어가 밥을 차려주던 어머니였다.

돌아가시기 전, 어머니와 이때의 이야기를 나누다가 '왜 그분들에게 잘해주었는가'를 궁금해 물어보았다. 어머니가 웃으면서 말한 짧은 한마디.

"자식들 잘되라고."

어머니는 이런 분이셨다.

쉘 실버스타인의 성인 동화 《아낌없이 주는 나무》처럼 어머니는 나에게 무조건적인 사랑을 베푸셨던 한 그루의 거대한 사과나무였다.

고등학교를 졸업하고 동네 선배와 둘이서 무작정 서울로 무단가출을 한 적이 있었다. 그리고 일주일 만에 돈이 다 떨어져 다시 집으로 돌아왔을 때, 어머니는 마치 성경 속 '돌아온 탕자'의 구절처럼 맨발로 마당까지 뛰쳐나와 아무 말도 하지 않고 한껏 안아주셨다.

어디 이뿐인가.

한때 내가 좋아했던 권투를 그만둔 것도 실은 어머니의 표정에서 기도와 같은 간절함을 보았기 때문이다. 텔레비전을 통해 내 시합을 보던 어머니는 상대방을 때리는 것도 싫었겠지만, 자식이 맞는 것을 도저히 볼 수 없었기에 권투 하는 것을 극구 말리셨다. 그때 어머니가 나에게 말했었다. "네가 권투를 계속하면 죽어버리겠다"라고.

그때 어머니의 그 같은 말과 표정을 본 나는 권투를 계속하면 진짜 어머니가 죽을 것 같아 가슴이 철렁했다. 결국 지금의 요리사란 직업은 어머니의 기도가 빚어낸 은총이 아니겠는가. 요리사란 직업 또한 우연이 아닐 것이다. 어머니의 음식 솜씨는 전문가인 지금의 나로서도 놀랄 정도로 상위 수준이었다. 유달리 눈썰미가 좋으셨던 어머니는 김치부터 메주, 된장, 간장, 고추장, 추어탕, 유과, 약과, 엿 등등, 단지 보는 것만으로도 맛을 재현해낼 수 있는 그야말로 음식의 마술사였다. 특히 지금처럼 계량화가 되지 않던 시절, 아랫목 구들장에 항아리를 들여놓고 이불로 감싸 온도를 조절해가며 빚어낸 술맛은 일품이었다. 눈동냥을 통해 오랫동안 어머니를 지켜본 나로서는 자연스레 어머니가 밭일을 하실 때면 텃밭에 나가 부추를 한 움큼 베어 전을 부쳐 새참으로 갖다 드릴 정도로 음식을 만드는 것에 전혀 두려움이 없었으며, 내가 만든 음식 또한 내 또래들이 상상하지 못할 정도로 맛도 수준급이었다.

하지만 무엇보다 어머니는 음식에 대한 기본적인 도道가 무엇인지 몸소 행동으로 내게 보여주셨는데, 그것은 바로 위생에 대한 가르침이었다. 아무리 맛깔나는 음식이라 할지라도 사람의 몸을 해친다면 그것은 음식이 아님을 나는 어머니의 일거수일투족을 통해 보고 배웠다. 위생의 근간에는 바로 사람에 대한 존경과 사랑을 품고 있기 때문이다. 그만큼 어머니는 음식을 만들 때 도를 닦는 심정으로 정갈하고 또 정갈했다. 정갈한 음식은 정갈한 음식만이 나는 소리가 있음을 나는 잘 알고 있다.

마치 묵은 홑청을 뜯어내고 새로 풀 먹인 홑청으로 간 이불 속으로 들어갈 때 들리는 바스락바스락 소리, 바로 철이 바뀔 때마다 손

수 어머니가 바꾸어주셨던 까슬까슬한 풀 먹인 홑청 소리가 내게는
정갈한 음식을 마주할 때 들리곤 한다.

　이 글을 쓰면서도 나는 여전히 어머니 속에서 살고 있는 나를 발
견한다.

　시간이 어찌 이토록 빠르게 흘러가는 걸까. 덧없는 것이 세월이던
가. 두 달의 시간이 하루의 낮과 밤처럼 느껴지기만 한데 벌써 두 달
이 지나다니… 하기야 겨울에서 봄으로 계절마저 바뀌었으니, 나만
인지하지 못했을 뿐 세월은 쉼 없이 산사의 새벽 종소리가 되어 잠
들고 있던 삼라만상을 깨우고 있었던 것이다.

　봄도 예전 그대로의 봄날이고 꽃도 예전 그대로의 봄꽃이라, 조춘
早春의 봄꽃들이 봄날을 맞아 어머니의 죽음과는 상관없이 저마다
한바탕 꽃 잔치를 벌이고 있다.

　그러나 어머니가 안 계신 지금의 봄과 꽃은 나에게는 어느새 다른
봄날이고 꽃이었다.

　'나무[木]에 피는 연蓮꽃'이라 하여 이름 붙여진 고귀한 자태의 '목
련木蓮'과 예의 그 눈부심을 대표하는 벚꽃을 보면, 피었을 때의 탐
스럽고 화려한 꽃의 아름다움보다는 지는 것도 모르고 그저 훅하고
지나가는 세월의 무상함에 마음이 저려오곤 한다. 봄꽃의 화생무상
花生無常을 보며, 우리네 인생 역시 소리 없이 왔다가 소리 없이 가는

것임을 제대로 실감하는 요즘, 그나마 하늘의 빛을 따라 오르시는 어머니의 모습이 가끔 꿈에서 선명히 보여 못내 그리움으로 인한 허함을 달래고 있다.

그렇다. 어머니는 죽지 않았다. 두 달 전, 비록 오랜 세월을 입고 살아갔던 육신의 헌 옷은 각각 뿔뿔이 흩어져 하나도 남김없이 자신이 태어난 흙과 물과 불과 바람으로 돌아갔지만, 어머니와 함께한 세월이 만들어낸 추억만은 내가 원하면 언제든지 꺼내 볼 수 있는 요술 상자 속에 온전히 담겨, 오늘도 내 곁에서 살아 숨 쉬고 있는 것이다. 그리하여 앞으로도 나의 신화가 되어 영원히 살아 숨 쉴 것임을 마음 깊이 저리도록 새겨두는 이른 봄날이다.

어머니를 그리며

이왕재(서울의대 명예교수, 보건의료기술포럼 대표)

2013년 5월 28일 이른 아침 시골에 사시는 형수로부터 전화가 수신되었다. 보통 때 통화를 해본 기억이 없어서 직감적으로 무슨 특별한 일이 있구나 하고 느꼈는데 역시였다. 분명 어제저녁까지 편안하시다고 들었던 어머니께서 아침이 되어도 기동이 없으셔서 몸을 만져보니 이미 싸늘하게 식어 계셨다 한다. 1919년(기미년) 5월 13일 출생하셨으니 거의 만 94년 동안 이 땅에서의 삶을 이어오신 셈이다. 성경 신명기 34장의 모세의 죽음을 기록한 성경 구절이 새삼 떠올랐다, '~모세가 죽을 때 나이 120세였으나 눈이 흐리지 않았고 기력이 쇠하지 아니하였더라~' 모세가 병사가 아닌 자연사로 생을 마감했음을 보여주는 기록임을 일찍이 알고 있던 터였다. 평생 농사일로 고생하셔서 허리가 불편하신 점 외에는 소위 현대인들에게 흔한 만성병의 전형인 고혈압, 당뇨 등의 질환으로 전혀 고생하신 적이 없으니, 어머니께서 분명 병사가 아닌 자연사를 하셨음에 틀림없다는 결론에 쉽게 도달할 수 있었다. 평생을 신실한 신앙으로 삶을 이어오신 어머니에게 마지막으로 하나님이 수여하신 거룩한 훈장임을 내심 느낄 수 있어서 큰 위로가 되었다.

솔직히 90이 넘어서 돌아가셨으니 호상이라고 많은 분들이 위로해주셨지만, 너무나 사랑하고 소중한 분인 어머니와의 영원한 이별은 충격이었고 큰 슬픔이었다. 세상의 누구라도 자기 어머니와의 애틋한 정이 없는 사람이 어디에 있겠냐마는, 필자는 참으로 특별한 어머니 사랑을 느끼며 살아왔다고 감히 고백한다. 18세에 시집을 오셔서 5남 5녀, 10남매를 두셨으니 다복한 가정임에 틀림없지만 그 시대의 경제 사정을 감안한다면 결코 축복이라고만 할 수는 없었다. 실제로는 유복하지 못했던 삶의 고단함이 가슴속에 아련한 기억으로 남아 있다. 더욱 가슴 아픈 일은 6·25 전쟁 중에 어머니가 두 아들 그리고 딸 하나를 잃으셨다는 점이다. 그래서 실제는 두 형님과 한 누님이 없이, 3남, 4녀가 필자와 삶을 같이 해왔다. 필자는 10남매 중 9번째로 태어났다. 총명하긴 했으나 어머니의 늦은 출산으로 유독 유약하게 어린 시절을 보냈다. 굳이 말하자면 밑에 여동생이 하나 있었지만, 아들로서는 막내인 데다 나름 유난히 공부를 잘했기 때문에 이제 와 생각해보니 나를 향한 어머니의 사랑

어머니는 평생 허리를 구부리고 밭에서 일하셨기 때문에
말년에는 꼿꼿이 걷는 것이 거의 불가능할 정도로 허리 손상이 심하셨다.
기억에 남는 유일한 질환이었는데도 대한민국 최고의 명문대 서울의대 출신의
의사 아들도 끝내 그 불편한 허리에 전혀 도움을 드리지 못했다.
지금도 가슴에 한 맺힌 멍울로 남아 있음을 고백하지 않을 수 없다.

은 편애라고 할 정도로 지극하셨다. 한편으론 건강하지 못했기 때문에 더욱 어머니의 사랑 가운데 있을 수 있었다는 생각을 해본다. 형제 중에서 공부만 잘한 것이 아니고 거의 모든 분야에서 잘했던 것으로 기억한다. 다니던 교회에서는 찬양대회, 성경암송대회, 성경퀴즈대회 등 할 것 없이 대회만 하면 늘 큰상을 받곤 했고, 학교에서는 늘 1등을 했을 뿐 아니라 각종 운동 분야에서도 학교를 대표하는 선수로 활약했다. 특히 초등학교 상급 학년 때에는 핸드볼선수로 활약을 했는데 늘 주장 역할을 했다. 오후 2~3시까지 수업을 하고 해질 때까지 핸드볼 연습을 하고 7시가 넘어서 집에 돌아오곤 했다. 그때마다 어머니께서는 작은 상이지만 독상을 차려놓고 나를 걱정스럽게 기다리시다가 허겁지겁 맛있게 저녁을 해치우는 막내아들의 모습을 바라보곤 하셨는데, 그 기억이 너무 생생하다. "밥 더 줄까?" 하시던 그때의 어머니 모습이 생각나 가슴이 미어진다. 사실 어머니께서 차려주신 밥상의 밥그릇은 공기가 아니고 놋주발이었다. 그 부피가 공기의 두 배는 되는 큰 주발에 밥이 가득한 정도가 아니고 주발 꼭대기 위로 한 그릇이 더 올라가는 소위, '고봉'의 한 그릇을 '마파람에 게눈 감추 듯' 다 먹어치운 막내아들을 안쓰럽게 바라보시며 하신 말씀이었던 것이다.

중학교 3학년 때 서울로 유학차 집을 떠났기 때문에 어머니와의 삶 속에서의 살가운 경험은 중학교 2학년 때까지였고, 그 뒤로는 일

년에 몇 번 찾아뵙는 정도였다. 초등학교를 졸업하고 중학교에 진학하기 전 2월까지는 긴 기간 동안 겨울방학이 이어지는데 그때 어머니와 함께 강원도 횡성에 사는 큰누나의 집에 방문한 적이 있다. 1969년 2월로 기억되는데 당시에는 경부고속도로가 없는 것은 당연했고 각종 대중교통수단이 만만치 않던 시절이었다. 그나마 필자의 고향 동네 한가운데로 서울~부산 간의 1번 국도가 관통하고 있어 교통의 요지에 살고는 있었다. 그 국도를 통해 서울로 가는 완행버스를 2~3시간 타면 당시 서울의 시외버스정류장이 위치했던 용산시외버스 터미널에 도착하게 된다. 용산에서 전차(지금의 전철이 아님)로 갈아탄 뒤 동대문까지 가고 그곳에서 다시 시내버스로 갈아탄 뒤 청량리에 도착하여 횡성을 가는 시외버스에 몸을 옮겨 실으면, 횡성 큰 누이가 사시던 시골에 도착하게 된다. 지금으로는 어렵지 않은 여행길이겠지만 당시 교통사정을 감안할 때 전화는 말할 것도 없고 핸드폰도 상상하기 힘든 때였는데, 우리 어머니는 어떻게 한 치 오차도 없이 그 먼 횡성 시골구석까지 찾아가셨는지 경이롭기만 하다. 어머니와의 관계는 내가 중학교에 입학한 후로 더 긴밀해진다. 나는 학창 시절 성숙한 편이어서 다른 친구들에 비해 신체 성장이 빨랐던 것으로 기억한다. 중학교 2학년 때 신장이 현재의 신장임을 생각해 보면 더욱 그렇다. 초등학교 고학년 때부터 자전거를 탈 수 있을 정도로 운동신경도 발달했고 신체조건도 좋았다고 할 수 있다. 우리 집안은 비교적 큰 농사를 짓는 집안이었다. 논농사도 많았지만 밭농사도 적지 않았다. 특히 약 5천 평 정도의 밭에는 사과나무와 배나무가 있는 과수원을 운영했다. 과수들 사이사이에는 각종 채소들이 재배되어 푸성귀가 늘 풍성했다. 농사를 짓는 분들은 농산물을 도회지에 공급해 현금을 확보할 수가 있었다. 내 고향은 지금의 오산 비행장이 위치한 송탄시에서 아주 가까운 진위면 하북리라는 동네인데, 어머니는 여름이 되면 과수원에서 가꾸신 많은 푸성귀들을 밤새 다듬어 그다음 날 이른 아침 송탄시에 가지고 나가 재래 시장터에 자리를 잡고 파시곤 하셨다. 여름방학 때는 덩치가 큰 막내아들이 어머니가 밤새 다듬어 만드신 훌륭한 채소상품(오이, 가지, 열무, 시금치 등)들을 짐 자전거에 싣고 먼저 송탄시 재래시장에서 어머니가 단골로 좌상을 하시던 곳으로 배달을 하는 것이었다. 어머니는 버스를 타고 재래시장으로 오셔서 기다리고 있는 나와 만나 채소상품들을 받으신 후, 송탄 주민들에게 적절한 가격으로 팔아 필요한 현금을 쏠쏠하게 조달하곤 하셨다. 당시 좌상 터에 앉아, 손님들에게 밤새 다듬어 정성껏 준비하신 채소상품들을 파시느라 자존심을 다 내던지시고 애쓰시던 어머니의 모습이 너무나 선명하게 가슴에 남아 있다. 돌아보니 어머니께서 거의 평생 밭농사의 모든 일을 주관하셨던 것이다. 너무나 가슴 아팠던 것은, 어머니는 평생 허리를 구부리고 밭에서 일하셨기 때문에 말년에는 꼿꼿이 걷는 것이 거의 불가능할 정도로 허리 손상이 심하셨다. 기억에 남는 유일한 질환이었는데도 대한민국 최고의 명문대 서울의대 출신의 의사 아들도 끝내 그 불편한 허리에 전혀 도움을 드리지 못했다. 지금도 가슴에 한 맺힌 멍울로 남아 있음을 고백하지 않을 수 없다.

유학차 중학교 3학년 때 수원으로 이주하였고 그 후 서울에 있는 고등학교로 진학하였기에, 이 글을 쓰는 현재까지 어머니와 함께한 삶은 철조차 제대로 들지 못했던 중학교 2학년 때까지였던 셈이다. 같이 모시고 살지는 못했지만 어머니께서는 일찍 부모님을 떠나 고생하는 막내아들을 위해 거의 하루도 빠지지 않고 새벽기도를 하셨다고 들었다. 물론 학창시절에는 방학 동안, 학교 졸업 이후에는 설이나 추석을 포함하는 일 년에 몇 차례 방문하며 어머니를 뵙는 것이 다였지만, 떨어져 사는 막내아들을 위해 어느 때고 변함없이 따로 한보따리 준비해주시곤 했던 기억이 어머니에 대한 그리움을 더해준다.

나는 가수 중에 나훈아 씨를 매우 좋아한다. 사내다움도 맘에 들지만 그 대중음악의 전문성이나 뛰어난 작사, 작곡의 능력에 매료되어서다. 어느 날 노래방에 갔다가 나훈아의 노래를 뒤지다가 발견하여 즉시 기분 좋게 배운 노래가 있다. 다름 아닌 '홍시'라는 노래다. 그 노래를 들을 때마다 어머니를 떠올리지 않을 수 없다. 아니, 어쩌면 어머니의 존재 자체가 그리운 노래인지도 모르겠다.

어머니의 의미

남재현(의학박사, 남재현 프렌닥터내과 원장)

    사람들은 나를 '내과의사' 남재현보다 '후포리 남서방'으로 더 잘 알고 있다. 모 방송 프로에 5년 넘게 출연하면서 얼굴이 알려졌으니 당연한 일일 것이다.

    나는 잘나가는 도시 의사도 아니고, 소위 '까도남'은 더더욱 아니다. 천성적으로 소탈하고 격의 없는 걸 좋아하고, 전공 분야를 빼면 나머지 모든 부분은 서툴고 어눌하다. 옆집 아저씨 같은 '후포리 남서방'이 사람들의 사랑을 받은 건 그래서인 것 같다. 그러나 그 인기는 나 한 사람 때문이 아니라는 사실을 알고 있다. 의사 남재현보다, 후포리 장모님, 우리 장모님 덕분이다. 바닷가 시골에서 1남 4녀를 어렵게 키운 장모님의 모습에 시청자들은 많이 공감했고 그 사랑 덕분에 인기가 솟아오른 것이다. 가족을 위해 고생하고, 헌신하는 후포리 장모님을 통해 바로 '나의 어머니'를 떠올렸기 때문이리라. 나 역시 나의 어머니, 나를 낳아 주신 어머니를 떠올려본다.

어린 시절을 되돌아보면 가난과 외로움이 가장 먼저 생각난다. 물론 그 시절에는 사는 게 다 엇비슷했다. 그 시절 가난이 모두 고생스럽고 불편했던 것만은 아니다. 나는 오히려 가난과 외로움을 좋은 추억으로 간직하고 있다.

아버지의 고향은 전남 순천시 승주군이다. 청년 시절 6·25 전쟁을 겪으면서 고등학교를 졸업한 뒤 제대로 된 학교 교육을 받지는 못했지만, 독학으로 행정 고시에 합격해 상공부(지금의 산업통상자원부)에서 근무하셨다. 벽지 시골에서 고시 합격이라는 엄청난 행운을 안고 서울로 올라와 공무원 생활을 하려는데, 서울대 의대를 졸업하고 의사로 일하던 나의 큰아버지, 즉 아버지의 형님이 6·25 때 납북된 사건으로 인해 월북자 가족이라는 낙인이 찍혀 있었다. 게다가 호남 출신이라는 지역 차별까지 감내해야 했다. 그 악조건 속에서 상공부 국장을 거쳐 관리관으로 퇴직하셨으니 다들 기적에 가까운 일이라고 했다. 마침 상공부에서 인턴으로 근무하던 여덟 살 연하의 여학생을 만나 결혼까지 했다. 그러나 이후 아버지에게 닥친 불행은 아버지뿐 아니라 우리 모든 가족에게 힘겨운 시간을 몰고 왔다.

마른 체형인 아버지는 1960년대 중반 결핵에 걸려 폐를 절제해야 했는데, 이후 재발되어 오랫동안 인천에 있는 요양소에서 지내셨다. 현재와 같은 결핵약이 개발되기 전이었기 때문에, 내성이 생겨 재발하면 치료약이 없던 시절이었다. 요양 말고는 할 수 있는 게 없었다.

아버지의 병환 때문에 우리 가족은 한 집에서 6개월 이상 지내본 적이 없었다. 게다가 아버지와 계속 사이가 좋지 않던 어머니는 자식들을 위해 먼저 나가서 자리를 잡겠다며, 우리를 뒤로한 채 미국으로 떠나셨다. 내 나이 서너 살 무렵이었다. 한창 엄마 손이 필요하고 그리울 나이였는데 말이다. 누나와 형, 우리 쌍둥이 남매는 어쩔 수 없이 아버지 친구분들 집, 작은아버지네, 큰어머니네를 전전하며 살았다. 말 그대로 부평초처럼 이곳저곳을 떠돌며 살았다. 그러다 남산 밑 필동에서 외할머니, 이모들과 한방에서 살게 되었고 초등학교에 입학했다. 학교에 가려면 대한극장 앞을 지나 퇴계로를 따라 회현동까지 걸어가야 했다. 한 30분 정도 걸리는 그 거리를 여기저기 기웃대며 걸어 다니곤 했다. 선생님께 혼나지 않으려고 숙제는 꼭 해가긴 했지만 공부를 왜 해야 하는지 알 수 없었고 관심도 없었다. 부모님과 대화해본 기억이 거의 없어서일까, 지금도 나는 아이들에게 따뜻한 말을 건네기가 무척 어색하다.

어머니, 아버지의 사랑과 보살핌으로 사는 다른 아이들과 달리 나의 유년시절은 사막처럼 메마르고 쓸쓸했다. 삶의 목적도 흥미도 잃어 왜 학교에 가야 하는지, 공부는 왜 해야 하는지도 모른 채 그저 시계추처럼 왔다 갔다 할 뿐이었다. 작은 키에 붙임성도 없고 조용한 성격이던 나는 학교에서 돌아오면 그저 대문 앞에 멍하니 앉아 있거나, 담벼락을 친구 삼아 공놀이를 하거나, 혼자 흙장난을 하며 하루하루를 보내는 게 일상이 되어버렸다. 그러다가 아버지가 때마침 새로 개발된 결핵약 덕분에 기적적으로 회복해 퇴원하셨는데, 아버지는 뼈만 앙상한 몸으로, 폐활량이 정상인의 반밖에 되지 않아 꽤나 숨찬 생활을 하시면서도 아침마다 남산으로 산책을 나가셨다. 어린 마음에 아버지를 따라다녔던 남산 약수터 산책은 내게 좋은 기억으로 남아 있다. 내 기억 속 어린 시절 중 가장 싫었던 때는 소풍날이었다. 다른 아이들은 손꼽아 기다리는 소풍날, 엄마와 함께 맛난 도시락을 앞에 두고 도란도란 먹으며 이야기를 나누는 그 풍경 속에 나는 혼자 밥을 먹었던 기억이 난다.

당시에는 매달 육성회비를 내지 못하면 담임선생님에게 독촉을 받고, 수업 도중 집으로 돌려보내기도 했다. 나도 그 축에 끼어 교실에서 쫓겨나, 햇볕이 따가운 날 텅 빈 집에 돌아와 훌쩍훌쩍 울던 기억도 있다. 그러나 지금 돌이켜 보면 비좁은 방에 올망졸망 살았지만 마음은 푸근했던 기억이 난다. 비록 어머니와 함께는 아니었지만 외할머니와 이모의 보살핌을 통해 나는 작은 행복을 알게 되었다. 어쩌다 외할머니가 돼지 비곗살을 사다 김치찌개를 끓여주시면 그날 저녁은 어찌나 행복하던지… 그 추억이 남아서인지 나는 지금도

낳아주신 어머니든 길러주신 어머니든 마음의 어머니든,
누구에게나 어머니는 있다. 그 모든 어머니의 마음으로 오늘도 살아본다.

김치찌개를 무척 좋아한다.

미국이 얼마나 먼 나라인지 몰랐던 시절, 나에게 있어 어머니는 막막한 그리움의 대상이었을 뿐이었다. 너무 어린 나이에 헤어졌기 때문일까? 전혀 기억할 만한 추억이 없다. 그저 소풍 갈 때나 친구들과 달리 나에게 어머니가 없다는 현실이 불편하고 어색할 뿐이었다. 초등학교 5~6학년쯤이었던 걸로 기억한다. 아버지가 어머니에게 몇 차례 편지를 쓰라고 하셨다. 자식들을 앞세워 어머니 마음을 돌려보려는 아버지의 깊은 뜻이 있었던 것 같다. 그러나 어머니는 끝내 마음을 바꾸지 않았다.

나의 어머니에게 자식은 어떤 의미였을까? 부모가 되고 보니, 문득 헤어짐으로 인해 남은 그리움보다, 어머니에게 자식의 의미가 무엇인지 궁금해지며 서글픔이 몰려온다. 중학교 때, 대학생 되던 무렵 귀국한 어머니를 한 번씩 만났지만 훗날 캐나다에서 어머니가 돌아가실 때까지 우리는 다 같이 모여 살지 못했다. 어린 시절부터 내 가슴 깊은 곳에 자리 잡은 외로움이랄까, 공허한 구석이 어머니의 빈자리였는지는 잘 모르겠으나, 어머니의 마지막 배웅 길에도 나는 그다지 슬픔을 느끼지 못했다.

아버지의 고향도, 내가 태어나고 자란 서울 필동에도 아무런 연고가 남아 있지 않아 고향이라고 할 것도 없다. 오히려 울진 후포리가 나에겐 고향처럼 느껴지기도 한다. 시골의 정취가 그대로 살아 있는 마을이어서일까? 갈 때마다 그저 따뜻함이 느껴지는 이유는 아마도 장모님이 계시기 때문일 거다. 낳아주신 어머니든, 길러주신 어머니든, 누구에게나 어머니는 있다. 단지 조금씩 의미가 다를 뿐 나에게 장모님이 어머니처럼 느껴진다.

　장모님 역시 우리네 모든 어머니가 그렇듯이, 류머티스 관절염으로 고생하는 남편 수발에, 농사를 짓고, 온갖 역경을 견디며 4녀 1남을 대학 공부까지 시키셨으니, 그 고생은 일일이 말하지 않아도 알 것 같다. 게다가 첫째부터 쭉 딸만 낳았으니 시부모 눈치를 얼마나 보셨을까? 허리가 굽을 정도로 밭농사를 지어 채소를 머리에 이고 장에 나가 팔아 자식을 키우셨으니, 얼마나 안 먹고 안 입고 아끼셨을까. 새벽부터 어스름까지 손발이 닳도록 일하고 또 일하면서 사신 장모님!

　길다면 길고, 짧다면 짧은 시간 동안 '백년손님'을 촬영하며 내 마음에 어느새 또 다른 어머니가 자리 잡았다. 비록 사투리 탓인지 장모님 말씀을 가끔 이해하지 못해 어려운 시간도 있었지만, 장모님은 늘 나를 사위가 아닌 아들로 대해주시며 포근하고 따뜻한 사랑을 느끼게 해주셨다. 어느 날인가 촬영으로 고생하신 장인, 장모님과 동네 어르신 몇 분을 모시고 근처 월송정으로 나들이를 간 적이 있다. 다들 어찌나 좋아하시던지… 가까이 있어도 마땅한 교통수단이 없고 걷는 것도 불편하다 보니 예전처럼 쉽게 가볼 수가 없었던 것이다. "이번이 마지막으로 오게 되는 거 아냐?" 하며 한 어르신의 눈시울이 촉촉해지는 것을 뵈니 즐거운 소풍이 쓸쓸해졌다. 장모님 역시 "이 좋다는 데를 20년 만에 왔는데 이제 또 언제 오겠나? 많이 보고 갑시다" 하신다. 내년에 또 오면 된다고 위로해드렸더니, "아이고, 지척이 천 리다"라며 인생무상을 토로하신다. 어르신들의 말씀 들으며 생각했다. 내일 일을 모르는 우리네 인생, 특히 노년의 어르신들께는 다음, 내년이라는 말이 의미가 없다는 것을. 지금 할 수 있을 때 무엇이든 해드려야 한다고 말이다. 내가 받은 장모님 사랑에 비할 수 없지만, 나는 장모님과 장인어른 두 분께 편히 지내시라고 집을 지어드렸다. 옛집은 명절에 온 가족이 모이기에는 비좁아, 명절이든 언제든 아들, 딸, 손자, 손녀들 모두 한꺼번에 오갈 수 있는 집을 마련해드리고 싶었는데, 그 꿈을 이루었다.

언제가 될지 모르지만, 아마도 나는 후포리 사람이 될 수도 있겠다는 생각이 든다. 은퇴할 무렵 그곳으로 내려가 인생 후반부를 보내게 될지 모른다. 아픈 마을 주민들을 의사로서 돌봐드리고, 누가 부르면 달려가고, 장모님과 함께 장에 나가 티격태격하며 물건도 사고, 장모님한테 구박받으며 밭농사도 지으며, 그렇게 살 수도 있겠다 싶다. 부모님은 모두 돌아가셨지만, 장모님과 많은 것을 함께하고 가고 싶은 곳을 가며 그렇게 보내고 싶다. 장모님도 건강이 많이 안 좋아지셨는데, 조금이라도 도움이 되고 싶다.

'장모님, 그동안 너무 고생 많으셨으니, 이제 일은 조금만 하고 편히 사세요. 건강하게 사셔야 해요….'

그 모든 어머니의 마음으로 오늘을 살아본다. 그 마음에 조금이라도 다가갈 수 있을지 잘 모르겠지만.

기
도

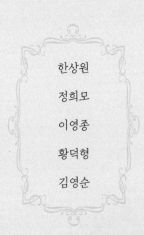

한상원

정희모

이영종

황덕형

김영순

어머니와 약속

한상원((주)다스코 회장, 영산중고등학교 이사장)

우리나라 서남쪽 끝자락 해남군 삼산면 상가리 가재마을은 내가 태어나 유년기를 보냈던 고향이다. 동서남북이 산으로 둘러싸인 좁다란 분지에 이십여 호가 자자일촌을 이룬 마을이다. 해가 늦게 뜨고 일찍 저무는 곳으로 비탈진 산기슭의 천수답과 밭뙈기를 부쳐 먹고살았던 땅인데, 그래도 계곡이 깊어 물 걱정은 안 했다.

어린 시절 가재 잡고 물장구치고 놀았던 냇가와 천수답은 이제 저수지가 들어서서 농토의 절반이 수몰된 탓에 예전 같은 모습은 아니다. 시골 어른들 말로 백석군, 천석군이 나올 수 없는 땅이 돼버렸지만 아직까지도 가슴 따뜻한 사람들끼리 오순도순 모여 사는 인심 좋은 고향 마을이라는 생각이 든다.

우리 어머니는 시오리쯤 떨어진 연동리 마을에서 스무 살에 시집와 3남 4녀를 낳으시고 키우셨다. 그런데 첫째 아들은 다섯 살 때 소아마비 바이러스로 가슴에 묻으셨다고 한다. 그래서 둘째 아들인 내가 장남이 된 것이다. 불행한 역사이지만 6·25전쟁 전후 때에는 전염병으로 아이를 잃은 가정이 흔했다고 전해진다. 지금 우리 6남매, 2남 4녀는 다 출가하여 가정을 이루고 형제끼리 서로 우애하면서 혼자되신 어머니를 가끔 찾아뵈며 정성을 다해 모시고 있다.

어느새 구순이 되신 어머니가 건강한 모습으로 우리 곁에 계신 것이 얼마나 고맙고 큰 축복인지 하나님께 늘 감사드린다. 농사를 천직으로 알고 사셨던 아버님께서는 이십여 년 전에 병마를 이기지 못하시고 하늘나라로 영면하셨다. 고향에서 투병 생활을 하시던 아버님을 병원이 가까운 곳으로 옮겨드리는 것이 낫겠다고 판단해서 해남읍에 새집을 지어 옮겨 가 사시게 했는데, 그곳 거처에서 7, 8년을 편안하게 보내시다가 별세하신 것이다.

두 분이 함께 사시다 혼자된 어머니는 농사도 안 짓고 소일거리도 없어 무료하니 무슨 낙으로 살아야 할지 모르겠다고 걱정하시곤 했다. 그때 내 아내인 며느리의 권유로 하나님을 영접하셨다. 이후로는 하루도 거르지 않고 새벽 재단을 쌓으셨고, 주일 성수 또한 철저히 지키시었다. 교회에서 명예 권사, 모범 성도로 하나님을 의지하고 사시는 모습을 볼 때마다 우리 어머니야말로 정말로 신실하신 분이라는 생각이 절로 든다.

장남인 나는 매년 명절 때면 어머니가 살고 계시는 해남 집에 내려가 1박 2일을 어머님과 함께 보내곤 했는데, 어머니께서는 자식과 함께 있을 때가 가장 행복하다고 말씀하시면서 이제는 몸이 예전 같지 않다고 하신다.

어느 해 명절 때였다. 어머니께서 정색을 하시고 갑자기 나를 부르셨다.

"아들아!"

"예, 어머니."

"평생 농사를 짓다가 일손을 놓으니 무료하기도 하고 시간도 많으니 이참에 성경 필사를 해볼란다."

나는 성경 필사에 도전하시겠다는 어머니 말씀에 놀랍기도 하고 반갑기도 해서 잠시 망설이다가 말했다.

"어머니는 초등학교 문턱도 밟지 않고 한글도 잘 깨우치지 못하시는데 1734쪽이나 되는 엄청난 분량의 성경을 어떻게 쓰시려고요?"

"걱정 마라. 어린 손녀가 고사리손으로 그림을 그리듯 하루에 한 페이지씩이라도 쓸란다."

어머니는 이미 결심하신 것 같았다. 이제는 내가 어머니의 각오를 응원해야 할 때가 온 듯했다.

"그럼, 한번 도전해보세요."

어머니의 결심은 작심삼일이 아니었다. '여자는 약하지만 어머니는 강하다'라는 금언이 새삼 떠올랐다. 어머니는 나와 아내를 깜짝 놀라게 했다. 처음 한두 달은 진도가 더뎠지만 이후부터는 하루에 몇 장씩 쓰시더니 80세의 나이에도 불구하고 1년 6개월 만에 구약 39권 신약 27권 합계 66권 1734페이지를 마라톤 경주하듯 끈기 있게 완필하셨다.

그때 어머니께서는 성경 필사 후일담을 말씀하셨는데 나를 또 놀라게 했다.

"신약성경 423쪽을 먼저 쓰고 구약성경을 나중에 썼는데 먼저 쓴 신약성경 글씨가 마음에 들지 않는다. 그러니 신약성경을 다시 써야겠다."

완필을 마치신 것만도 경이로운데 참으로 대단하신 어머니였다. 유명한 서예가도 많지만 나에게는 어머니의 성경 필사 글씨체가 가장 아름답고 거룩하게 느껴졌다. 어머니의 지고지순한 믿음의 마음이 내 가슴에 그대로 와닿았기 때문이다. 인쇄한 것처럼 정자체로 또박또박 써 내려간 15권의 성경 필사 노트를 보면 어떻게 이 일을 마칠 수 있었는지 감탄을 금할 수가 없다.

언제 보아도 어머니께서 쓰신 성경 필사 15권의 노트는 너무나 자랑스럽기만 하다. 나는 가보로 깊이 간직하여 후손들에게 어머니의 위대한 유산으로 물려주어야겠다는 다짐을 이미 한 바 있다. 나 또한 신실한 어머니의 아들로서 부끄럽지 않게 세상에서 꼭 필요로 하

'여자는 약하지만 어머니는 강하다'라는 금언이 새삼 떠올랐다.
어머니는 나와 아내를 깜짝 놀라게 했다.
처음 한두 달은 진도가 더뎠지만 이후부터는 하루에 몇 장씩
쓰시더니 80세의 나이에도 불구하고 1년 6개월 만에
구약 39권 신약 27권 합계 66권 1734페이지를
마라톤 경주하듯 끈기 있게 완필하셨다.

는 사람으로 거듭나야겠다고 마음속으로 약속하면서 살고 있다.

초등학교 4학년이 최종학력인 아버지께서는 장남인 나에게 기대가 크셔서 초등학교 5학년 때 광주로 유학을 보내주셨다. 장남에 대한 기대와 당신이 중단했던 공부 열망이 얼마나 크셨는지를 느끼게 해준 유학이었다. 그런데 나는 부모님 기대에 부응하지 못했다. 학교공부보다는 낯선 광주에서 내 호기심을 채우기에 바빴다. 천성적으로 사람을 좋아하는 나는 친구들을 사귀고 놀기만 했을 뿐 학교공부를 게을리했던 것이다. 자업자득自業自得, 결과는 지금 돌이켜봐도 그럴 수밖에 없었다. 나는 가고 싶어 했던 대학 진학에 실패했다. 시골에서 올라와 처음으로 경험한 쓰디쓴 낭패였다.

결국 나는 또다시 대학진학에 도전하기보다는 우선 병역 의무부터 마치기로 했다. 그런 뒤 남은 인생 어떻게 살아야 할지 고민하기로 했다. 군대 제대 이후 나는 여러 선택지 중에 사업으로 성공해야겠다고 자신과 굳게 약속했다. 그러나 학창시절 공부를 게을리한 업보는 녹록지 않았다. 해보지 않은 일이 없을 정도로 온갖 궂은일을 다 했다. 날밤을 새우며 고생을 한 날도 셀 수 없을 만큼 많았다.

'문을 두드리라. 그리하면 너희에게 열릴 것이니.'

내가 좋아하는 주님 말씀이다. 고생하는 동안 생존 능력이 하나 생겼다. 나도 모르는 사이에 문제해결 능력이 길러졌다. 이는 사업을 일궈나가는 데 큰 도움이 되었던 바, 온몸으로 맞선 고생에 대한 반대급부의 보상이 아니었나 싶다.

사업가인 내 생각이지만 창의력과 상상력이야말로 생존의 원동력이자 비결이라고 본다. 나는 사업하면서 창의력과 상상력을 기르는 힘은 인문고전 독서에 있다는 사실을 위인전 속에서 깨달았다. 그래서 나의 부족한 부분을 보완하고 생존경쟁에서 살아남기 위해 학창 시절 소홀히 했던 인문고전 독서에 많은 시간을 할애해 책 읽는 습관을 가지게 되었다. 누구보다도 변화와 혁신에 과감히 도전하였기에 오늘의 내가 있지 않았나, 하고 생각한다. 나를 오늘의 모습으로 다듬어 주시고 인도해주신 주님께 감사를 드린다.

기업을 창업해서 성업을 이루는 일이 얼마나 어려운지 작금의 코로나 시대에 더욱 절감하고 있다. 그렇지만 나는 어머니의 도전정신과 끈기에 자극받아 명상과 기도의 시간을 자주 갖고 있다. 이 세상에서 가장 귀하고 소중한 일이 무엇인지, 그리고 어떻게 사는 것이 가장 보람 있는 인생인가를 생각하는 동안 내 안에서 믿음이 자라나 하나님께 의지하는 삶을 살게 된 것 같다.

나는 세상살이가 어렵고 힘들 때마다 주님께 묻고 답을 얻는다. 그때마다 주님께서는 나에게 진정으로 뜻깊고 보람 있는 일을 하면서 살라는 가르침을 주셨다. 첫째는 교육을 통해 청소년들에게 지식과 지혜를 가르쳐 꿈을 가질 수 있게 하는 일이고, 둘째는 기업을 일으켜 많은 사람들에게 일자리를 제공해서 가족 구성원이 먹고살 수 있도록 돌보아주는 일이며, 셋째는 몸이 아픈 사람들 인술을 통해 건강하게 살 수 있도록 병을 고쳐 치료해주는 일이 가장 보람된 일이라고 주님께서 가르쳐주셨던 것이다. 그래서 나는 이 세 가지 가운데 한가지만이라도 꼭 실천하면서 살겠다고 다짐하면서 살아왔던 것 같다.

그래서 나는 성업을 이룬다면 육영사업을 해서 국가와 사회에 보답하겠다는 생각을 한시도 잊은 적이 없었던 듯하다. 지성감천至誠感天, 정성이 간절하면 하늘이 감동한다는 말이다. 평소에 가깝게 지내던 고향 후배가 2018년 여름 "형님 아직도 육영사업에 대해서 관심이 있으십니까?" 하고 묻기에 그렇다고 대답했더니, 그 후배가 전 이사장을 만날 수 있도록 소개해주었다. 이후 나는 단기간에 인수 문제를 마무리 지었다. 이로써 그토록 염원했던 육영사업의 기회가 나에게 필연인 듯 다가왔다. 그해 11월 1일 나주시 영산포에 위치한 영산중고 이사장에 취임해 오늘에 이르게 된 것이다.

어쨌든 몇 년 전 어머니와 마음속으로 했던 약속을 지킬 수 있게 되었고, 모기업과 자회사 4곳에서 400여 명의 직원이 근무하는 중견 기업으로 성장하게 되었다. 세 가지 보람된 일 가운데 두 가지를 실천할 수 있어서 그래도 실패한 인생을 살지는 않고 있구나 하고 자부심을 가져본다.

막역하게 지내는 소설가 정찬주 작가께서 아호를 홍인弘人으로 지어주면서 홍익인간弘益人間의 줄임말로 세상을 널리 이롭게 한다는 뜻이 함축되어 있다기에, 학교법인의 명칭도 홍인학원으로 정하여 후학들을 글로벌 인재로 양성코자 심혈을 기울이고 있다.

모든 것이 하나님의 은혜요 축복임을 확신하며 홍인학원 설립 이듬해 3월 영국 런던에 소재한 이튼스쿨과 해로우 고등학교, 옥스퍼드 대학과 케임브리지 대학에 12명의 학생을 재단에서 후원하여 영국 청소년들의 국가관과 창조정신을 배워오라고 보냈고, 컴퓨터와 인터넷 게임에 소질이 있는 학생들은 미국 서부 실리콘밸리에 있는 스탠퍼드 대학과 팔로알토에 소재한 IT 기업들을 견학하면서 기업가정신을 느끼고 돌아왔다. 코로나 시국으로 인해 위와 같은 행사가 중단된 것이 몹시 아쉽기만 하다.

'위드 코로나' 시대가 돌아오면 재능 있는 학생들을 선발해 견문을 넓히고 시야를 트이게 해서 미래의 대한민국을 이끌어 갈 인재양성에 최선을 다하는 기업인이자 교육자가 되리라고 거듭 다짐해본다.

오늘의 나를 있게 한 국가와 사회에 빚을 갚을 수 있는 기회를 주신 하나님께 또다시 감사드리고 동기부여를 해주신 나의 어머니와 6천 번의 새벽기도로 나의 영력을 깨워준 아내에게 또한 감사를 드린다.

하나님, 그리고 어머님, 감사합니다.

세월을 이긴 어머니의 기도

정희모(연세대 국문학과 교수)

어머니의 기도

　나는 우리 어머니를 생각할 때마다 '어머니의 기도'가 떠오른다. 죽는 날까지 새벽기도를 멈추지 않았고, 아마 그중 상당 부분은 나에 관한 기도였을 것이란 생각이 들기 때문이다. 내가 큰 탈 없이 지금까지 지내오게 된 것도 상당 부분 어머니의 기도 때문이라고 지금도 생각한다. 결혼 후 다니던 직장을 그만두고 대학원 박사 과정에 진학했을 때, 또 결혼 후 오랫동안 아이가 없어 걱정했을 때 어머니는 항상 나를 위해 기도를 했었다. 가끔 명절에 시골에 내려가면 나를 위해 기도하고 있다고 말했다. 언젠가 어머니가 사슴 꿈을 꾸었다고 전화가 왔다. 아무래도 태기가 있을 것 같고 예쁜 여자아이일 것 같다고 이야기를 했다. 그런 이야기를 듣고 정말 얼마 후 아내가 임신한 것을 알게 되었고 지금 우리 딸이 태어났다.

그렇지만 세상 이치가 그러하듯 그때는 그런 어머니의 고마움을 전혀 알지 못했다. 어머니의 기도가 무엇을 의미하는지도 몰랐다. 이제 나이를 먹어가면서 어머니의 느지막한 나이 언저리가 되었을 때 어머니의 심정을 조금이나마 이해할 수 있게 되었다. 어머니는 서울에 홀로 떨어져 직장도 없이 공부하고 있는 나를 염려하고, 또 걱정하고 있지 않았을까? 기도할 때 어머니의 심정이 어떠했을까? 이런 마음은 최근에 와서야 조금씩 들기 시작했다. 지금도 마음 한구석에 남아 있는 마음 아픈 기억은 어머니가 돌아가시기 직전의 일이다.

언젠가 대학에서 시간 강사를 하고 있던 시절 나는 고향으로 내려가 그곳 친구들과 포항으로 여행 갈 준비를 하느라 정신없이 바쁠 때가 있었다. 전날 고향 집에 도착해 어머니를 잠깐 뵙고 저녁에 친구들을 만나고 들어왔다. 다음 날 여행을 떠나기 전 어머니는 장 속에 있는 옷가지를 헤집어 하얀 손수건 속에 손때 묻은 지폐 몇 장을 손에 쥐여주었다. 그러면서 '집에 좀 더 머물면 안 되겠니'라는 표정으로 나를 쳐다보셨다. 그 전날 고향 집으로 와 바로 다음 날 여행을 떠난다고 하니 섭섭하셨을 법도 했다. 떠나는 아침에 어머니는 아쉬운 눈빛을 하셨다. 그렇지만 그때는 그 눈빛의 절박함을 알지 못했다. 얼마 후 어머니는 심장마비로 돌아가셨다. 지금 이 나이가 되니 문득문득 그날 아침 현관문 앞에서 나를 쳐다보던 어머니의 모습이 생각난다. 어머니의 마지막 모습인데… 그때 며칠 머물며 어머니와 대화라도 나누어볼걸… 이런 아쉬움과 깨달음은 정말 한참 시간이 지난 후에, 그리고 긴 숙성의 시간을 거치고 난 후에 비로소 느끼게 되었다.

세상에는 수많은 어머니들이 있다. 모든 어머니는 하나하나 다 다르고 개별적이겠지만 어머니에 관한 보편적 이미지나 느낌은 우리 모두 비슷하게 가지고 있다. 애정, 사랑, 희생, 헌신과 같은 이미지가 그러한 것이다. 맹자의 어머니와 같이 자식을 위해 모든 것을 헌신하던 어머니상은 우리가 어릴 적부터 들어서 익히 잘 알고 있다. 기독교 교부 아우렐리우스의 어머니 모니카도 이교도에 빠져 방탕한 생활을 하던 아들을 위해 기도하며 헌신했다. 어머니의 사랑은 끝이 없다. 양주동 작사의 어머니의 노래에도 "하늘 아래의 그 무엇이 높다 하리오. 어머님의 희생은 가이 없어라"라고 끝을 맺는다.

그렇지만 이와 상반된 이미지도 있다. 자식을 위한 일이라면 상대를 가리지 않고 싸우거나 투쟁하는 어머니도 있다. 예를 들면 막심 고리키의 소설 《어머니》에 나오는 어머니가 그렇다. 유대인 속담에 "신은 모든 곳에 있을 수 없기에 어머니를 만들었다"라는 말이 있다. 어머니는 자식을 위해서라면 모든 것을 희생할 수도 있고, 자신을 던져 싸울 수도 있다.

그러나 어머니에 관한 이런 모든 상식적이고 일상적인 이미지는 개인 하나하나의 구체적 삶 앞에서는 의미가 달라진다. 어머니의 희생에는 사람에 따라 각각의 다른 이야기가 있고 다른 삶이 있다. 그래서 어머니의 헌신을 항상 동일한 것으로 볼 수만은 없다. 때에 따라 어머니의 헌신은 사랑이 되고 희생이 되지만, 때에 따라 집착이 되고 억압이 되기도 한다. 그만큼 어머니와 자식의 관계도 다양하고 복잡한 것이다.

나는 세상의 어머니는 모두 어느 집 누군가의 어머니라고 말한다. 사랑과 헌신, 희생의 어머니라고 말을 하지만 그 속에 담긴 이야기는 어느 시대, 어느 집, 누구에 따라 모두 달라질 수가 있다. 그래서 누구든 자신의 시간을 되돌려보고 기억을 끄집어내어 비로소 어머니에 관한 자신의 이야기를 만들어볼 수가 있다. 나도 나만의 복잡한 집안사와 그에 관련된 이야기를 가지고 있다. 어머니와 관련해서는 아주 선명한 기억도 있고, 이미 희미해진 기억도 있다. 그렇지만 노래의 가사처럼 '지나간 것은 지나간 대로 그런 의미가 있을' 것이라고 믿는다.

어머니의 죽음

언젠가 데이비드 리프가 쓴 《어머니의 죽음》이란 책을 읽은 적이 있다. 우리가 잘 아는 유명한 소설가이자 문학평론가, 사회비평가인 수잔 손택의 죽음을 다룬 책이다. 이 책은 그녀의 아들인 데이비드

리프가 세 번이나 암에 걸려 죽음의 위기를 거친 수잔 손택의 마지막 순간을 담담하게 그린 작품이다. 수잔 손택은 혈액암, 자궁암, 유방암과 같은 큰 병을 3번이나 겪었다. 그럼에도 그녀는 지적인 열정과 용기로 이런 병마를 이겨냈다. 일주일에 영화 스무 편, 소설 다섯 편을 챙겨 보고, 집과 카페에서 뉴욕의 지식인과 열띤 토론을 하면서 자신의 삶을 지속했다.

내가 이 책을 이야기하는 것은 지식인이자 명망가인 어머니의 죽음을 앞둔 아들의 심정이 어떠했을까 하는 궁금증이 있었기 때문이다. 우리는 죽음 앞에서는 누구나 동일하다는 점을 잘 알고 있다. 수잔 손택은 어땠을까? 그녀는 좀 달랐다. 마지막까지 삶을 포기하지 않았고, 자신의 일상을 이어가길 원했다. 심지어 죽음을 초월하기 위해 '나'라는 존재를 초월해야 한다고 말하기도 했다. 이런 어머니 앞에 아들이 할 수 있는 일은 별로 없었다. 수잔 손택이 "나를 초월하지 않고서는 죽음을 이길 수 없다"라며 초인적인 의지로 병마와 싸울 때 그는 옆에서 그 모습을 조용히 지켜볼 수밖에 없었다고 말했다. 그가 할 일은 없었다.

수잔 손택의 죽음을 보면서 시대와 역사에 따라서 삶을 영위하는 방식과 죽음의 방식도 달라질 수 있겠구나 하는 생각이 들었다. 수잔 손택은 유태인이지만 미국에서 출생했다. 15세에 버클리 대학에 입학하고 20대에 하버드대학에서 박사학위를 받고 대학에서 강의할 만큼 똑똑했다. 베트남 전쟁, 사라예보 내전, 이라크 전쟁 등 현실 문제에 참여할 만큼 역사적 인식이 뚜렷했지만 그녀가 직접 그 역사적 현장 속에 들어가 그 삶을 겪은 것은 아니었다. 그녀는 전쟁의 양상을 멀리서 보았고 그것을 분석하고 비판해서 고난받는 자의 편에 서고자 했다. 이런 수잔 손택의 삶은 역사의 격동기에 온 몸으로 삶을 체험했던 우리 어머니의 삶과는 분명 차이가 있다. 수 잔 손택의 삶이 관조적이었다면 우리 어머니의 삶은 생존이고 투쟁 이었다.

나의 어머니는 지성인과는 거리가 멀었다. 삶을 멀리서 분석하고 해석할 지식도 여유도 없었다. 어머니는 초등학교도 졸업하지 못했 고 한글도 나이가 들어 겨우 깨우쳤다. 자라면서 내가 가장 많이 들 었던 말은 일제 말의 굶주린 현실과 6·25 전쟁 와중의 힘든 삶이었 다. 어머니에게는 지식이나 책이 문제가 아니라 언제나 삶이 문제였 고 생활이 문제였다. 하루하루 가족이 먹어야 할 양식과 내 목숨을 부지하는 것이 중요한 문제였지, 지식이나 문화, 사회 참여의 문제 는 언급조차 할 대상이 아니었다.

어머니는 죽음에 관한 생각이 없었다. 아니 가끔 죽으면 천국 간 다고 이야기는 했지만 내가 어떻게 죽는가에 관한 인식은 없었던 것 같다. 사실 숨 가쁘게 흘러가는 역사의 소용돌이 한가운데서 성장하 고 자랐으니 죽는다는 문제보다 어떻게든 살아야 한다는 생각이 더

강했을 것이다. 가족들이 온전하고 큰 탈 없이 살아남는 것이야말로 가장 중요한 삶의 문제였다. 어머니의 죽음도 그냥 일상적 삶의 연속이었다. 아침에 병원에 간다고 나섰던 어머니는 버스정류장에서 쓰러져 인근 병원으로 이송되었다. 사소한 질병 외에 큰 병이 없으셨던 어머니는 심장마비로 갑자기 쓰러져 돌아가셨다. 그러니 내가 죽는다는 어떤 자각조차 하지 못하셨을 것이다.

흔히 건강하게 지내다 사흘만 아프고 죽으면 좋겠다고 많은 노인들이 말한다. 어머니는 아프지 않고 갑자기 돌아가셨으니 더 편하게 가셨는지 모르겠다. 어머니의 죽음이 의미가 있었던 것은 죽음 이후의 일 때문이다. 어머니가 죽고 집에 빈소가 차려졌는데 전혀 모르는 사람들이 문상을 많이 왔다. 동네 청소부, 가내 수공업 공장의 근로자들, 독거노인들이 여러 명 빈소를 찾았다. 우리가 모르는 사이에 어머니는 동네 여러 사람들을 돕고 있었던 것이다. 집에 있는 음식을 가져다주고, 옷을 가져다주고, 밥을 사주고, 길을 가다오다 들러서 돈을 주고 갔다고 한다. 집에서는 그런 사실을 전혀 몰랐다. 집에서 냉장고에 음식이 없어진다고 형수가 말했지만 어머니가 돌아가시고 난 후에야 그 이유를 알게 되었다.

당시 나는 지방 대학에서 강의를 하러 가다가 어머니가 돌아가셨다는 소식을 들었다. 차를 급히 돌려 다시 서울로 돌아오는 길에 운전대를 잡은 손이 후들거리며 떨렸다. 급히 교통편을 구해 고향집으로 갔을 때는 시간이 한참 흐른 후였다. 나는 어머니의 임종도 지키지 못했다. 그렇지만 어릴 적부터 막내아들이라 어머니가 여러 곳을 데리고 다녔고, 이런 저런 이야기도 많이 했기 때문에 어머니에 관한 기억은 나에게 너무나 선명하게 남아 있다. 어머니는 특히 일제 말 자신의 어린 시절과 6·25전쟁 때의 이야기를 많이 해주셨다. 힘들고 고생스러운 시기였기 때문에 아마도 그러했을 것이다. 어릴 적에는 듣기 싫었지만 지금 생각해보면 어머니가 왜 그렇게 넋두리처럼 그 시절 이야기를 많이 했는지 지금에야 어렴풋이 이해가 간다. 생을 관조할 여유도 없이 힘들게 살아온 사람에게는 과거가 단지 흘러간 세월을 의미하는 것이 아니라 현재를 지탱하게 하는 자양분이 된다. 오히려 그것이 한스럽고 슬픈 이야기라서 더 그런 것 같다.

역사의 질곡 속에서

어머니는 경남 양산의 시골에서 6남매의 막내딸로 태어났다. 그렇게 부농도 아니었고 그렇다고 빈농도 아닌 시골 양반의 외동딸이었다. 어머니는 딸이 귀한 집안의 막내딸로 태어났기 때문에 집안 어른들로부터 무척 사랑을 받았다. 어머니 말에 의하면 그 집에서 아들보다 더한 대우를 받으며 물 한번 손에 묻히지 않고 곱게 성장했다고 한다. 어머니의 고생은 원하지 않은 결혼으로부터 시작됐다. 집안의 결정에 따라 생면부지의 남자에게 시집을 가면서 고생은

나는 세상의 어머니는 모두 어느 집 누군가의 어머니라고 말한다.
사랑과 헌신, 희생의 어머니라고 말을 하지만 그 속에 담긴 이야기는
어느 시대, 어느 집, 누구에 따라 모두 달라질 수가 있다.
그래서 누구든 자신의 시간을 되돌려보고 기억을 끄집어내어
비로소 어머니에 관한 자신의 이야기를 만들어볼 수가 있다.

시작되었다. 어머니는 산을 몇 개 넘어 몇 시간을 걸어가야 하는 근처 마을의 중산층 농가로 시집을 갔다. 이전에 고을 원님을 했다는 집안인데 그때는 이미 몰락하여 그저 그런 중산층 농가로 전락한 집안이었다. 신랑은 집에 있지 않고 저 멀리 일본에 가 있었다.

돌아가신 아버지의 이야기를 들어보면 일의 두서는 이렇게 된 것 같다. 아버지는 일제 시기 당시 오사카에 있는 회사에 취업하여 돈을 잘 벌고 있었다고 한다. 그런데 갑자기 고향에서 어머니가 위독하니 급히 귀국하라는 전보를 받았다. 지금만큼 통신이 원활하던 시기가 아니어서 자세히 알아볼 겨를도 없이 급한 마음에 허겁지겁 짐을 싸고 배편으로 귀국을 했다. 부산에 내려 차를 타고 또 걸어서 고향집으로 돌아오니 문밖에서 반색을 하고 환영한 것이 어머니였다. 이미 집안끼리 혼사를 정해놓고 날짜까지 받아두고 신랑을 부른 것이다. 아마 결혼하라고 아버지를 불렀으면 오지 않았을 것이다. 신랑과 신부는 혼인 당일에 처음 얼굴을 봤다. 지금에야 어떻게 그럴 수 있나 싶지만 당시에는 여전히 그런 방식으로 혼인이 이루어지고 있었다. 아버지는 두고두고 이 혼인을 원망했다. 일본에서 돈 잘 벌고 미래의 계획을 세우고 있던 사람을 갑자기 시골로 불러 고생만 하게 만들었다고 후회했다. 평생 두 사람 사이에 정이 깊지 않았던 것은 이렇게 원치 않게 혼인하게 된 이유도 있는 것 같다.

어머니는 독실한 크리스천이었다. 버스도 잘 들어오지 않던 시골에서 어떻게 교회를 다니게 되었는지 우리도 궁금했다. 어머니는 가끔 교회에 가게 되었던 이야기를 하기도 했다. 어머니는 결혼을 해서 생전 안 해보던 농사일이나 집안 살림을 하니 몸이 점점 쇠약해졌다. 갑자기 일본에서 귀국하게 되어 아버지 수중에는 돈이 별로 없었다. 그래서 돈이 될 만한 일은 모두 하셨다. 자신이 살던 곳보다 더 산골로 들어와 변변한 수입도 없이 식구들이 늘어나니 어머니는 가족들을 건사하기 위해 어쩔 수 없이 고단한 삶을 이어가야 했다. 그리고 마음도 몸도 지치니 자연히 병이 올 수밖에 없었다. 어머니 말로는 어느 날 이웃분이 교회에 가자고 해서 가게 되었는데 교회를 다니니 아픈 몸이 낫고 마음에 위로도 받았다고 한다. 교회에 가려면 산을 몇 개 넘어 몇 시간을 걸어 읍내 쪽으로 가야 했다. 그 먼 길을 마다 않고 어머니는 새벽마다 기도를 하러 다녔다. 고단하고 힘든 결혼 생활의 유일한 출구가 아마 교회 생활이었을 것이다. 아버지만 빼고 2남 5녀 우리 자녀 모두가 교회에 열심히 다니게 된 것은 어머니 덕분이다.

어머니는 평소에 시간만 되면 옛날이야기를 많이 했다. 해방이 되기도 전에 결혼을 했으니 우리가 모르는 식민지 시기, 당시의 일들을 많이 알았다. 지금은 어머니의 이야기가 모두 생각나는 것은 아니지만 인상 깊었던 몇 가지는 기억이 남아 있다. 그중 하나는 가뭄에 굶어 죽은 사람들 이야기이다. 해방 전 어느 핸가 가뭄이 들어 곳곳에서 굶어 죽는 사람이 많았다. 곡식의 수확이 줄어들고 일제의 공출마저 심해지자 친척 중 한 명이(어느 집 아재라고 했는데 정확히 알 수가 없다) 식구들 입이라도 하나 줄이자고 가족들 몰래 집을 나갔다. 그리고 얼마 동안 소식이 없다가 먼 전라도에서 객사했다며 주검이라도 거두라고 연락이 왔다. 그래서 급하게 친척 몇몇이 먼 전라도로 갔고 길가에 사람이 죽어 가마니로 덮어놓은 것을 둘러메고 왔다고 한다. 그해는 얼마나 많은 사람이 죽었던지 길가에 시체가 널려 있었다고도 했다.

이 밖에 6·25 전쟁 때의 이야기도 기억이 난다. 어머니는 전쟁 당시의 이야기도 상당히 많이 했다. 그중에서도 빨치산 이야기는 흥미로웠다. 집이 부산에 가까운 경남의 시골 마을인데도 불구하고 밤에는 빨치산이 내려왔고 경찰서를 습격하기도 했다고 한다. 해가 지고 깜깜해지면 산에서 내려온 사람들은 마을로 내려와 사람을 찾았다. 민가에서 필요한 식량을 조달해 가고, 밥을 얻어먹기도 했다. 그런 날이면 아침에 경찰서에서 순경이 와서 피해 상황과 부역 상황을 확인하고 빨치산에 협조한 사람들을 잡아갔다. 자칫 잘못하면 식량을 뺏기고 부역자로 몰릴 수도 있었다.

어느 날인가 날이 어두워지자 빨치산이 우리 집 마당으로 들어섰다. 그리고 아버지를 찾기 시작했다. 그 당시 아버지가 동네 구장 일을 하고 있었기에 어머니에게 아버지를 내놓으라고 협박을 했던 모양이다. 어머니는 매우 강단이 있는 여성이라 그들과 맞서서 아버지가 없다고 버텼다. 어머니가 이야기를 하는 동안 아버지는 뒷담을 넘어 논으로 달아나 볏단더미 속에 숨었다고 한다. 그것도 몸을 다 숨기지 못하고 머리만 볏단에 박고 있었다. 어머니는 늘 그 이야기를 하며 아버지를 빈정댔다. 평소 아버지는 말 없고 근엄한 모습이었으니 그 장면이 잘 상상은 되지 않았다. 이런 이야기를 어머니는 옛날 이야기하듯 한참 떠들고는 했다. 이런 이야기를 듣고 있자면 윤흥길의 소설 〈장마〉 속에 나오는 장면들이 오버랩되어 떠오르기도 했다.

형님에게 들은 이야기가 하나 더 생각난다. 전쟁 당시 형님은 초등학교에 다니고 있었다. 아마 저학년이었을 것이다. 형님이 어느 날 학교에 가니 학교 앞 지서에 빨치산 시체들이 있다고 아이들이 웅성대며 이야기를 하고 있었다. 벌써 한 무리의 아이들은 그것을 보고 왔다고 했다. 형님도 아이들과 함께 학교 앞에 있는 지서로 갔다. 거기에는 지난밤 산에서 내려왔던 빨치산의 시체들이 지서 담장 위에 놓여 있었다. 몸뚱이는 없고 머리만 잘려 담장에 서너 구가 얹혀 있었다고 한다. 지난밤 마을 어귀 길 양쪽에 경찰들이 매복해 있다가 빨치산이 내려오는 것을 보고 총을 쐈다. 나는 6·25에 관한 소설과 자료를 여러 편 본 적이 있지만 머리를 잘라 담장에 놓았다는 이야기는 처음 들었다. 그래서 사실이냐고 몇 번이나 확인했는데 형님은 두 눈으로 봤고 지금도 기억이 생생하다고 한다. 전쟁을 경험한 적 없는 나는 믿을 수 없을 정도로 섬뜩한 이야기였다. 어머니가 살아온 세월은 그런 험악한 시절이었다. 그 시절을 이해하지 못하면 어머니의 성격도 이해하기 힘들 것이다.

눈길

어머니에 관해 생각할 때면 나는 매번 복잡한 감정에 사로잡히고는 한다. 어머니는 우리 한국의 모든 어머니처럼 줄 것이 없어도 자식에게 한없이 베풀고 싶어 하는 사람이었다. 내가 대학원에 진학하고 시간 강사 일을 할 때 고향에 가면 언제나 옷장 깊은 곳에서 손수건으로 싼 지폐를 몰래 건네주고는 했다. 그러면서 "남들은 다 직장을 얻었다는데 너는 언제 번듯한 직장을 얻냐? 직장 얻는 데 왜 이렇게 오랜 시간이 걸리냐?"라며 걱정스러운 표정으로 묻곤 했다. 대학 다닐 때도 몸이 약하다고 가물치를 삶아오기도 했고, 한약을 지어오기도 했다. 내 몸을 챙긴 것은 아내보다도 어머니가 훨씬 더 잘했다. 자식 사랑에 어머니는 지극 정성이기도 했다.

그렇지만 어머니는 나를 포함해 집안사람들 모두에게 두려움의 대상이 되기도 했다. 어머니가 한번 화를 내면 아버지는 물론 온 집안 식구들은 어머니 앞에 꼼짝하지 못했다. 평소에는 자상한 양반이 뭔가 심사가 틀려 화가 나면 집안은 풍비박산이 나듯 공포 분위기를 조성하기도 했다. 누님들도 어머니 앞에서 벌벌 떨었고, 아버지는 얼른 밖으로 나가 자리를 피했다. 어머니와 아버지는 2남 5녀를 낳았는데도 나이 들어서는 두 분 사이가 좋지 못했다. 서로 자주 싸웠고, 그런 날이면 근처에 살던 형님이 급하게 달려와 두 분 사이를 중재하기도 했다. 말년에는 아버지는 형님 집에서, 그리고 어머니는 둘째 누님의 가족과 함께 살기도 했다. 서울에서 공부하고 있던 나는 방학 때면 어머니 집에 가서 하루 종일 누워 대하소설책을 읽는 재미에 빠진 적이 있었다. 그러다 무슨 일인지 아버지가 찾아와 어머니와 말다툼이 일어나면 얼른 자리를 피해야 했다. 그럴 때면 슬그머니 집 밖으로 나와 온 동네를 이리저리 떠돌기도 했다.

이런 어머니를 생각하면 지금도 생각이 복잡하다. 어머니에 관해 고마움이 많지만 원망스러운 기억도 많다. 언젠가 이청준의 소설 〈눈길〉을 읽은 적이 있는데 그 소설의 주인공이 나의 입장과 흡사하다는 생각을 했다. 이 작품에서 주인공은 모처럼 고향에 돌아와 어머니를 만나지만 반가운 마음보다 복잡한 마음의 심사를 드러낸다. 주인공은 미움과 원망, 고마움과 그리움이 혼재된 그런 복잡한 마음을 가지고 있었다. 그래서 소설에서 어머니를 '노인'이라고 지칭하고 어머니와의 관계를 줄 빚도 받을 빚도 없는 관계라고 말하기도 한다.

이 소설의 주인공처럼 나도 어머니에 관한 감정은 단순하지가 않다. 어떤 때는 원망의 마음이 들기도 하고, 어떤 때는 한없이 고맙고 그리운 마음이 들기도 한다. 그렇지만 나는 어머니에게 줄 빚도 받을 빚도 없다고 말한 소설의 주인공과는 달리 어머니에게 줄 빚만 잔뜩 쌓여 있다는 사실을 알고 있다. 2남 5녀의 막내였기 때문에 어머니의 사랑은 나에게 특히 각별했다. 대학에 다닐 때, 또 결혼하고 나서도 무엇이든 챙겨주기 바빴다. 세상의 모든 어머니가 그렇듯 막내아들을 보는 시각은 각별한 것이었다. 그래서 그 사랑을 빚으로 환산하면 아마 세상 돈으로 다 갚을 수가 없을 것이다. 반면에 나는 어머니로 인해 정신적 고통도 컸다. 누님들은 어머니가 부잣집 맏며 외동딸이라 말릴 수가 없다고 자주 말했다. 그렇지만 그런 어머니 성격에 온 가족들은 마음에 상처를 많이 입었다. 특히 집안에 장남이었던 형님은 어머니와 아버지의 다툼을 처리하는 일을 도맡아 평생을 고생했다.

누구나 가족사에 얽힌 이야기가 없는 사람은 없을 것이다. 이청준의 〈눈길〉만 봐도 그런 복잡한 집안사의 그림이 그려진다. 형의 노름빚으로 집이 남의 손에 넘어가고, 단칸방에 어머니와 형수, 조카들이 살아야 했다. 주인공 '나'는 오랜 시간 도시에서 힘든 삶을 이어가야 했다. 그래서 주인공이 어머니를 계속 '노인'이라고 부르는 것이나, 어머니와 줄 빚, 받을 빚을 따지는 것도 거리감을 두고자 하는 필자의 의도일 것이다. 그리고 소설 내내 어머니에게 퉁명스럽게 대하는 모습도 그렇다. 그러나 주인공의 이런 거리감은 소설의 말미,

어머니가 새벽에 아들을 차부에 바래다주고 눈 덮인 산길을 되짚어 집으로 돌아오던 이야기를 듣는 순간, 모든 거리감과 원망과 미안함과 안타까움이 사라진다. 세월 앞에 장사 없다는 말처럼 모든 미움과 원망은 시간이 지나면 차츰 사라진다. 그리고 그 자리에 안타까움, 그리움, 아쉬움과 같은 마음이 자리를 잡는다.

나는 이청준의 소설처럼 어머니를 '노인'이라고 부를 마음이 전혀 없다. 어머니는 그저 한편으로는 내 마음에 그리움의 대상으로, 한편으로는 힘들었던 시기의 아픈 마음의 대상으로 자리 잡고 있다. 어머니를 생각할 때 항상 생각나는 것이 있다. 방학 때 형님 댁으로 가면 어머니는 안타깝게 물으셨다. "누구 집 막내는 대기업에 취업했다는데, 너는 왜 그렇게 공부를 오래 하냐?" 내가 대학원에서 박사 과정 공부를 하는 것을 어머니는 잘 이해하지 못했다. 어서 좋은 곳에 빨리 취직하기만을 원했다. 그런 마음은 아마 세상 모든 어머니가 가진 마음일 것이다. 권태주 시인의 시詩에 그런 느낌의 어머니 마음이 담겨 있다. 그 시를 한 구절 소개하고 끝을 맺고자 한다.

문 밖에선 긴 겨울의 기다림이
흰 눈 되어 내리는 저녁
쇠죽을 끓이는 아궁이 앞에서
후끈한 시래깃국 냄새 나는 시를 쓰는

아들에게 어머니는

— 애야! 시인이 되면 가난하다더라.

시는 뭐하려고 쓰느냐.

근심 어린 눈빛으로 말했었다.

아궁이 속 타오르던 장작불도 꺼지고

이젠 어머니도 이 세상에 없다.

흰 눈 내려 가득 세상을 덮어도

어머님과 함께 보던 그 저녁

토방 위에 내리던 싸락눈만 못하다.

꺼져 가는 불씨 불어 가며 매운 연기 눈물 나던

그런 저녁이 아니다.

이제는 혼자서 가야 할 길

내가 할 수 있는 건

끝날까지 시를 쓰는 일과

바람 한 줌씩 움켜잡는 일

먼 훗날 내 아이에게 지울 수 없는

추억 만들어 주는 일.

(권태주, 〈시인과 어머니〉에서)

어머니, 감사하고 사랑해요

이영종(공군예비역장군)

보통의 일상이 계속된다. 새벽 일찍 일어나서 하루를 시작한다, 벌써 몇 년째 마음의 간구를 담아 매일 드리는 기도로서. 코로나 19가 온 인류의 일상생활을 일 년 넘게 바꾸어놓고 있는 요즘이다. 관계와 관계 속에서 만남이 기본인 사회생활에 엄청난 제약과 변화를 가져왔다. '사회적 거리두기'라는 생소했던 단어가 익숙해졌다. 성인들에게 주로 영향을 미치지만 어린이와 학생들이라고 피해 갈 수 없다. 아이들의 등교도 제한되어 학년별로 다르지만 일주일에 2~3일 학교에 갈 뿐이다. 학원이나 어린이 시설들도 제한 운영 중이다. 이에 따라 나머지 시간은 온통 가정에서 보내야 한다. 그런데 문제는 아이들의 부모들 대부분이 맞벌이 직장인들이다. 많은 경우 할머니와 할아버지들이 그 빈자리를 채우고 있는데 우리 집도 대표적이다. 다섯 명의 손주가 모두 초등학생이며 한 아파트 단지에 살고 있기에 우리 집이 돌봄 교실이 된 지 오래다. 그렇게 할머니는 분주하게 엄마의 빈자리를 상당 부분 메우고 있다.

그러던 중 어느 날, 갑자기 어머님에 대한 그리움이 한없이 솟구쳤다. 무슨 이유인지 알 수 없이 그냥 분수처럼 폭발했다. 차츰 마음을 가라앉히자 그 절절함이 구체화되기 시작했다. 그래 어머님을 너무 오래 잊고 살았구나. 어머님이 팔십칠세로 돌아가신 지 21년이 되었다. 얼굴 모습도 기억되지 않는 아버님께서는 내가 국민학교 3학년, 그러니까 10살 때 돌아가셨고, 그 후 37년을 홀로 사셨다. 빛바래가는 책장 위 사진 속의 어머님은 자그마하고 그냥 평범한 할머니이다. 그 삶은 어떠셨을까 한 번도 생각해보지 않았다. 늦게라도 가물가물한 기억을 회상해본다.

국민학교를 졸업하고, 중학교와 고등학교를 거치는 동안 어머니는 참으로 어렵고 힘들게 뒷바라지를 해주셨다. 국민학교 5학년 때 강원도 횡성군 어느 농촌 마을에서 강릉 북쪽 태백산맥 동쪽 자락에 위치한 산 아래 첫 동네로 이사를 했다. 학교까지는 편도 8km쯤 떨어진 거리였고, 따라서 등하굣길을 매일 네 시간씩 걸어야 했다. 그런데 어머님은 학교에 최소 납입해야 할 학비를 마련해주셔야 했기에, 그보다 더 먼 30리쯤 되는 읍까지 걸어 다니곤 하셨다. 당시에는 돈을 벌려면 무언가를 5일장에 내다 팔아야 했다. 여름엔 채소를, 가을엔 일부 잡곡들을 팔았지만, 겨울과 봄에는 땔감인 나무가 돈이 되는 유일한 자원이었다. 목이 부러질 정도로 장작을 묶어 머리에 이고 그 먼 길을 기꺼이 다니셨다. 중학교는 읍으로, 고등학교는 시로 유학을 했으니 아마도 그로 인해 더 많은 학비를 마련해야 하는 어머님의 노고는 더욱 크셨으리라. 그러고는 공군사관학교에 입학했고 4년간의 생도 생활에 참으로 열심히 매진하였다. 달리 한눈을 팔거나 여유를 부릴 데가 없었던 시골뜨기는 오로지 생도 생활에 전념한 후 소위로 임관했고, 비행훈련도 잘 마치며 마침내 전투기 조종사가 되었다. 중학교 때 아폴로 11호의 우주비행사가 달나라에 첫 착륙하는 감격스러운 장면을 보고 우주비행사의 꿈을 가졌었는데, 최소한 하늘을 나는 조종사의 꿈을 이루게 되었다. 어머님께서 돌아가셨을 때까지 하늘을 날아다닌 햇수가 24년이고, 그 후에도 수년이 더 계속됐다. 그렇게 군 생활을 마치고 전역한 그 이후로도 14년이 지났다. 이처럼 오랫동안 어머님께서는 까마득히 잊혔다.

휴대전화가 없었던 그 시절, 사관생도가 되어 집을 떠난 이후에는 마땅히 연락도 못 드렸고, 몇 년에 한 번, 명절 때 거우 하루 이틀 다녀갈 정도였다. 경남 사천에서 교관 조종사로 근무하던 중 결혼을 했다. 전투기 조종사 아들의 어머님께서 비행기를 한 번도 타보지 않으셨다는 것이 불현듯 생각나, 집사람과 함께 어머님을 모시고 제

어머니의 삶이 다소 희생되고, 일상이 제한을 받고,
걱정과 근심이 늘어나고, 영향을 받는다 하더라도
결코 위대한 모성을 내려놓지 말기를 기대한다.
어머니의 위대함은 그 어떤 것과도 바꿀 수 없고,
바꾸어서도 안 된다고 생각되기 때문이다.

주도에 다녀왔었다. 연세도 있고 난생처음 타보는 민항기라 진주 공항에서 이륙하자마자 어머니는 내 팔을 꼭 잡고 착륙할 때까지 잠시도 놓지 않으셨다. 매우 떨리고 불안한 마음이셨으리라. 오히려 아들의 비행을 더 걱정하시게 만들지 않았었을까. 어머님을 뵈러 갔을 때면 '조심하라'고 당부하셨던 기억이 어렴풋하게 떠오른다. 당시는 귀담아듣지 않고 흘려버렸었는데, 비행 생활 내내 안전을 기원해주셨을 거라는 생각이 떠올라 갑자기 울컥해졌다. 사실 인간의 두 발이 땅에서 떨어져 있을 때가 가장 불안정하다고 한다. 사고의 위험이 상존하였는데도 별 탈 없었던 비행 생활은 분명 어머님의 염려 덕분이었으리라. 일선 비행부대 생활은 물론, 군 생활 내내 하루하루 정성을 다하며 조심스럽게 보냈었지만, 그것이 전부가 아니라 바로 어머님께서 걱정하시고 빌어주셨기 때문이라는 것을 이제야 느끼다니! 감사의 말씀도 한 번 드리지 못했고 더욱이 그 후에도 지금까지 잊고 살고 있다니! 이런 무심함을 무엇으로 용서받으리오. 그래 지금이라도 "진심으로 감사합니다!"라고 말씀드려야 하겠다. "어머니 사랑합니다!"와 함께. '감사하고 사랑해요!' 마음속으로 외쳐본다. 왈칵 눈물이 쏟아진다.

오래전에 다른 어머님에 대한 이야기를 들은 적이 있다. 선배님 한 분이 월남전에 파병되어 1년간 근무를 마치고 돌아왔을 때, 그분 어머님께서 아들이 무사하기를 하루도 빠짐없이 물을 떠놓고 비셨다는 것을 귀국해서 아셨다고 했다. 이렇듯 나도 아비의 바람을 담아 가족들을 위해 매일 드리는 기도가 있다. 아들딸 부부에게 지혜와 분별력과 넓은 마음을 주시어 사회적으로 존경과 신망을 받는 삶을 이루어나가고, 무엇보다도 아이들을 지혜롭게 키워내기를 바라는 마음이다. 또한 손주들은 건강한 가운데 능력과 인성을 겸비하여 지혜와 덕망을 갖춘 훌륭한 사회인들로 자라나기를 기원한다. 아마도 이들은 이를 깨닫지 못하리라, 한 번도 내색을 한 적이 없으니까. 마치 나 자신이 이제야 어머님께서 늘 마음을 쓰시며 무사함과 성공을 바라셨을 것이라고 돌이켜 깨닫듯이.

코로나 일상 속으로 돌아가보자. 본의 아니게 엄마의 역할을 되새겨 보는 계기가 된다. 집사람인 할머니가 딸과 며느리의 엄마 역할을 상당 부분 대신하고 있기 때문이다. 옆에서 조력자로서 아이들과 보내는 시간이 매우 많아졌다. 동심을 마주하며 많은 것을 깨닫는다. 막힘이 없는 자유로운 생각들에서 오히려 배우고, 말을 듣지 않고 화를 돋우는 상황 속에서 할아버지는 새삼 인격 수양을 하게 된다. 녀석들은 아무 걱정이 없다. 하고 싶은 대로 하면 된다. 앞일을 내다볼 필요도 없고 지금이 즐겁고 재미있으면 그만이다. 그저 놀고, 장난치고, 식사 준비해놓으면 먹고, 옷을 골라주면 입고, 놀고 나서는 정리도 안 하고, 텔레비전 보고, 밤에 잠이 오면 잔다. 재미있으면 웃고, 기분이 나쁘면 울고, 원하는 대로 안 되면 떼쓰면 된다.

하지만 아무래도 아이들의 안전은 지켜줘야 하기에 주의와 간섭과 통제가 필요하다. 그러면 즉각 반응이 온다. 악마 대왕이라느니 잔소리 대왕이라느니 걱정이 왜 그리 많으냐! 는 등. 하지만 어찌 이를 포기할 수 있겠는가. 이제 이들은 초등학생들이 되어 사회생활을 하나씩 배워나갈 것이다. 아마 할머니도 이런 엄마의 역할을 대신하며 아이들을 위해 늘 기도하고 있을 것이다. 이처럼 할머니 곁에서 새삼 엄마의 역할이 중요하다는 것을 간접 경험해본다.

이 세상의 어머니들로 생각의 폭을 넓혀본다. 어머니의 배를 아프게 하지 않고 태어난 인간은 아무도 없다. 갓 태어나 눈도 뜨지 못한 채 엄마의 젖을 찾아 고개를 이리저리 돌리기 시작할 때부터, 따로 서고, 한두 발 걷고, 이유식을 먹고, 어린이집에 다니고, 초. 중. 고등학교를 거쳐 대학을 졸업하고 결혼하기까지 얼마나 많은 어머니의 보호와 근심과 바람이 녹아 있는가. 아니 자식의 결혼 후에도 어머니의 마음 씀은 여전히 끊이지 않을 것이다. 그렇기에 어머니는 위대하다. 세계의 운명은 태어나는 아기들에게 달려 있고, 그 뒤에는 이 아이들을 길러내야 하는 어머니들의 거룩한 소명이 부여되어 있는 것이다. 아이들은 유약하고 힘없는 존재지만 어머니의 육아를 통해 자아를 정립해가고 인격체가 되며 혼돈과 질서의 균형을 잡아가고 성인이 되어 후대를 이끌어가게 된다. 이 얼마나 위대하고 숭고한 과업인가. 다른 무엇으로도 대체할 수 없는 지고한 사명이다. 비록 귀찮고 성가시고 힘들고 자기희생이 따른다고 해도 내팽개칠 수 없는 숙명이다. 인류 창조의 역사가 계속됨은 바로 어머니들의 헌신 때문이리라. 이는 대자연의 섭리라고도 할 수 있을 것이다. 그래서 어머니에 대해서는 저절로 존경이 우러나온다. 모든 어머니들을 위대하게 바라보아야 한다.

잠시 현실로 돌아가보자. 남녀가 성숙해지면 부부가 된다. 결혼을 한다는 것은 부부로서의 삶을 시작할 준비가 되었다고 볼 수 있다. 그리고 아이가 태어나게 된다. 그런데 부모가 될 준비는 어떤가. 어쩌면 부부들이 미처 생각해볼 겨를도 없이, 즉 준비나 자격도 없이 아빠, 엄마가 되지 않을까. 임신 후 마음의 준비를 하겠지만 그것이 전부일 수 없다. 육체적 발육 과정에 맞는 영양관리는 물론, 아동 심리 발달 과정도 알아야 한다. 실로 엄마가 된다는 것은 특별한 사명을 부여받는 것이다. 물론 아버지의 역할과 노력을 간과하는 것은 아니다. 하지만 뱃속에서 열 달을 키워내고, 낳은 후 젖을 물리며 아이를 키워내는 엄마의 존엄한 역할은 누구도 대신할 수 없다. '내가 엄마가 되기 전에는'(작자 미상, 《사랑하라 한 번도 상처받지 않은 것처럼》—류시화 엮음)이라는 시에 다음과 같은 내용이 있다.

내가 엄마가 되기 전에는 날마다 머리를 빗고 화장을 했다.
엄마가 되기 전에는 마음을 잘 다스릴 수가 있었다.

누군가를 그토록 사랑하게 될 줄 결코 알지 못했다.

내 몸 밖에 또 다른 나의 심장을 갖는 것, 아이에게 젖을 먹이는 것, 한 아이의 엄마가 되는 기쁨, 그 가슴 아픔, 그 경이로움, 그 성취감을 결코 알지 못했었다.

이처럼 엄마가 된다는 것은 그토록 많은 감정들을 건드고 오로지 아이를 위해 특별하고 고귀한 존재가 된다는 것이다. 엄마가 될 사람들은 한 인간의 앞날, 한 가정의 장래, 한 나라의 미래, 전 인류의 운명을 책임질 숭고한 사명을 갖게 된다는 것을 생각해보면 어떨까. 그리하여 건강하고 건전한 사고력을 지닌 한 생명을 잉태하여 낳고 키워내는 훌륭한 어머니가 되도록 준비해 나가길 기원해본다. 고통스러운 출산이라고, 힘들고 고된 육아라고 포기하거나 좌절하지 않도록 하는 격려와 함께. 어머니의 삶이 다소 희생되고, 일상이 제한을 받고, 걱정과 근심이 늘어나고, 영향을 받는다 하더라도 결코 위대한 모성을 내려놓지 말기를 기대한다. 어머니의 위대함은 그 어떤 것과도 바꿀 수 없고, 바꾸어서도 안 된다고 생각되기 때문이다.

집을 떠나면서부터 내 마음의 자리에서도 멀어지셨던 나의 어머니! 이처럼 오랜 세월을 당신께서는 변함없이 그 자리에 머물고 계셨음을 이제야 깨닫는다. 그리고 지금 이 순간까지 누리는 나의 들숨과 날숨을 당신께서 시작해주셨음을 한평생 다 보내면서 알게 되었다. 비록 당신의 귀에 대고 "감사합니다, 사랑합니다"라고 말씀드릴 수는 없지만 제 안에 자리한 당신께 소리칩니다.

"어머니, 감사하고 사랑해요!"

당신께서 그저 평범한 자식 사랑을 실천하셨지만 그것이야말로 숭고한 역할이셨다는 것을 깨달았다. 한 걸음 더 나아가 지구상의 모든 어머니는 위대하다는 것도 깨우치게 되었다. 인류의 미래를 책임져 갈 아이들이 그분의 낳음과 정성과 보살핌과 기도로 자라난다는 것을. 마침 어머니의 기일인 오늘, 나는 나의 조그마한 어머님을 기억하며, 나아가 지상의 모든 어머니들께 존경을 담아 응원한다. 다시 한 번 어머님, 감사하고 사랑해요! 그리고 세상의 모든 위대한 어머니들께도 힘찬 격려의 박수를 보내며 축복을 기원한다.

리브가의 새 노래

황덕형(서울신학대학교 총장)

어머니! 사랑하고 존경합니다. 어머니가 주님의 품으로 떠나신 지 어느덧 10년이 되어갑니다. 어머니의 모습은 더욱 선명하고 진한 그리움으로 다가옵니다. 제 머리도 세월의 무게와 함께 흰 눈이 점점 내려앉은 듯 변해가지만 '어머니' 하고 부르면 철없기만 했던 어린 시절로 돌아가곤 합니다. 갚을 길 없는 어머니의 큰사랑과 삶의 흔적들을 기억하며 불효의 후회스러움과 어머니의 은혜와 깊으신 뜻을 되새기고자 합니다.

어머니를 생각할 때면 성경의 인물 중 떠오르는 이름이 있습니다. 믿음의 조상이라 불리는 아브라함과 아내 사라는 백 세에 이삭을 낳게 됩니다. 하나님의 선물로 얻은 이삭이 자라고 아브라함이 나이

218

많아 늙자 아브라함의 종은 낙타 열 필과 함께 아브라함의 고향으로 가서 이삭의 아내를 선택하기 위해 떠납니다. 아브라함의 종은 순조로운 만남을 위한 기도로 우물에 물을 길으러 온 성 안 사람의 딸들 중에서 물을 청할 때 아브라함의 종뿐 아니라 낙타에게도 물을 마시게 하리라 하는 소녀를 이삭을 위해 하나님이 정하셨음을 알게 해달라고 합니다. 그리고 아브라함의 종과 낙타를 배불리 마시게 하기 위해 급히 물동이의 물을 구유에 붓고 다시 길으려고 우물로 달려가, 모든 낙타를 위해 물을 긷는 리브가를 만나게 됩니다. 흥미롭게도 성경은 리브가가 이삭의 아내가 되는 과정을 상세하게 기록하고 있습니다. 제가 어머니를 리브가와 함께 연상하게 되는 이유는 어린 시절 물이 잘 나오지 않는 곳에 살았을 때의 기억 때문일 것입니다. 일곱 식구를 위해 새벽부터 물을 길으러 긴 골목길을 다니신 어머니는 힘들게 길어온 물을 주변에 일하는 분들에게 늘 아낌없이 나누어 주시고 몇 차례씩 우물로 발걸음을 재촉하시곤 하셨습니다.

무엇보다도 어머니도 에서와 야곱 쌍둥이를 낳은 리브가처럼 저와 동생을 쌍둥이로 낳으셨습니다. 야곱에 대한 리브가의 편애는 남편 이삭이 나이가 들어 앞이 보이지 않게 되자 맏아들 에서의 축복을 야곱과 바꾸게 만들었고, 결국 인생 여정에서 형 에서는 분노로, 야곱은 두려움으로 오랜 시간을 보내게 됩니다. 리브가처럼 쌍둥이를 낳으셨지만 저희를 편애하지 않고 한결같이 대해주신 것이 어머니와 리브가의 다른 점입니다.

에서와 야곱처럼 쌍둥이로 자랐지만 저희 형제는 누구보다 우애가 깊고 복음을 함께 나누었습니다. 서울신학대학교 신학과, 연세대학교 신학대학원, 독일로 유학을 가서도 보홈 대학에서 같은 지도교수님 밑에서 함께 조직신학을 공부할 수 있었습니다. 인생에서 소중한 목표를 가지고 쌍둥이인 저희가 함께 걸어갈 수 있었던 행운의 선물은 하나님의 축복이며 부모님, 특히 어렸을 때부터 다섯 형제 모두를 공평하고도 따뜻하게 대해주셨던 어머니 덕분입니다.

'어머니' 하면 자연스럽게 떠오르는 것은 인자한 미소입니다. 저희 집도 대표적인 엄친자모嚴親慈母의 가정이었습니다. 말이 적으시지만 늘 밝은 미소로 맞이해주시는 어머니가 계셔서 밖에서 움츠렸던 어깨도 활짝 펴지곤 했습니다. 어머니의 인자한 미소의 안정감과 평안함은 결혼한 후에도 매주 가족들이 만나고 찾아올 수 있는 원동력이었음을 떠나신 빈자리를 통해 확인하곤 합니다. 그래서 더욱 그립기만 합니다.

'어머니'의 이름에는 사랑의 수고와 검소함이 담겨 있습니다. 새벽에 잠이 깰 때면 식사를 준비하시던 어머니의 뒷모습! 수고의 손길에 담긴 깊은 사랑은 우리들의 든든한 하루 보약이었습니다. 가끔 어머니의 사랑이 담긴 음식 맛이 그립다는 아내는 어머니가 쓰시던 그릇에 음식을 담아 아련한 추억 여행을 함께 떠나곤 합니다.

소유를 최소화하여 살다 가신 모습, 아버지가 직접 만들어주셨다는 반닫이장을 70여 년간 사용하신 얼룩진 흔적들, 간결하고 단아함이 묻어 있는 유품들을 보고 깨달았습니다. 어머니께서 지켜오신 일상의 검소함이 저희의 힘든 유학길에 버팀목이었음을.

'어머니'는 기적입니다. 어머니는 젊었을 때부터 차멀미를 심하게 하셔서 버스도 잘 못 타셨습니다. 그런 어머니께서 저희 쌍둥이가 군목 훈련을 받는 경북 영천까지 매주 서울에서 버스를 타고 오셨습니다. 시내버스도 못 타시던 어머니의 매주 긴 여정은 사랑의 기적이었습니다. 심한 멀미를 이겨내고 먼 길도 마다 않고 매주 찾아오셨던 강인한 사랑의 힘 덕분에 오늘을 감사하고, 어머니처럼 내일의 기적을 일구어갑니다.

'어머니'는 기도입니다. 어머니는 오랫동안 몸이 아프셔서 자유롭게 교회도 오시지 못하셨습니다. '어머니의 기도' 찬양의 가사처럼 어머니도 자녀들을 향한 간절한 삶의 기도로 사셨습니다.

어머니를 리브가와 함께 연상하게 되는 이유는
어린 시절 물이 잘 나오지 않는 곳에 살았을 때의 기억 때문일 것입니다.
일곱 식구를 위해 새벽부터 물을 길으러 긴 골목길을 다니신 어머니는
힘들게 길어온 물을 주변에 일하는 분들에게 늘 아낌없이 나누어주시고
몇 차례씩 우물로 발걸음을 재촉하시곤 하셨습니다.

어머니의 기도는 땅에 떨어지지 않네 / 어머니의 기도는 자녀를 살게 하네

어머니의 기도는 반드시 응답받으리 / 어머니의 기도는 기적을 일으키네

눈물로 뿌린 기도의 씨앗 / 기쁨의 열매로 거두리

눈물로 뿌린 기도의 씨앗 / 하나님 기억하시리

자녀의 삶에 열매 맺으리 / 시들지 않은 꽃 피우리

환경을 넘어 역사하리라 / 하나님 열매 주시리

그렇습니다. 시대가 변하고 세월이 흘러도 어머니의 간절한 기도는 자녀를 살리고 기적을 일으킵니다. 오늘도 하늘에 계신 어머니의 기도 덕분에 새 힘을 얻습니다.

리브가처럼 지나가는 길손들에게도 아낌없이 물과 음식을 나누셨던 어머니! 리브가처럼 쌍둥이를 낳으셨지만 편애가 아닌 공평한 사랑으로 키워주신 어머니! 저희 형제가 함께 주의 길을 기쁘게 걸어갈 수 있도록 인애를 베풀어주신 어머니!

리브가와 비슷하면서도 어머니만의 삶으로 부르신 새 노래에는 공평과 온유, 사랑의 수고, 겸손과 검소, 기도와 기적을 담아 살아가라는 뜻이 담겨 있음을 조금씩 알아가고 있습니다.

다시 태어나도 어머니와 함께하고 싶다는 아내와 하늘에서 다시 만나 어머니와 함께 부를 '리브가의 새 노래'에, 저희는 또 어떤 내용을 담아갈 수 있을까요?

다섯 개의 시로 기억하는 나의 어머니

김영순(인하대 교수, 인하대 다문화융합연구소 소장)

어머니와 나의 고향 양구

나의 어머니는 90세의 일기로 꽃이 항상 피어 있다고 생각하는 하늘나라로 가셨다. 나는 2020년 꽃 피던 봄, 병상에 계셨던 어머니를 기억한다. 그 어머니는 언제나 푼크툼처럼 기억된다. 어머니 사십구제가 지난 직후 나는 첫 시집 《그리움을 그리다》를 지었다. 시집에 수록된 〈그 강을 건너지 마세요〉란 시를 시작으로 어머니에 대한 기억을 역순으로 그려보고 싶다.

병실에서 그대는 내게 / 머리를 쓰다듬으며 / 나를 만나 기뻤다고 / 자랑스러웠다고 / 행복한 미소를 지었습니다.

그리고 / 이제 고통에서 벗어나 / 꽃이 시들지 않는 / 하늘로 떠나고 싫다고 / 그렇게 가늘고 힘든 / 목소리로 말씀하셨습니다.

나는 눈물을 참으며 / 혹여 그대가 슬퍼할까 봐 / 간절한 마음으로 / 그대여… 그 강을 제발 건너지 마세요. / 라고 말했습니다.

추석이 지나고 / 고향 양구에 첫눈이 내리고 / 그 강이 꽁꽁 얼 때까지 / 그때까지라도 / 세상과 함께하세요.

강을 건너면 / 다시 돌아올 수 없어요.

추운 겨울이 오고 / 눈이라도 내리고 / 그 강이 굳게 얼어 / 땅같이 되어야 / 그 강의 저편으로 / 훨훨 건너셨다가 / 돌아오고 싶을 때 / 오실 수 있지요.

그대여 / 제발 그 강을 건너지 마세요. / 돌아올 수 있을 때 / 그때 건너세요.

그런데 어머니는 작시한 바와 다르게 지난해 겨울을 넘기지 못하고, 그 강을 건너오셨던 하늘로 영원히 돌아가셨다. 그래서 어머니와 나는 올해 봄이 오는 것도, 어머니가 좋아하던 하얀 목련도, 6월 장미꽃을 함께 볼 수도 없다. 목련의 하얀 꽃봉오리가 움트는 지금, 나는 어머니가 정말 그립다. 아마 붉디붉은 장미꽃이 피게 될 때 더욱 그리울 것이다.

나와 어머니는 고향이 같다. 대부분 어머니들은 외집단에서 시집을 오기에 자녀와 고향이 같기는 쉽지 않다. 그런데 나의 외가와 친가는 모두 강원도 양구에서 통일신라 말기부터 지금까지 그곳에 살아왔다. 한마디로 나와 어머니 모두 집성촌 출신이란 뜻이며, '촌사람'이란 이야기이다.

우리 집안은 경주김씨, 나의 외가는 삼척김씨 집안이다. 강원도 화천, 양구, 인제, 고성에 이르기까지 경주김씨와 삼척김씨가 많은 이유는 신라 마지막 왕자였던 마의태자가 신라 부흥 운동의 중심지인 금강산에 기거했고, 그래서인지 아마 금강산 인근의 산촌인 양구, 인제, 화천 일대에 자손을 이어왔을지도 모른다. 나와 어머니의 고향 강원도 양구陽口는 금강산의 입구라는 의미이다. 금강산의 옛 지명이 계양산이었고, '계양산 입구'의 준말로 양구라는 지명으로 불러왔다고 한다.

내 어린 시절의 기억은 선조들이 대를 이어 살아왔던 양구에 머무른다. 아마 어머니의 어린 시절 역시 나와 별반 차이가 없을 것이라 생각한다. 어머니는 태어나서 90세 일기로 돌아가시기까지 양구에서 90년을 사셨으니 당신에게 있어 양구는 생의 터전이며 세계였을 것이다. 한 사람이 한 곳에서 사시사철을 90번 지냈다는 것은 그 사람 자체가 그 공간의 역사가 아닐 수 없다. 어머니는 유난히 아는 사람이 많았고, 인간관계가 좋았던 것으로 기억된다.

동네에서는 물론 양구읍 내 오일장이 열리면 내 손을 잡고 시장에 가서서도 아는 사람이 많아 교제를 많이 나누었다. 우리 동네든 다른 동네든 가리지 않고 어렵고 힘든 사람들을 위해 곳간의 쌀을 퍼주거나 소작을 하도록 하셨다. 어머니는 양구라는 작은 지방을 고향으로 갖고 있었지만, 마음은 늘 '열린 세계'를 가지고 계셨던 것 같다. 나는 어린 시절부터 어머니 당신에게 사랑을 배웠고, 다른 사람을 환대하는 법을 배웠다. 그래서 어머니는 나의 영원한 스승이시다.

꽃을 좋아하시던 어머니

내 연구실에는 시골집 화단의 장미꽃 앞에서 활짝 웃으시는 어머니의 사진이 있다. 어머니는 밝고 맑은 성정을 지니셨는데, 이는 꽃을 좋아하고 사랑하셨기 때문으로 기억한다.

어머니가 얼마나 꽃을 좋아하는지 미음(ㅁ)자 집의 안마당, 후원인 뒷마당, 그리고 앞마당 둘레의 모든 화단에 겨울을 제외하곤 각종 꽃이 경쟁하듯 피었다. 집 둘레와 아울러 마을을 들어오는 입구에서 우리 집까지의 길을 코스모스 꽃길로 만드셨다. 언젠가는 어린 나를 데리고 집안 소유의 앞산에서 진달래, 철쭉 등의 꽃나무를 캐오셔서 꽃밭을 가꾸셨다. 봄이 되면 그 꽃밭의 기억도 새록새록 하다. 이런 기억은 〈그리움의 꽃밭〉에 남아 있다.

모든 사람의 마음에 / 꼭 숨겨둔 그리움이란 / 꽃밭이 있습니다.
내 꽃밭엔 오로지 / 그대만이 존재합니다.

채워지지 않는 그리움은 / 같은 하늘 아래 호흡하고 있음에도 / 다시
는 그대를 / 볼 수 없어서입니다.

그대의 숨결과 향기가 / 내 꽃밭에 머물기 때문입니다.

그래서 나의 그리움은 / 오직 그대에게 향해 있습니다.

꽃을 정성껏 돌보는 마음, 동네 사람들의 어려운 일들을 챙기시
고, 그들을 위로하고 도울 수 있는 것들을 찾아서 도우셨던 아름다
운 마음씨, 동네에 큰일이 있을 때면 동네 아주머니들을 규합하여
봉사를 주도하시던 모습, 마을의 큰 행사인 동제를 위해 흰 행주치
마를 두르고 수건을 쓰시고 정성스레 음식을 하시던 모습, 이런 모
습들이 아직도 내 기억에 생생하다. 지금 생각해보면 어머니의 타자
지향적 마음씨가 내게 보이지 않게 학습되어 소수자와 이주민 연구
를 하는 지금의 내가 있지 않았나 하는 생각이 든다.

두 번의 서울행 추억

누구에게나 어린 시절 도회지의 경험은 그곳의 동경과 도전으로
남게 된다. 내 초등학교 시절 두 번의 서울행이 있었는데, 한 번은
동물원이었고, 다른 한 번은 원자력병원에 암 수술을 하시고 투병
중에 계셨던 어머니를 면회 갔을 때였다. 첫 번째 서울 방문이 기쁨
과 설렘의 기억이었다면, 두 번째는 슬픔과 장남으로서 책임감이 교

차했던 기억으로 남는다.

　나의 초등학교는 집에서 걸어서 30분 정도 걸리는 거리였다. 마을 아이들과 웃고 떠들며 새마을기를 들고 논둑길을 따라 등교하였다. 한 번은 3학년 때 담임선생님이 읽어주신 동화책에 하마, 기린, 사자, 호랑이 등의 다양한 동물들이 나와 신기했다. 호기심이 많았던 나는 선생님께 동물원이 어디 있느냐 물었고, 선생님께서는 서울에 있다고 답하셨다. 나는 곧장 어머니께 동물원에 가보고 싶다고 말하였다.

　어머니는 지역에서 치루는 자유교양경시대회에서 상을 받으면 가자고 했다. 우리 나이 또래라면 자유교양경시대회 일명 교양 읽기에 대해 대부분 알고 있을 것이다. 녹색 표지로 되어 있고, 위인전이나 동·서양 고전을 초등학생 수준으로 쓴 책인데, 실제로 초등 수준보다는 꽤 어려웠던 것 같다. 《삼국유사》, 《남궁억전》을 비롯하여 《신곡》, 《일리어드》, 《오딧세이》와 같은 책들이었다. 내가 독서나 글쓰기를 즐겼기에 어머니는 일종의 교육학적 보상 수준을 제안했던 것 같다. 나는 그 대회에서 상을 받았다.

　당시 양구에서 서울을 가려면 신남, 홍천, 양평을 거쳐 가거나 혹은 양구에서 배를 타고 소양호를 지나 춘천에 와서 경춘선 열차를 타야 하는데 두 방법 모두 편도로 5~6시간이 걸리는 거리이다. 어머니는 서울 갈 때는 버스로, 돌아올 때는 배와 버스와 기차를 선택했다. 아마 여러 교통수단 사용을 통해서 다양한 경험을 해보게 하기 위함이었을 것이다. 서울 동물원에 가는 날 아침 일찍 옥색 한복으로 차려입은 어머니를 따라 손을 잡고 양구 읍내 터미널로 나섰다. 예전에는 대처에 일을 보러 가거나 집안 행사 등이 있을 때 가장 멋진 옷은 한복이었다. 지금도 단아하게 한복을 입은 당시 어머니 또래의 여인들을 보면 어린 시절의 어머니 모습이 겹쳐진다.

벚꽃이 흐드러지게 피었던 기억으로 보아 동물원에 갔던 날은 3월 말에서 4월 초였던 것 같다. 내가 보고 싶었던 동물들은 그곳에서 다 본 것 같다. 동물원도 인상적이었지만 무엇보다 내가 놀란 것은 서울의 높은 빌딩과 수많은 사람들이었다. 내 어린 시절 양구만이 나의 유일한 세계였는데 도회지 대처를 본 것이다. 지금도 생각해 보면 그때의 경이로움과 호기심이 내게 도전 정신으로 이어졌던 것 같다.

당시 어머니께서 양구로 귀가하는 경춘선 열차에서 내 작은 손을 꼭 쥐시며, 아버지는 너를 농사시키려고 하지만, 너는 꼭 서울에서 대학을 다녀야 한다며 그래서 서울에 있는 동물원을 구경시켜줬다는 말씀을 하셨다.

사실 우리 집은 양구 이리라는 작은 동네에서 나름 대농이라 집안에 일하시는 분들이 있었다. 당시 시골에서는 아들 중의 한 명이라도 고향에 남아 농사를 짓는 것이 일반적이었다. 그런데 아버지는 큰아들인 나를 당신의 대를 이어 농사를 짓기 원하셨던 모양이다. 그렇지만 아버지의 바람과 달리 어머니는 나를 꼭 대처로 유학을 보내 농군으로 키우지 않겠다는 결심을 보이셨다. 큰아들을 유학 보내지 않으면 본인이 집을 나가겠다고 할 정도였으니 말이다. 어떻게 보면 어머니는 무형식적 교육자임이 틀림없다. 현대 의미의 교육학을 배우신 적이 없는 어머니셨지만, 자식 교육에서는 체벌과 보상 전략을 적절히 활용한 분이셨던 것 같다. 그렇게 내게 어머니는 지금의 나를 있게 한 가장 큰 후원자였다.

두 번째 서울방문은 초등학교 5학년 때 암 투병 중인 원자력병원에 계신 어머니 면회였다. 당시 어머니는 자궁암 판정을 받았는데 춘천에 병원이 변변하지 않아 아버지께서는 서울의 큰 병원에서의 치료를 선택하셨다. 당시에는 "암에 걸리면 죽는다"라는 인식이 있었지만 아버지는 밭을 팔아서라도 어머니를 고치시겠다는 결심을 하셨다. 어머니의 투병 기간 내내 집안 살림과 농사는 누님들의 몫이었던 것으로 기억한다. 그중 셋째 누님이 고등학교를 휴학하고 살림을 맡으셨다. 그런 연유로 셋째 누님은 지금도 동생들을 어머니 마음으로 걱정하고 사랑하고 계신다.

나의 초등학교 시절 두 번째 서울방문은 돌봄과 치유가 필요한 어머니의 모습으로 기억된다. 하얀 환자복을 입고 방사선 치료를 위해 머리를 다 잘라 마치 비구니 모습을 하신 어머니 모습, 그 모습을 보

어머니는 양구라는 작은 지방을 고향으로 갖고 있었지만,
마음은 늘 '열린 세계'를 가지고 계셨던 것 같다.
나는 어린 시절부터 어머니 당신에게 사랑을 배웠고,
다른 사람을 환대하는 법을 배웠다.
그래서 어머니는 나의 영원한 스승이시다.

면서 어렸던 나는 어머니를 위해 기도밖에 할 수 없는 무력감을 느꼈었다. 그러면서도 "어린 너를 두고 갈 수 없다며 어떻게 하든 꼭 완쾌하여 함께 살자. 우리 아들 성공한 모습도, 결혼하여 손주들도 보고 싶다"는 말씀을 하셨다. 병약하고 초췌하신 모습으로 슬퍼하던 내 손을 꼭 잡으시면 "장남이니까 네가 잘되어야 해. 집안의 기둥이니까…." 이 말이 어린 나에게 책임 있는 청년으로 성장하는 데 큰 인생의 지침이 되었던 것 같다.

이후 어머니는 완쾌하여 양구로 돌아오셨고, 40여 년 가까이 건강관리를 잘 하셔서 고관절 통증으로 장기요양을 하기 전까지 행복하게 사셨다. 아버지가 돌아가신 후 늘 밭일을 도맡아 오시고 도시에 사는 자식들 집에서 함께 살자고 해도 수도승처럼 독립생활을 하셨다. 그러던 어머니가 2018년 6월에 고관절 통증으로 거동을 못 하시게 되어 춘천 요양병원에 입원하게 되었다. 그렇지만 병세가 악화하여 인하대 병원으로 전원하게 되셨다. 다시 나는 어머니의 하얀 환자복을 볼 수밖에 없었다. 내 인생의 두 번째 서울방문에서 느꼈던 복합적 감정들, 즉 슬픔, 책임감, 연민 등을 내가 60세를 바라보는 나이에 다시 보게 되었다. 이런 나의 감정들은 〈아픔에 관하여〉에 표현하였다.

병원에서 느끼는 건 / 죄다 아픔입니다.

아픔이란 아픔은 이곳에 / 모여 있는 듯합니다.

누구나 한 번쯤 / 병상에 누울 수 있는 / 기회가 있겠지요.

아픔의 크기와 / 정도는 달라도 / 같은 환자복과 / 침대의 크기는 같습니다.

그가 사회에서 무엇을 했든 / 병원에서 / 그의 이름은 환자입니다.

돌봄을 받아야 할 / 환자입니다. / 인간이기에 / 존엄해야 할 존재입니다.

병원에 오면 / 다시 한 번 사랑을 / 그리고 사람을 생각해 봅니다.

달콤한 사랑이 어떻게 / 아픈 사랑이 되는지 / 그 아픔이 다시 달콤함으로 / 치유되어야 하는지의 / 그 이유를 말입니다.

병원에 오면 / 난 늘 사랑을 생각합니다. / 그리고 그대를 그리워합니다.

나에게 흰 병실과 병상의 모습은 낯설지 않은 장면이다. 어머니가 젊은 시절 암 투병의 경험이 있듯이 나 역시 40대 후반에 대장암 초기 증세로 투병의 경험이 있다. 병원이 익숙하다는 것은 죽음과 친숙한 관계를 느끼거나 혹은 생명의 소중함을 인식할 수 있는 계기가 된다. 어린 시절 투병 중인 어머니를 문안하러 갔을 때 내 손을 꼭 잡았던 생명의 강렬함이 늘 가슴에 온기로 남아 있다. "혹시 내가 어머니보다 일찍 나의 별로 돌아간다면 어머니가 무척 슬퍼하실 거야. 한때 어머니가 나를 위해 암을 극복하셨는데, 이제 내가 어머니를 위해 극복할 수 있을 거야"라는 생각이 이 글을 쓰고 있는 지금의 나를 있게 했다고 본다.

사회과학자를 시인으로 만든 어머니

내가 시를 쓰고 시집을 낸 배경에는 어머니에 대한 그리움이 있었기 때문이다. 나는 지난해 시집 《그리움을 그리다》를 내놓고 '내를 건너서 숲으로 도서관'에서 북 콘서트를 가졌다. 이 도서관은 서울 은평구에 소재하며 윤동주기념관이 있어서 '윤동주 도서관'으로 알려져 있다. 내 시의 모든 주제는 그리움이었고, 시 분위기가 윤동주 시풍이라 초대되었던 것 같다.

사회과학자는 사회문화 현상에 대한 비판적인 담론을 생산하는 최전선에 있는 사람들이다. 칼 막스는 사회과학자는 사회를 변화시켜야 하는 운명적인 책무를 말한 바 있다. 그래서 사회과학자들은 감수성을 지닌 시어를 쓰는 것보다 날카로운 칼날 같은 단어들을 사용한다. 낭만적 감성에 기인한 언어의 연금술과는 담을 쌓고 합리적 이성과 객관적 증빙을 통해 논증과 논쟁을 하는 사람이다. 그런데 이러한 사회과학자가 시를 쓴다고 하면 그 연유가 분명히 있을 것이다. 이 사연에 대해서는 시집 《그리움을 그리다》의 '시인의 말'에 이렇게 기록되어 있다.

나의 시에 가장 많이 등장하는 단어는 '그대'와 '그리움'이다.

그대란 단어는 언제나 다정다감하지만 아픔, 슬픔, 기쁨 등이 중첩되는 이미지가 떠올려진다. 공감각적이라 무어라 표현할 수 없는 느낌을 지닌 그대.

(중략)

이제 그대는 홀연히 서쪽 하늘 저편 별들이 머무는 곳으로 떠나 그리움만 남는다.

그 그리움이 전이되어 내 삶에 많은 이들을 그대로 부르게 되었다. 이렇게 내 시는 수많은 그대에게 바쳐질 아름다움이다.

내 시에서 그대는 바로 그리움의 대상에서 '그'와 대상의 '대'를 합성한 말이다. 부르면 부를수록 그리움에 젖어 드는 단어 그대, 나는 그대가 그립고 또 그립다.

부모를 떠나 홀로 유학을 하는 둘째 아이에 대한 그리움, 고향을 가보지도 못하고 병상에서 돌아가신 어머니에 대한 그리움, 내가 수행하는 이주민 연구의 현장에서 만난 그들의 본국과 고향에 대한 그리움, 사할린 한인이 느끼는 고국에 대한 그리움, 북에 가족을 두고 온 탈북민의 그리움.

내 시에서는 갖가지 그리움들이 꽃을 피우고 아름답게 그려진다.

내 시에서 '그대'는 '그리움'의 '대상'의 줄임말이다. 나의 가장 큰 그리움의 대상은 이 글의 주인공이자, 내 어릴 적 기억의 주인공인 나의 어머니다. 이제 '살'로 만날 수 없는 '그대'를 꿈속에서라도 보고픈 마음을 지닌 시인은 그리움, 그 그리움을 꿈에서라도 채우겠다는 감정을 그려낸다. 그 이유는 꿈에서라도 날아가겠다는 염원은 그대를 향한 아름다운 마음을 가지지 않는다면 있을 수 없다. 그러면서 시인은 끝내 현실의 꿈이지만 그 '그리워하는' 꿈을 '죽을 정도로 그리워하면 만날 수 있음'을 표현한다.

봄이 오면 / 그대에게 가겠습니다.

가로막힌 산과 강이 있어서 / 돌아서 가더라도 그대에게 / 반드시 가겠습니다. / 그대가 그 자리에 계신다면

내 마음속에 그대를 향한 / 그리움이 늘 새로워지고 / 점차 깊어만 갑니다.

계절이 바뀌고 / 해가 바뀌어도

그대는 / 봄이 오면 들꽃으로 / 비가 오면 바람으로 / 그렇게 다가옵니다.

수많은 시간들이 지난다 해도 / 죽도록 그리워하면 / 만날 수 있습니다.

그 말을 영원히 / 믿고 살겠습니다.

나는 시에서 내 어머니와 같은 '그대'를 노래했고, 이 시를 읽는 독

자들과 그들의 모든 '그대'가 순례자로 사는 삶을 함께하며, 순례길의 동반자로서 주체와 타자가 하나 됨을 표현하였다. 힘들고 어려운 '순례 길'을 타자와 함께 걸었던 '그대' 나의 어머니, 그대는 이 꽃피는 봄에 그대가 좋아했던 꽃을 보지 못하시지만, 힘들고 지친 내 삶의 동반자가 될 것이다. 나의 어머니와 같은 독자의 모든 '그대'가 바로 '그대'를 행복하게 하는 동반자일 것이다.

이제 곧 어버이날이 다가오고 어머니에 나의 그리움은 연두에서 초록으로 가는 자연의 빛깔만큼 짙어질 것이다. 나는 어머니에 대한 추억을 적는 이번 기고를 고향 양구의 장지에 묻히시는 날 지었던 나의 시로 마무리를 갈음한다.

어머니 어머니 내 어머니 / 당신의 꽃밭에 국화꽃이 피고 / 너른 들에 백곡이 익을 가을 / 그때를 함께 하지 못하고 / 어젯밤 찾아온 태풍과 함께 / 잠시 지나가는 그 바람에 / 영혼을 맡기시고 / 끝내 아버님 계신 하늘로 / 돌아가셨습니다.

모든 인생이 힘들고 거친 들을 / 묵묵히 걷는 순례의 길이라지만 / 어머니 우리 어머니는 / 칠 남매를 키우시느라 / 남들보다 몇 배 힘든 짐을 지시고 / 여기까지 오셨습니다.

살아생전 남부러운 효도 한번 / 제대로 해드리지 못하고 / 가시는 길에 무명 수의에 / 꽃 신 신겨 드렸습니다. / 그래서 미안하고 미안합니다.

어머니 우리 어머니 / 가시는 그 길 / 꽃길만 지르밟고 가세요. / 평소 꽃을 좋아하셔서 / 집 주변에 꽃을 심어 / 아름답게 하셨듯이

남겨진 우리 자식들도 / 꽃을 심고 꽃길을 만들어 / 내 가정과 사회를 / 아름답게 하겠습니다.

어머니 우리 어머니 / 우리에게 와 주셔서 / 어머니가 되어주셔서 고맙고 / 또 고맙습니다. / 자랑스럽게 키워 주셔서 / 감사하고 감사합니다.

어머니 우리 어머니 / 힘든 삶의 소풍을 마치시고 / 이제는 편안한 하늘나라 / 아픔도 슬픔도 없는 그곳에서 / 영롱한 별이 되어 / 저희의 삶이 힘들 때 / 어머니 계신 별을 헤아릴 수 있게 하소서

이제 어머니 안녕히 가세요. / 지금 이 순간도 / 밝게 웃는 모습으로 대문 밖에서 / 저희를 반겨 주실 듯해서 / 더욱 그립습니다.

어머니 그립고 또 그립습니다. / 부디 하늘나라로의 여행 / 부디 안녕히 가소서

5장
—
어머니의
응원

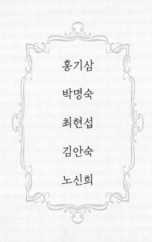

홍기삼

박명숙

최현섭

김안숙

노신희

어머니와 이별이란 이 세상에는 없다

홍기삼(유한대 이사장, 전 동국대총장)

6·25 피난길의 어머니

하느님이 바빠서 각 가정을 보살피지 못할 때 하느님 대신 어머니 한 분씩을 보낸다는 탈무드의 얘기는 자애로운 어머니의 사랑에 대한 가장 빛나는 은유 중 하나다. 그렇다면 그 어머니의 자식들은 한결같이 어머니를 울게 하고 한숨짓게 하는 작은 사탄들인가. 그렇지 않고서야 모든 자식들이 어머니가 세상을 하직한 뒤에 불효자라는 자책으로 가슴을 치며 후회하고 슬퍼하진 않을 것이다. 모든 자식들은 힘이 닿는 한 어머니를 서글프게 하고 배신감으로 고통의 밤을 지새우게 만들었던 회개한 사탄인지도 모르겠다.

나는 망국시대에 태어나서 해방 후의 극도로 혼란하던 시기를 거쳐 6·25를 서울에서 맞게 되었다. 6월의 어느 새벽, 창과 벽이 부서질 듯

한 굉음이 진동하였는데 한강대교가 폭파된 소리였다고 했다. 강남인 상도동에 살고 있었으므로 피난길에 오르기는 어렵지 않았다.

첫 번째 기착지는 안성이었다. 계절이 바뀌면서 또다시 피난길에 올랐다. 이번엔 원주의 신림으로 피난을 갔다. 신림의 '싸리치'라는 곳인데, 산 높고 숲이 울창해서 피난민으로서는 의탁하기에 더없이 좋은 곳이었다. 가족들이 모두 뿔뿔이 헤어지고 어머니와 나만 그곳에 가서 인심 좋은 화전민을 만나 마음 편히 지낼 수 있었다. 처음으로 올챙이국수도 먹어보고 화전에서 수확한 잡곡들도 제법 얻어먹을 수 있었다. 특히 잊히지 않는 것은 그곳의 뒷간이다. 거적으로 대강 둘러치고 지붕은 없었다. 맨땅을 파서 그 위에 널빤지 같은 것을 몇 개쯤 걸쳐놓는다. 그 옆에는 말뚝을 1미터 정도의 간격으로 박아놓고 굵은 동아줄 같은 것을 팽팽하게 연결해놓은 것이 있었다. 휴지가 있을 턱이 없는 그곳에서는 용변 후 그 줄을 한번 타는 것이다. 가족 공용의 뒤처리 시설이었다. 그런 환경이었지만 멀리서 총소리가 가끔 들리고 비행기 소리가 들리는 것을 제외한다면 매우 평화롭고 안전한 숲속이었다.

어머니께서는 어느 날 내게 그곳을 떠나 신림으로 내려가야겠다고 하셨다. 더는 신세를 지기가 어렵다고 판단하신 듯했다. 신림 읍내에는 내 팔촌형인 기창과 혼자되신 재당숙모, 팔촌누이 내외 등이 양조장을 하며 살고 있는 비교적 부유한 집이었다. 그 집으로 가는 길이었다. 그런데 산을 다 내려와 가을 농작물이 한창 우거진 들판을 가고 있을 때 갑자기 요란한 총격전이 시작되었다. 군인 하나가 정신을 잃고 멍하니 밭둑에 서 있는 우리를 향해 "엎드려! 총 맞아!" 하고 외쳤다. 어머니는 그제야 나를 사정없이 밭고랑 속으로 밀쳐 넣고 나자빠진 내 위에 엎드려 부둥켜안았다. 당신이 총에 맞을지언정 어린 아들이 총을 맞을 수는 없다는 표정이 역력했다. 나는 누워서 푸른 오후의 하늘을 올려다보았다. 대낮인데도 총알이 날아갈 때마다 빛이 탄도를 희미하게나마 그리는 것을 보았고, 어느 지점에선가는 총알이 반짝 빛나는 것도 보았다. 어머니와 내가 엎드려 있고 밭고랑에서 불과 두세 뼘의 높이로 날아가는 총알을 보며 나는 아무런 생각도 가질 수 없었다.

한 시간쯤 지나서였을까. 총소리만 요란하게 들리던 벌판에서 두런거리는 소리가 들리더니, "다 끝났나?" 하고 누군가 큰소리로 외치자 "예, 다 끝났습니다" 하고 대답하는 소리가 들렸다. 그런 뒤 "밭에 있던 사람들! 이제 나와서 가던 길 가요!" 하고 외치는 소리가 들렸다. 어머니와 나는 조심스럽게 일어나서 사방을 살펴보았다. 끔찍한 광경이 거기에 있었다. 차마 눈을 뜨고 보기가 어려웠다. 패잔병으로 쫓기던 쪽은 거의 다 농군 차림을 하고 있었는데 그들 중 살아남은 병사들은 그의 지게에 전우의 시체를 사냥해서 잡은 짐승처럼 지고 줄을 지어 어디론가 승리를 거둔 패들의 뒤를 따라가고 있었다.

산 자도 죽은 자도 피투성이였다. 죽은 병사들의 하얀 농사꾼 옷에는 검붉은 피가 흠뻑 젖은 채 산 자가 걸음을 걸을 때마다 사지가 흔들거리고 있었다. 내가 그 광경을 보고 무슨 생각을 했는지 전혀 기억할 수 없지만 확실한 기억 하나는 내가 그때 울음을 터뜨렸다는 것이다. 어머니께서는 나를 달래시며 말씀하셨다.

"애야 울지 말거라. 저 죄 없는 젊은이들이 저렇게 많이 죽었는데 우리는 살아있지 않으냐. 조상님의 은덕이다. 조상님들이 우리를 지켜주실 거야."

어머니는 울지 않으셨다. 어린 아들이 총에 맞지 않고 무사히 살아남은 것만도 다행이라고 여기시는 듯했다.

신림읍에 당도해서 팔촌형 집으로 갔다. 방 하나를 얻어 어머니와 나는 작은 짐을 풀었다. 어머니는 친척집이긴 해도 신세 지는 것을 몹시 부담스러워하셨다. 나보다 한 살 위의 기창. 나보다 두 살 아래인 여동생이 있었지만 나는 외톨이였다. 함께 놀아줄 아이들이 없으니 밖으로 계속 돌아다녔다. 우리가 처음 도착했을 때는 비교적 안온한 피난처처럼 보이던 신림이 날이 가면서 격전지가 되었고, 나는 밖으로 돌아다니다가 못 볼 것을 너무도 많이 보았다. 어린아이가 결코 경험해선 안 될 잔혹하고 처참한 광경이 곳곳에서 벌어지고 있었던 것이다.

군인들은 아무데서나 개나 소 같은 짐승을 잡아 도축하고 먹어치웠다. 나무에 살아 있는 포로를 포박해놓고 삥 둘러서서 총검술로 돌아가며 찌르는 짓들을 하고 있는 것도 보았다.

처음엔 포로가 비명을 지르다가 시간이 좀 지나면 비명은 그치고 총검술만 계속되는 모습은 너무도 충격적이어서 나는 몇날 며칠을 악몽에 시달려야 했다. 그뿐이 아니었다. 하루는 신림국민학교인지 어딘지 학교 이름은 분명히 기억할 수 없지만 단층짜리 학교 건물 쪽으로 가본 적이 있었다. 학교 교실마다 포로들이 가득 차 있었다. 사지가 멀쩡한 사람들은 몇 되지 않는 듯, 거의 모든 사람들이 처참한 상처를 입고 고통으로 울부짖고 있었다. 어린아이인 나를 보더니 포로 한 사람이 외쳤다.

"이봐, 나 좀 죽여줘 응. 나 좀 죽여달라고!"

지금까지 팔십 평생을 살아오면서 그때 그날처럼 비통하고 비참한 말은 들어본 적이 없다. 아무리 극한상황이라 하더라도 사람을 살려달라는 얘기는 들어봤지만 죽여달라고 울부짖는 모습을 어떻게 설명해야 할까. 시신이나 풍길 듯한 냄새가 진동하고 있었는데, 죽여달라는 포로의 고함 소리에 정신없이 그곳을 벗어나 방으로 돌아왔으나 나는 이내 정신을 잃고 말았다. 어머니께서는 깨어나지 못하고 열에 시달리는 내 모습에 며칠을 뜬눈으로 새우셨다고 한다. 어머니의 울음 속에서 가까스로 깨어났으나 나는 정신 나간 아이처럼 말을 잃고 멍한 상태도 며칠을 보냈다.

나는 뒤늦게야 어머니는 어디론가 떠나신 것이 아니라
내가 살아 있는 한 어머니는 항상 내 곁에 계시다는 사실을 깨달았다.
어머니는 나를 존재하게 하는 궁극의 실재(實在)이다.
나이가 깊어지면서 더욱 깊어지는 나의 실재이다.

어머니의 더할 나위 없는 사랑 속에서도, 그러나 내 정신은 극도로 황폐해갔다. 말도 잃고 웃음도 잃고 식욕까지 잃어버린 나는 온전히 어머니의 고통이 되었다. 어머니는 마침내 단안을 내려 신림을 떠나기로 결정하셨다. 충북 음성 쪽에 묘막으로 사두었던 작은 집이 한 채 있었는데 그곳이 위험지역이라는 소문 때문에 그곳으로 피난을 가지 못하고 가족이 온통 산지사방으로 흩어져버렸던 것이다. 충북 음성군 원남면 상당리. 오히려 어느 지역보다도 평화로웠다. 상다리는 윗행터와 아래행터로 나뉘어 있는데, 윗행터는 반씨 집성촌으로 반기문 총장이 태어나 유년기를 보낸 곳이고 지금은 그의 기념관이 들어서 있다. 우리 집은 아래행터의 초라한 초가삼간이었다. 시간이 지나면서 흩어졌던 가족들이 그 좁은 집으로 모두 모여들었다. 남의 집 헛간에서도 잠을 자고 풍찬노숙을 밥 먹듯이 경험한 뒤라 초가삼간도 대궐처럼 느껴졌다.

나도 동네 아이들과 어울려 놀고 학교도 다니게 되면서 점차 악몽 같은 기억들을 조금씩 벗어나기 시작했다. 하당국민학교를 졸업하고, 바로 중학교 진학을 하게 되었다. 음성중학교에 입학하여 왕복 30리 길을 걸어 다녔지만 힘든 줄 모르고 친구들과 잘 어울려 재미있게 생활했다. 그러나 그것도 1년, 가족 중에 아무도 내 학비를 감당할 사람이 없어 결국 퇴학을 당하고 말았다. 그때부터 나는 말썽꾸러기 소년의 모습으로 변해갔다. 싸움질도 자주 하고 동네 아이들을 이끌고 충주로 가출을 하기도 했다. 아버지의 고집을 꺾고 가까스로 중학에 진학시킨 어머니의 고통을 짐작하기에 나는 너무도 어이없는 철부지 꼬마였다. 형편이 다소 풀려 1년 뒤 다행히 학교를 계속할 수 있었으나 여전히 어리석은 반항심으로 어머니께는 자랑스러운 아들이 아니라, 슬픔과 분노와 배반감만 안겨드린 불효막심한 자식이었다. 성장한 뒤에도 어머니께 기쁨보다는 슬픔만 안겨드린 듯하여 가슴 에이는 후회만 남아 있다.

고전소설을 외우셨던 어머니

어머니는 1893년 충북 음성 소이에서 한양 조씨 문중에 태어나셨다. 체소體小하셨으나 단아하다는 말씀을 들었다. 학교 교육을 받으신 바는 없지만 글짓기와 책읽기를 좋아하셨다. 돌아가시기 전까지 신문을 읽으실 만큼 시력도 좋았고 귀도 그다지 어둡지 않았다. 유언을 대신하여 자서전 형식의 글을 손수 쓰셔서 형제간의 우애와 가족 간의 화목을 누누이 타이르신 것은 타계하시기 이미 10여 년 전에 준비하신 일이다. 한글 편지로 집안 간에 소통하신 것은 당연한 일이나, 고전소설을 많이 외우셔서 그것을 기억으로만 필사하기를 좋아하셨다. 남에게 당신이나 가족의 문제로 자랑하는 일은 몹시 꺼려하셨으나 단 한 가지, 외할머니에 대한 자랑만은 도저히 숨기지 못하셨다. 외할머니는 학문에 능통하셨고 바둑과 택견에도 남녀를 불문하고 그 인근에서 당할 자가 없었다 한다. 외할머니의 가르침을 받은 이가 향시鄕試에 급제했다고 하고, 심지어 지붕을 훌훌 타 넘을 만큼 무예에도 탁월했다는 것이다. 어머니는 필경 신화처럼 과장되었을 이 이야기들만은 조금도 양보하시지 않았다. 문화 유씨의 후예로 태어나신 외조모께서는 어머니 남매를 남기고 스물아홉에 요절하셨다. 어머니에겐 어린 시절에 사별하신 모녀간의 가슴 아픈 이별이 이 세상을 등지실 때까지 지울 수 없는 슬픔이 되었던 것 같다.

항상 곁에 계시는 어머니

도대체, 어머니는 저 가냘픈 몸으로 어떻게 그토록 다산多産을 하실 수 있었을까 의심이 될 만큼 여러 남매를 낳으셨다. 어머니께서는 40대 후반에 나를 두셨다. 나는 십일 남매의 막내로 태어났다. 그 어떤 경우도 편애하시는 법이 없었으나 내리사랑의 법칙에다 아버지의 사랑을 충분히 받지 못하고 성장한 막내에게 어머니께서 유달리 사랑을 주신 것은 당연한 일이었는지도 모르겠다.

내 어머니의 침착한 성품은 '큰형과 구렁이' 일화에서도 헤아릴 수 있다. 괴산군 불정면 갓골이라는 곳에서 살 때의 일이다. 시골집 뒷간이라는 곳이 대체로 그러하듯 '집구렁이'가 뒷간 천장에 서려 있었는데, 구렁이가 그만 큰형의 목 위로 떨어져버리고 말았다. 기겁을 하고 형이 밖으로 뛰어왔으나 구렁이는 이미 큰형의 목을 감은 채

풀어주질 않았다. 당황한 가족들이 몰려나와 구렁이를 벗겨내려 했으나 그러면 그럴수록 구렁이는 오히려 큰형의 목을 조였다. 어머니는 허둥대기만 하는 아래 사람들을 조용히 물러가게 한 뒤 물을 뜨겁게 데워 오도록 일렀다. 그런 뒤 더운물을 구렁이에게 끼얹었다. 어머니의 차분한 대처가 빛을 발했다. 구렁이는 기절해 있던 큰형의 목을 풀고 서서히 달아났다. 큰형이 무사한 것을 확인한 어머니께서는 그제야 의식을 잃고 넘어지셨다 한다. 어머니의 침착하신 성품과 한없이 깊은 자애로 나와 내 형제들은 식민지 시대, 6·25 등을 탈 없이 견디며 살아남을 수 있었을 것이다.

나는 결혼한 뒤에 바로 내 집으로 어머니를 모셔왔다. 형들에게 어머니를 더 이상 빼앗기지 않으려고, 더 이상의 막심한 불효를 저지르지 않으려고, 더 이상 어머니 떠나신 뒤에 많이 슬퍼하지 않으려고. 내 집에서 어머니가 별세하셔서 초종장례初終葬禮를 마치고 나자, 텅 빈 어머니의 방은 알 수 없는 어머니의 기운으로 가득 차기 시작했다. 그뿐이 아니었다. 내가 몹시 고통스러울 때, 한없이 외로울 때, 어머니의 품이 몹시 그리울 때, 그럴 때는 영락없이 내 곁에 오셔서 따스한 품으로 나를 감싸주시는 것이다. 어릴 적처럼 잘못했을 때는 꾸지람도 하시고, 잘한 일이 있을 때는 응원도 하신다. 나는 뒤늦게야 어머니는 어디론가 떠나신 것이 아니라 내가 살아 있는 한 어머니는 항상 내 곁에 계시다는 사실을 깨달았다. 어머니는 나를 존재하게 하는 궁극의 실재實在이다. 나이가 깊어지면서 더욱 깊어지는 나의 실재이다. 어머니와 이별이란 이 세상에는 없다. 나에게 어머니는 영원히 죽지 않는 실재이다.

엄마의 진달래꽃

박명숙(도예가)

　지금은 한겨울이다. 내 도자기 공방이 있는 산골의 겨울은 몹시 춥다. 그래서 휘파람새가 유난히 더 기다려진다. 봄소식을 가장 빨리 전해주는 봄의 전령사가 휘파람새이기 때문이다. 휘파람새가 '휘이~ 휘이~' 노래 부르면 가슴이 설렌다. 봄이 오면 집 둘레의 산기슭에 진달래가 여기저기서 그 연분홍 빛깔을 토해내리라.

　흐드러지게 핀 진달래꽃을 보면 엄마가 생각난다. 내가 초등학교 2학년 때였다. 엄마가 파란 유리꽃병에 연분홍 빛깔 진달래꽃을 한가득 담아가지고 교실을 찾아오셨다. 그때 환하게 웃으시던 엄마 얼굴을 잊지 못한다. 엄마가 교실 문을 열었을 때 어디선가 밝은 빛이 쏟아지는 듯했다.

　엄마는 충청북도 옥천에서 외동딸로 태어나셨다. 외할아버지는 일제강점기에 일본 유학까지 하신 분이었으나 엄마 3살 때 지병으로 돌아가시는 바람에 가세가 기울었다고 한다. 외할아버지가 안 계신 집은 외할머니와 어린 엄마에게는 고달픈 삶의 연속이었을 것이다. 어느 날 서울에 심부름을 왔던 엄마는 우연히 지인의 소개로 아버지를 만나게 되어 결혼하시게 되었다고 한다.

우리 집은 아버지가 서울 영등포에서 쇠를 녹여서 철판을 생산하는 큰 압연공장을 운영하고 있어 경제적으로 여유가 있었다. 6·25전쟁 때 영등포초등학교가 폭격을 맞아 아버지 공장이 학교 교실로 대신 사용하기도 했고, 당시 우리 집에는 지프차 자가용이 있었다. 그러다 보니 아버지의 고향인 충청도 예산에서 올라온 멀고 가까운 친척들이 늘 우리 집에 식객으로 상주했다. 끼니때면 우리 식구는 작은 상에, 친척들은 커다란 둥근 상에 둘러앉아 식사했다. 그래도 엄마는 얼굴을 찌푸리거나 불편한 내색을 조금도 하지 않았다. 그래서인지 아버지 친척들은 엄마를 더 좋아했고, 아버지는 어딘지 모르게 어려워했다. 직선적인 성격의 아버지가 친척들이 상식에 벗어나는 행동을 하면 바로 지적하고 꾸중하기 때문이었다. 내가 보아도 친척들은 집에 엄마가 안 계시면 섭섭해했다.

그런데 아버지는 잦은 외박과 대부분의 시간을 밖에서 보내는 등 엄마를 끊임없이 힘들게 하셨다. 어린 시절 집에는 한약 냄새가 끊이지 않았고, 안방에 들어가면 엄마는 어김없이 누워 계셨다. 엄마의 병은 신경성 위장병에다 심장병이라고 했다.

믿었던 사람에게 속아 아버지 사업이 실패를 거듭하자 엄마는 고된 생활전선에 뛰어들어야 했다. 가지고 계시던 패물은 하나하나 우리 형제의 학비로 바뀌었고, 팔 물건이 바닥나자 엄마는 주저하지 않고 거리로 나서셨다. 당시 중고등학생이었던 언니와 오빠의 등록금을 당장 마련할 길이 없었기 때문이었다. 이화여고에 다니던 언니는 초등학교 때는 전교 수석 졸업이었고, 중학생 오빠도 우등상을 놓친 적이 없었으니 엄마가 자식들을 믿고 팔을 걷어붙이셨던 것이다. 어제까지 사장 사모님이었던 엄마는 화장품, 옷, 마늘, 고추 등 닥치는 대로 이것저것을 팔러 문전박대당하며 낯선 이웃의 문을 두드렸다.

나는 어렸을 때부터 병치레가 잦았다. 다리가 유난히 약해서 길거리의 작은 돌부리에도 잘 넘어져 무릎이 성할 날이 없었다. 할머니가 주로 나를 돌보아주셨는데, 할머니는 내가 친구들과의 놀이에서 지는 것을 몹시 싫어하셨다. 초등학교 2학년 때 친구들과 공기놀이를 하는데 할머니가 놀이를 유심히 지켜보시더니, 친구들이 가고 난 뒤 나를 데리고 뒷마당으로 가셨다. 뒷마당에는 공깃돌이 놓여 있었다. 할머니가 먼저 시범을 보이시더니 그대로 따라해보라고 하셨다. 공깃돌이 멀리 퍼지지 않게 던져야 한다고도 설명하셨다. 그날 오후 내내 할머니와 공기놀이를 연습했다. 이후에 나는 공기놀이만큼은 늘 자신이 있었다.

초등학교 6학년이 되었을 때는 할머니가 1년 동안 매일 1인분의 '냄비밥'을 새로 지어서 점심시간에 맞춰 학교로 가지고 오셨다. 몸이 약한 손녀딸 찬밥 먹일 수 없다는 게 이유였다. 철이 없었던 나는 할머니가 점심시간 때마다 "명숙아!" 하시며 교실 뒷문을 열고 들어오시면 선생님과 반 아이들이 모두 쳐다보는 것 같아서 너무 창피했다. 할머니가 제발 학교 안 오셨으면 좋겠다고 생각했다. 결국 나는 할머니께 오시지 말라고 말씀드렸다. 그러나 의지가 강한 할머니는 나에게 설득당할 분이 아니었다. 할머니는 6학년 내내 1년 동안 내가 있는 교실을 드나드셨다.

할머니의 지극정성에도 불구하고 나는 중학교 때 관절염이란 병에 걸려 수시로 휴학과 복학을 반복하다가 끝내 학교를 포기해야 했다. 학교에 가서 서류정리를 하고 돌아오시던 엄마는 울면서 집에 오셨다. 그러나 엄마는 포기하지 않으셨다. 나에게 병이 낫기만 하면 다시 공부할 수 있는 길을 찾아보자고 위로해주셨다. 이후 엄마는 행상을 하는 중에도 나를 병원에 데리고 다니셨다. 그런데 엄마는 병원을 오가는 동안 친구나 이웃들 이야기를 하시면서 따분하고 우울해진 나를 재미있고 즐겁게 해주셨다.

엄마는 낙천적인 분이어서 사소한 일에도 큰 소리로 웃으며, 행상하는 것을 창피하게 생각하지 않으셨다. 생활이 어려워진 중에도 막내딸인 내가 좋아하는 것은 반드시 챙겨주셨다. 가끔씩 냉면으로 유명한 영등포 청수장에 데리고 가서 외식을 시켜주기도 하고, 동네 중국집인 문래반점에서 짜장면을 사주시기도 했다. 또 내가 좋아하는 만화책을 한 번에 30권씩 빌려보도록 해주셨다.

당시에는 새우젓이나 참기름 등을 가지고 지방에서 올라와 장사하는 시골아주머니들이 많았는데, 그런 봇짐장수들이 오면 엄마는 넉넉지 않은 살림인데도 "얼마나 시장하시냐?"며 시골아주머니를 붙들어놓고 기어이 따뜻한 밥을 지어 대접했다.

엄마는 힘들고 답답하면 사주를 봐 주는 집에도 가시곤 했는데, 오실 때는 '우리 형편이 내년부터 풀린다'라고 했다며 밝은 표정으로 돌아오시곤 했다. 한편, 엄마는 학업성적이 우수한 언니, 오빠와 나를 절대 비교하는 법이 없으셨다. 병치레로 우울한 시간을 보내던 나에게 "걱정하지 마라, 공부가 중요한 것이 아니다. 사주쟁이가 말하길 나중에 너도 아주 잘 산다더라" 하시며 늘 용기를 주셨다. 그런 엄마의 믿음이 밑거름이 된 것일까, 나는 집에서 책을 눈에 보이는 대로 읽었다. 언니와 오빠가 학교도서관이나 헌책방에서 빌려온 소설책을 정독하고 혼자서 감동했다. 러시아 작가 도스토옙스키나 고골리 등의 작품은 지금도 기억에 생생하다. 고골리의 단편소설 〈외투〉의 주인공 아까키아까키예비치의 캐릭터는 지금도 나를 미소 짓게 한다.

엄마가 파란 유리꽃병에 연분홍 빛깔 진달래꽃을 한가득 담아가지고
교실을 찾아오셨다. 그때 환하게 웃으시던 엄마 얼굴을 잊지 못한다.
엄마가 교실 문을 열었을 때 어디선가 밝은 빛이 쏟아지는 듯했다.

아무튼 나는 우울한 청소년기를 엄마의 사랑과 독서 등으로 극복하면서 건강을 되찾았다. 독학으로 공부해서 검정고시와 국가공무원시험에 합격했다. 소설가 남편을 만나 결혼한 뒤 국영기업체에서 근무하기도 했다. 그런 뒤 화가의 꿈을 이루려고 했다. 초등학교 때 학교 대표로 덕수궁과 창경궁으로 미술대회도 나갔을 만큼 그림에 소질이 있었던 것이다.

 꿈이 바뀌는 것도 운명일 것이다. 나는 화가 대신 어느 날 도예가가 되기로 결심하고 곤지암에 계신 지헌 김기철 선생님을 찾아가 제자가 되었고, 뒤늦게 지방대학 도예디자인학과에서 도자기 이론을 배웠다. 실기와 이론을 겸비해야 진정한 도예가가 될 것 같은 생각이 들어서였다. 지금은 도자기를 배우고 싶어 하는 사람들을 한 해에 30명 안팎으로 가르치고 있고, 서울 인사동에 있는 화랑에서 개인전을 갖는 등 도예활동도 꾸준히 하고 있다. 특히 2015년도에 오스트리아 비엔나 중심가에 있는 갤러리 암파크Galeri Ampark 초대전과 카디날 코닉 하우스Kadinal Konig Haus에서 가졌던 도예가 사비네Sabine Bauer와의 2인전은 잊을 수가 없다. 이 모든 기쁨은 엄마의 응원과 사랑이 아니었으면 불가능했으리라고 믿는다.

 영원히 끝나지 않을 것 같았던 우리 가정의 어두운 터널은 숱한 고통과 우여곡절을 겪은 후에야 끝이 났다. 엄마의 이루 말할 수 없는 고달픈 희생과 사랑 덕분에 언니와 오빠 모두 서울대학교를 졸업하고 취업을 하면서 집안 형편은 차츰 좋아졌다.

그러나 우리 형제 셋이 모두 각자의 가정을 갖고 살 만하게 되자마자 엄마가 쓰러지셨다. 고혈압과 당뇨합병증이란 병마 때문이었다. 용하다는 한의원을 찾아다니고 재활치료를 하여 회복되시는가 했는데, 4년 만에 두 번째 쇼크가 오고, 2년이 채 지나지 않아 다시 세 번째 쇼크가 왔던 것이다. 반신마비가 되어 집에서는 더는 간병이 불가능해 병원에 입원해 계시던 어느 날, 언니가 나에게 예전에 아버지가 압연공장을 하시던, 사업실패로 이사하기 전까지 함께 살던 집에 가보자고 했다.

마당이 운동장처럼 넓은 이층집이었다. 학교에 다녀오면 엄마가 콧노래를 흥얼거리며 햇볕 잘 드는 안방에서 풀 먹인 내 원피스를 숯불 다리미로 다림질하시곤 했던 그 집이었다. 밤이면 중학생이던 오빠가 만든 환등기로 필름을 돌렸고, 온 가족이 안방에 모여 전등을 끄고 영화 보듯 관람하며 감동했던 곳이었다. 여름밤엔 마당가 평상에 누워 밤하늘의 숱한 별을 헤며 엄마 무릎에 누워, 엄마가 나지막한 목소리로 불러주시던 '푸른 하늘 은하수 하얀 쪽배엔…'을 들으며 잠들었던 그 집이었다.

동네에서 큰 집 중에 하나였던 이층집은 그대로 있었다. 그러나 집 전체를 판자 같은 자재로 칸칸이 막았으며 '베어링, 볼트, 너트, 선반 공구' 등등의 기계부속을 파는 곳으로 변해 있었다. 어디선가

배어나오는 녹슨 쇠와 기계기름 냄새 그리고 용접하는 냄새는 다시 유년 시절의 아련한 향수를 불러왔다.

돌아오는 길에 언니가 상복을 마련했다고 말했다. 아무래도 엄마가 오래 계실 것 같지 않다고, 언니 목소리에서 울음이 묻어나왔다.

엄마는 진달래꽃이 활짝 핀 그 봄에 가셨다. 내가 엄마 병실 당번 하던 날이었다. 낮부터 의식이 희미해져간다며 의사 선생님이 엄마에게 물으셨다.

"할머니 여기가 어디예요?"

"병원이요."

"지금이 어느 계절이에요?"

"봄이요."

천정옥千貞玉, 천주교 세례명 모니카였던 엄마의 마지막 말이었다. 그때 엄마의 나이는 지금의 내 나이보다 적은 예순셋이셨다. 엄마 생각만 하면 나는 죄스러워지고 미안하고 작아진다. 살아계실 때 손이라도 자주 잡아주고, 안아주고, 전화 자주 하고, 선물도 드리고, 사랑한다고 말할 것을…《명심보감》의 한 구절이 가슴에 사무친다.

나무는 가만히 있고자 하지만 바람이 가만두지 않으며
자식은 효도하고자 하지만 부모님은 기다려주지 않는다.

내가 살고 있는 산중에 봄이 되면 가장 먼저 진달래꽃이 핀다. 밤에는 소쩍새가 피를 토하듯 운다. 산자락에 드문드문 피어 있는 수줍은 진달래 꽃무리를 보면 엄마의 영혼 같아서 더 반갑고 애틋하다. 문득 엄마가 진달래꽃 그늘에서 정다운 목소리로 "명숙아!" 하고 나를 부르실 것만 같다.

할배가 되어도 함께 계시는 어머니

최현섭(강원대 명예교수, 전 강원대총장)

후레자식 소리 듣지 마라!

'어머니'라는 말이 나오면, 제게는 자동으로 떠오르는 말이 있습니다.

"후레자식 소리 듣지 마라!"

네 살 때부터 귀에 못이 박히도록 들었고, 70중반 할배가 된 지금까지 내 안에 살아 있는 등불이고 울타리이기 때문입니다. 사춘기 풍파도 물리친 묘약이었고, 늘 조심하고 자기검열하는 습관을 지탱해주는 동력이었기 때문이기도 합니다. 남에게 거슬리지나 않을까, 늘 걱정하면서 말 한마디, 표정 하나도 조심하는 습성도 거기에서 비롯되었을 것입니다.

'후레자식'의 사전적 의미는 "배운 데 없이 제풀로 막되게 자라 교양이나 버릇이 없는 사람을 이르는 말"입니다. '부모 없이 자라 버릇이 나쁜 애'라는 뜻으로도 사용됩니다. '후레'라는 말은 혼자라는 의미의 '호로'가 모음 변화를 한 것이라 합니다. 거기에 한부모 가정에서 자란 아이는 훈육을 제대로 받지 못한다는 세속적인 가정이 결합되어 그런 의미로 자리 잡은 것으로 보입니다. 그래서 홀어미, 홀아비까지 싸잡아 낮잡아보는 의미까지 포함되는 것 같습니다.

어머니는 제가 홀어머니 밑에서 자라, 막되고 버릇없는 사람이 될까 봐 노심초사하신 것으로 보입니다. 지금은 덜하지만 당시만 해도 과부댁은 엄청난 무시와 홀대를 받았다고 합니다. 거기에 자식들까지 무시와 홀대를 받는 것은 참을 수 없는 일이었을 것입니다. 그래서 그 말을 훈육 수단으로 전격 도입하셨던 것으로 보입니다.

요즈음은 그런 말을 사용하는 사람은 거의 없을 것입니다. 젊은 세대 중에는 처음 듣는 이도 있을 것입니다. 더구나 홀어머니가 키우면 자녀들이 막되게 자란다는 것은 경험적으로나 이론적으로 오인이고 편견이 분명합니다. 한부모 가정에 대한 폄하이자 인간적인 모욕이기도 합니다. 그런데 그때는 눈에 거슬리고 맘에 안 들면 "후레자식" 소리가 날아들곤 했습니다. 부모가 있건 없건, 그 말은 엄청난 능멸이었고 모멸감을 주는 말이었던 것으로 기억합니다. 어머니는 그 세태를 잘 알고 계셨을 것입니다. 그리고 그것을 돌파하는 비상수단이 필요했을 것입니다.

30대 중반 청상과부의 훈육 방법

어머니는 1950년 9월 28일, 30대 중반의 나이에 홀로되셨습니다. 공산당원들이 후퇴를 하기 전에 아버지를 비롯한 주민들을 잡아들여 총살하는 바람에, 하루아침에 청상과부가 된 것입니다. 그래서 그 동네에는 추석 다음 날이 제삿날인 집이 많이 있습니다.

네살박이 저는 아무것도 몰랐지만, 어머니에겐 청천벽력이었을 것입니다. 10살도 안 되는 자식 넷이나 길러야 하는 일도 까마득하였을 것입니다. 과부에 대한 차별과 홀대가 극심했던 당시 시대 상황도 큰 두려움이었을 것입니다. 자식들이 업신여김당하지 않게 하는 일은 가장 힘든 과제였을 것입니다.

"후레자식 소리 듣지 말라"는 말씀은 그 고육책이었을 것입니다. 30대 중반 청상과부가 자존심을 지켜내면서도 자식들을 기죽지 않게 키워내기 위한 최선의 선택이라 해도 될 것입니다. 어머니는 제가 간혹 친구들과 다투었다는 것을 알면, 이유는 캐묻지 않았습니다. 오로지 "후레자식 소리 듣지 않겠습니다"를 세 번 외치게 하였습니다. 어머니 눈을 똑바로 바라보면서 말입니다. 동네 어른한테 혼났다는 이야기를 들으면, 자기가 잘못 길러서 그렇다며, 저더러 자기 종아리를 세 대 때리도록 했습니다. "후레자식 소리 듣지 않겠습니다"를 외치게 하면서 말입니다.

평생 교육기관에 근무하면서 제가 알게 된 교육의 최고의 가치는 두 가지입니다. 하나는 교육자건 피교육자건 모든 이의 인격과 자존심을 지키고 키우는 일입니다. 다른 하나는 사람의 선한 마음을 스스로 일깨우고 삶의 열매로 맺어가는 걸 즐거워하게 하는 일입니다. 이 눈으로 보면, 어머니의 훈육 방법에는 그 원리가 짙게 녹아 있었습니다.

딱 한 번 느낀 아비 없는 공허와 설움

아비가 없이 자란 아이는 늘 어떤 공허나 설움을 느낀다고들 합니다. 그런데 저는 자라는 동안 그런 느낌을 가져본 적이 없었습니다. 어머니의 훈육 방법은 아비 없는 아이의 아쉬움, 아픔, 설움 등을 촉발시킬 가능성이 큽니다. 그런데 저는 전혀 그러지 않았습니다. 그것을 보상하기 위해 반항을 하거나 일부러 어긋나는 행동도 하지 않았습니다. 그럴 기회는 수없이 많았습니다. 그때마다 어머니 말씀이

어느 날 잠을 자는데 "후레자식 소리 듣지 마라!"라는
어머님의 고함이 들렸습니다, 꿈이었습니다.
신기하게도 그 그때부터 예전의 정진과 도전의 일상을 되찾아갔습니다.
그런 신기한 경험은 70대 중반인 지금까지도 여전합니다.

가로막아주었습니다. 사춘기를 큰 진폭 없이 보낼 수 있었던 것도 그 덕일 것입니다.

고등학교 2학년 때 딱 한 번, 아버지라는 존재와 무게를 느낀 적이 있었습니다. 어느 눈 오는 겨울날 자췻집 마당에 나갔다가, 주인집 안방에서 들려오는 한바탕의 웃음소리가 그걸 일깨워주었습니다. 그 집 아들, 딸들이 아빠! 아빠? 어쩌고 저쩌고 하며 깔깔깔 웃어대는 게, 참 신기하였습니다. 그때 아버지에 대한 그리움과 공허가 무겁게 솟아났습니다. 부럽기도 했습니다. 그 마음에 저도 깜짝 놀랐습니다. 그 심정을 일기로 적어두었고 졸업 때 교지에 투고를 하였습니다. 그게 처음이고 끝이었습니다.

아버지 없이 자라면서 아비 없는 아픔과 설움을 느끼지 못했다는 건 확실히 특이한 일일 것입니다. 그러나 그것도 결국은 어머니 덕일 것입니다. 엄격하지만 엄격하게 느끼지 않게 하고, 까다로운 게 분명한데 까다롭게 여기지 않게 하는 세심한 배려와 지혜의 덕택일 것입니다. 모든 어머니가 그러하겠지만, 저는 정말 좋은 어머니를 만난 행운아였습니다.

교육학을 전공한 제가 보아도, 어머니는 확실히 뛰어난 교육 전문

가였습니다. 교육의 목표는 분명하되, 방법은 상황과 전개 양상에 따라 강약과 완급을 조절하는 고도의 기술을 발휘하셨던 분입니다. 사람의 능력이나 삶 가운데는 가방끈의 길이나 학교 성적과 관계없이 빛을 발하는 경우가 많다는 산 증거라 하겠습니다. 초등학교를 다니지 못해도 낫 놓고 "ㄱ"자를 몰라도 지혜와 삶은 더 풍성하고 고귀할 수 있다는 가르침이라 할 수 있을 것입니다.

이렇게 회고를 하다 보니, 제게 풀어야 할 숙제가 새로 생겼습니다. 앎과 삶, 교육과 지혜, 성적과 사고력, 학력과 덕성, 말과 마음의 관계를 진지하게 되돌아보는 일입니다. 그리하여 우리가 그토록 매달려왔던 학벌, 학력, 일등급, 일류대학, 그리고 출세라는 것의 실체를 좀 따져봐야겠습니다. 많이 배웠다는 것, 공부를 잘했다는 것은 과연 무엇일까요? 잘 산다는 것, 높은 자리 차지하고 부자가 되는 것과는 어떤 관계가 있을까요? 이 질문들을 한번 풀어보아야 하겠습니다. 어머니는 이렇게 70 중반 할배 때까지 도전거리를 주네요.

그분은 저의 태양입니다.

이것은 지금으로부터 52년 전에 쓴 편지의 한 구절입니다. 그 편지의 내용은 대충 이랬습니다. '그분은 저의 태양입니다. 그가 사라

지면 제 청춘도 인생도 아무 의미가 없습니다. 제발 부탁드립니다. 기적을 만들어주십시오.'

어머니는 1969년에 자궁암 3기 진단을 받았습니다. 그때만 해도 3기는 방사선 치료밖에 다른 방법이 없었습니다. 청천벽력이었고 망연자실 그 자체이었습니다. 제대를 하고 복학을 한 때여서 정말 막막하기만 했습니다. 대학 때부터는 모든 걸 스스로 해결하고 있었기에 재정적인 도움을 드릴 수도 없는 상태였습니다. 입주 가정교사를 하면서 학교를 다녀서, 방학 때 하루 이틀 정도 병원에 모시고 갔다 오는 정도의 간호밖에 할 수 없었습니다.

그래서 지푸라기라도 잡는 심정으로 병원의 의사와 간호사에게 편지를 쓴 것입니다. 편지의 내용대로 어머니는 제게 있어 태양이었습니다. 유년시절에는 후레자식 소리 듣지 말라는 훈육으로 길을 밝혀주셨고, 청소년기 때는 큰물에서 놀아야 한다고 도시로 유학을 보내셨습니다. 응석받이 막내아들을 어머니의 품에서 떠나보내는 강도 높은 훈련도 시키셨습니다. 그 덕에 막내인데도 많이 같다는 말을 들을 정도로 자기주도성도 갖게 되었습니다. 지혜와 자상함으로 일과 사물을 대하려는 습관도 그 덕이었습니다. '절대 과욕을 부리지 마라', '올라가지 못하는 나무는 쳐다보지도 마라'라는 말씀은 정치계의 유혹을 과감히 물리치게 하였습니다.

그런데 그분께서 하늘나라로 떠날지도 모르는 상황에 처한 것입니다. 편지에 쓴 대로 그것은 태양이 무너지는 일이고 청춘과 인생 모두가 무의미해지는 사건이 아닐 수 없었습니다. 시간이 날 때마다 하나님께 살려달라는 눈물의 기도를 드리기도 하였습니다. 막내아들이 효도할 기회 좀 달라며 빌고 또 빌었습니다. 위독하시다 하여 잠깐 찾아뵀는데, 어머니의 아랫배는 새까맣게 타 있었습니다. 피골이 상접하였고 몸도 제대로 가누지 못하였습니다. 그 곱고 강했던 분은 찾아볼 수가 없었습니다. 팔다리를 주물러드려도 물끄러미 바라만 보셨습니다. 이게 정말 마지막인가 싶어 눈물이 흐르고 또 흘렀습니다.

보고 싶은 막내아들과 하룻밤을 보내서인지, 아침에는 상태가 많이 좋아지셨습니다. 못하신다던 식사도 좀 하시고 일어나 앉기도 하였습니다. 그러고는 학교를 빠지면 안 된다며, 빨리 가라고 강권하셨습니다. 방학 때 또 올 것 아니냐, 그때까지는 살아 있을 것이어서 가라고 하셨습니다. 막내가 잘 되는 것을 보고 나서 죽을 테니, 염려 말라고도 하셨습니다. 그런데 그게 마지막이었습니다. 그 후 두 달 뒤에 하늘의 부름을 받으신 것입니다. 태양이 무너진 것이고,

청춘과 인생의 의미가 사라진 것입니다. 그로부터 1년 반 동안은 슬픔과 좌절의 나날을 보냈습니다. 혼자 있으면 눈물이 났고 술 한 잔만 마셔도 통곡이 절로 나왔습니다.

어느 날 잠을 자는데 "후레자식 소리 듣지 마라!"라는 어머님의 고함이 들렸습니다. 꿈이었습니다. 신기하게도 그 그때부터 예전의 정진과 도전의 일상을 되찾아갔습니다. 그런 신기한 경험은 70대 중반인 지금까지도 여전합니다. 어렵고 힘들 때마다 어머니가 꿈에 나타납니다. 기쁘고 즐거울 때도 그렇습니다. 잘 이해가 안 되시지요? 그런데 그게 사실입니다. 요즈음엔 잠이 잘 안 오거나 불안증이 생기면, "어머니!" 하며 부릅니다. 그러면 마음이 편안해지고 알 수 없는 에너지가 느껴집니다.

어머니는 30대 중반에 청상과부가 되었고, 50대 중반에 하늘의 부름을 받았습니다. 참 짧은 생애 동안 온갖 아픔과 슬픔을 겪으셨고, 암이라는 몹쓸 질병의 공격까지 받았습니다. 제게는 "후레자식 소리 듣지 마라"라는 등불과 울타리를 선물로 주시고 떠나셨습니다. 그분의 떠남으로 태양도 사라졌었습니다. 그런데 그분은 지금도 곁에 계시면서 70 중반의 이 할배에게 그 빛을 비추어주고 계십니다. 울타리가 되고 응원도 해주십니다. 태양이 진다고 완전히 사라지는 것이 아니고, 보이지 않는다고 없는 것이 아니듯이 어머니는 막내아들과 늘 함께 계십니다.

　이렇게 쓰고 보니 저의 아들과 딸은 어떨까 하는 질문이 생깁니다. 홀어머니이었지만 아버지의 공백까지 다 메워주셨던 어머니, 하늘나라로 떠난 뒤에까지 아들의 마음과 삶 속에 함께 계시는 어머니와 같은 느낌을 그들에게 남겨주었을까요? 제자들은 또 어떨까요? 곁에 있지 않고, 보이지 않아도 힘이 되고 빛이 되는 스승이었을까요?
　정신이 번쩍 드네요. 얼마를 살더라도 그런 아빠, 그런 스승의 흔적이라도 남겨야겠지요? 마음이 많이 바빠집니다.

어머니의 마음은 죽지 않는다

김안숙(작가, 정당인)

어머니께서는 1939년 강진군 도암면 만덕리에서 3남 4녀 가운데 막내로 태어나셨다. 중매로 아버지를 만나 결혼하셨는데, 그 시절에 대개 그러했듯이 얼굴도 제대로 보지 못한 채 결혼해 장손 집에서 시집살이하며 살아오셨다. 아버지 몫의 일까지 어머니에게 더해져 어머니는 가장의 역할을 맡아 생활해오셨다. 늘 힘든 생활 속에 어머니는 가정을 이끌어갔다.

어머니는 막내로 태어나 유독 귀여움을 많이 받았던 것 같다. 내가 어릴 적 초등학교에 다닐 무렵 어머니를 따라 외갓집에 자주 가곤 했다. 어머니는 어릴 때부터 공부를 하고 싶었으나 형제자매가 많아 한글을 혼자 서당에서 배워 익히고, 공책 살 돈이 없어 땅에다 글씨를 쓰셨다고 한다. 어려운 처지였던 탓으로 초등학교 졸업도 하지 못했지만 천자문을 혼자 터득해서 어린 나에게 가르치곤 했다. 내가 초등학교에 들어갈 즈음 어머니는 늘 농사일로 바쁘면서도 손수 한글을 가르쳐주셨다. 어머니는 아버지와 성격이 달랐다. 가뭄이 들어도 상관없이 밭일 논일을 도맡아 해가며 쉴 새 없이 일하던 어머니 모습이 기억난다.

어머니는 비 오는 날이면 빈대떡을 부쳐주셨고 라면을 끓여주시기도 했다. 먹을 것이 귀하던 시절, 내가 초등학생일 무렵 삼양라면이 나왔던 것으로 기억한다. 그 시절에 먹은 삼양라면은 지금도 잊을 수가 없다. 우리 가족은 늘 보리밥을 해 먹었지만, 보리밥 위에 쌀밥을 얹어 아버지께 드리는 것이 예의이기도 했다.

어머니는 내가 초등학교 들어갈 무렵 5Km도 넘는 시골 등굣길에 나를 자주 바래다주셨고 자주 학교에 찾아오셨다. 늘 활동적이고 생활력이 강하셨다.

우리가 살던 시골 마을은 약 50가호밖에 안 되는 경주 김씨 자자일촌 마을이었다. 서로 품앗이를 해가며 행복한 시절이었다. 우리 집에는 사람들이 자주 모여 놀면서 고구마를 쪄서 먹기도 했고, 우리는 어머니를 따라 마을 사람들과 약초를 깨서 생계를 마련하기도 했다.

지금 생각해보면 어린 나이에도 참 가슴 아팠던 기억이 떠오른다.

30년 만에 동생은 5·18 유공자로서 5·18 추모공원에 안장될 수 있었다.
또한 마침내 변호사를 선임하여 재판에서도 무죄판결을 받았다.
긴 긴 세월 동안 모두 끝까지 포기하지 않았기 때문에
어머니와 동생의 한을 풀 수 있었다.

내가 초등학교를 졸업했을 때 어머니는 우리 3남 2녀 가운데 여동생을 임신했다. 만삭인 몸을 이끌고 약초를 캐러 산을 헤매다니다 집에서 출산을 하셨다. 혼자서 출산하고 부엌에서 불을 때던 모습이 잊히지 않는다. 나는 어렸지만 약초를 팔아 미역을 사고 이런저런 장을 봐왔던 기억이 난다. 시골에서 5남매를 혼자서 출산하며 산후조리 한번 제대로 못한 어머니의 마음이 어땠을까. 이제야 조금이나마 헤아릴 수 있다. 그 후에도 어머니는 토지의 농지와 관련된 재판 때문에 춘천까지 혼자 다니곤 했는데, 막내를 임신한 상태로 다녀오다가 그만 자연유산을 하고 말았다고 한다. 어머니는 이 지긋지긋한 가난이 싫어 아버지에게 도회지로 이사를 가자고 했지만 그리 쉬운 일이 아니었다.

그 후 나는 작은아버지를 따라 서울로 오게 되었다. 어린 나이에도 가난이 싫었다. 꼭 서울에서 나중에 성공하고 싶었다. 작은아버지와 작은어머니는 일찍이 서울로 가서서 자리를 잡으셨기 때문에 나는 그 덕분에 서울에 쉽게 올 수 있었다. 부모님을 고생시키고 싶지 않아 한남동 작은아버지 곁에서 전세금 200만 원으로 자취하면서 돈을 벌었다. 큰동생은 부모님께 맡기고 동생 둘을 전학시켜 주경야독하며 동생들과 함께 서울 생활을 할 때, 5·18 광주민주화운동이 일어났다. 큰동생은 5월 17일에 농번기 휴일을 틈타 광주 친척

집에 가다가, 광주터미널에서 공수부대에게 머리를 맞았다. 그때 어머니는 동생을 치료하기 위해 백방으로 뛰어다니셨다. 광주기독교병원과 전남대병원 그리고 읍내 한약방까지, 아들을 살리기 위해 할 수 있는 모든 것을 다했지만, 동생은 결국 3개월 뒤 세상을 떠나고 말았다.

당시 전두환 대통령 재임 시절은 광주민주항쟁이나 민주화라는 말도 꺼낼 수 없는 시기였다. 그야말로 공산국가와 다를 바 없는 시절이었다. 자식의 죽음을 가슴에 묻고 지내던 어머니는 노태우 정권이 들어서면서 광주민주화운동 당시 희생자를 신고하라는 소식을 들었고, 그제야 매일신문에 인터뷰를 통해 처음으로 그 상처를 공개했다고 한다.

그 뒤 광주민주화운동 희생자에 대해 1차 보상을 한다는 소식을 듣고 신청하게 되었다. 1차 보상 심의 위원회에 이어 2차 심의위원회에서 통과되어 보상금 1억 3천만 원을 받게 되자 동네 이장은 마을에 2,000만 원을 희사하라고 종용했다. 아들이 죽어 받은 돈으로 그렇게 할 수 없다며 어머니가 거절하자, 감정이 상한 동네 이장은 허위보상이라며, 동생이 질병으로 중학교 때 이미 사망했다는 둥 허위신고를 포함한 투서를 넣었다. 동네 사람들 몇몇이 여관방에 모여 서류를 꾸며 탄원서를 넣는 바람에, 어머니는 꼼짝없이 광주교도소 1년 6개월 동안 구금되었다. 이미 확실한 증거를 통해 1, 2차에 걸쳐

보상이 결정되었는데 있을 수 없는 일이 일어난 것이다.

　당시 동생들과 서울에서 살던 나는 그 사실을 알고 부모님의 억울한 누명을 벗기기 위해 변호사를 선임했다. 인후보증확인을 받으려 학교 교장선생님, 친구 등 백방으로 조언과 도움을 얻고자 찾아다녔다. 주민 사실 확인서를 입증할 자료를 확보했지만 1차 형사재판에서 패소하게 되었다. 항소를 해야 하는데 법에 대해서도 너무나 무지했고 나이도 능력도 변호사를 선임하기에 너무 부족했던 터라, 어찌할 바 모르고 시간이 흘렀지만 나는 늘 어머니와 동생의 한을 풀기 위해 포기하지 않았다. 하지만 동생의 보상금으로 어머니께 집을 사드리려고 조합주택에 신청했다가 조합이 부도가 나는 바람에 돈까지 잃게 되어 어머니의 마음을 더 아프게 했다. 하지만 어머니는 아들의 죽음에 대해 살아생전 진실을 밝혀야 눈을 감을 수 있다고 하시며 끝까지 포기하지 않고 광주에 내려가 재심을 요청했으나 일사부조리원칙에 따라 사안은 수차례 보류되었다.

　그러나 진실은 언제가는 밝혀진다는 신념을 가지고 최선을 다했던 결과 광주보상심의위원회에서 마침내 인정을 받았다. 30년 만에 동생은 5·18 유공자로서 5·18 추모공원에 안장될 수 있었다. 또한 마침내 변호사를 선임하여 재판에서도 무죄판결을 받았다. 긴 긴 세월 동안 모두 끝까지 포기하기 않았기 때문에 어머니와 동생의 한을 풀 수 있었다.

이제 어머니는 89세가 되셨다. 어머니께서는 이제 한을 풀어 눈을 감아도 원이 없다 하셨다. 신갈 막내동생 집에서 지내시는 어머니는 건강이 좋지 않아 거동이 불편해 간병인의 도움을 받아 생활하신다. 평소 어디든 찾아다니며 활발히 활동하셨는데 세월이 무상하다. 찾아뵐 때마다 밝은 모습으로 반겨주시는 어머니, 이제 기억력이 희미해져가는 어머니를 보면 마음이 아프다.

우리 가족과 형제들은 가끔 어머니와 함께 모여 옛날이야기를 나누곤 한다. 어머니께서 좋아하시는 오리고기를 더 자주 메뉴로 선택해야겠다.

어버이날이 되는 5월이면 어머니의 희생이 떠올라 더 눈물이 난다. 어려운 가정에 시집와 가장의 몫까지 짊어진 채 3남 2녀를 길러내셨다. 어머니가 그래도 여전히 살아 계시다는 사실에 감사하다. 요즘은 언젠가부터 전화를 자주 하신다. 바쁘다는 이유로 어머니를 자주 뵙지 못해 자식으로서 죄송할 따름이다. 제주도에 한번 가고 싶다고 하셨는데 모시지 못했다. 올해는 동생들과 함께 꼭 제주도에 어머님을 모시고 가기로 했다. 그동안 어머니를 생각하면 늘 잘해드리고 싶었지만 마음뿐이었던 것 같다. 살아 계실 때 더 잘해드려야 하는데 실천에 옮기지 못했다. 가신 뒤 후회하지 않도록 오늘이라도 전화 한 번 더 드려야겠다.

세상에서 가장 위대한 사람 어머니! 어버이날에 언제까지나 카네이션을 달아드리고 싶다.

부안댁, 나의 어머니

노신희(시인)

1.

햇살 따스한 오후

난간을 더듬거리며 계단을 오르시는 어머니가 보인다. 그의 손은 심히 불안하고 얼떨떨하다. 오늘도 그의 흔적은 집 안 도처에 없다. 나갔는지, 어디에 있는지 아무도 모르게 조용하고도 은밀하게 바깥 외출을 하시는 거다. 콩, 콩, 콩 발 디디는 소리가 가슴에 박힌다. 기운이 빠지는지 잠시 숨 고르는 소리… 고단이 힘에 부치는 것일까, 매우 둔탁하다.

우리 집은 9층이고 10층 위 옥상을 가려 하면 열여덟 개의 계단을 올라가야 하는데, 무거운 다리는 하나·둘·셋 그가 헤아리는 숫자와 함께 공중에서 부서지고 있다.

그의 발걸음에는 오랜 세월 함께해온 병마와 이별을 하고 백 보를 다짐하는 용기가 묻어 있다. 그리하여 노인의 육신은 지치거나 고달 플 틈 없이 늘 훈련 중이다.

구불텅한 진심 그 마음에 고독한 의지가 진하게 비친다.

"어디서 이렇게 이쁜 것이 나왔을까." 10층 옥상의 화단에는 찬란 한 햇살과 정이 든 계절꽃이 무르익어 선하게 쌓인 화단 모퉁이까지 눈이 부시다.

그가 잠잠히 고개를 떨구고 심호흡을 한다.

나는 매우 궁금하다.

2.

부안댁은 뇌를 세 번씩이나 여는 대수술을 받으셨다. 그의 나이 오십도 되기 전이었다.

"뒷목으로 손이 올라가지 않는구나." 오다가다 얼핏 설핏 들었을 그의 말에 관심을 가질 겨를이 없었던 자식들은 어느 해인가, 사지 가 굳은 채 응급실에 실려 온 그를 보고 그제야, 손쉽게 다룰 수 있 는 병이 아닌 것 같다고 생각했다

널브러진 하체와 이미 한쪽으로 말려간 그의 팔은 미동을 하지 못 한 채, 그러나 정작 당사자는 놀라움을 느끼거나, 어색하지도 않은 듯, 눈에 익지 않은 환경에 약간의 반응을 했을 뿐, 깨였다가 잠들고

다시 눈 뜨고를 반복하면서 기억이 가물가물한 몽롱한 꿈을 꾸고 있는 듯해 보였다. 젊고 젊은 의사는 긴 듯, 아닌 듯, 가망이 있다는 것인지, 아닌지

매번 고개를 갸웃거리고 그의 생사가 달린 진료기록부에 코를 박고 알 듯, 말 듯 아직은 젊으신데- 흠, 흠 했다.

지금으로부터 30년 전에 뇌종양이라는 진단명이 주는 의미는 사뭇 생각할 수 있는 범위가 대단히 좁았다.

그럴 때마다 가족들은 그의 마지막을 준비하는 일들로 서둘러 분주했고

넷째 이모는 손 없는 해에 만들어둔 대마포에 눈물을 묻혀가며

"내가 성을 입혀 보낼라고 그랬능가, 이 삼베는 징그랍게도 희고 고와" 하셨다.

나는 정신이 흐릿해졌다.

전신을 감싸는 에탄올 냄새와 고통으로 지친 얼굴이 어둠의 긴 터널을 지나고 명백하게 나아지거나 시원하게 풀리거나 하지도 않은 채, 늘 수술과 수술을 반복하던 부안댁이

수족의 일부가 마비되고 머리를 붕대로 칭칭 감아 매고 퇴원을 하던 날,

우리는 그제야 그가 나이 오십이 되기 전부터 이상이 있었을, 그기간 동안 내내 그의 몸을 감싸고 있었을 병고를 눈치챈 가족이 어

쩌면 하나도 없었다는 사실을 알고 애통해했다.

그러면서 그의 아픔으로 인해 당사자의 삶과 가족 구성원 모두의 삶이 동시에 움츠러들었다고도 이야기했다.

여러 가닥의 감정이 혼란스럽게 밀려왔다.

3.

부안댁, 나의 어머니, 내 엄마

연안 차씨, 외조부 차택규의 맏딸

어린 나에게 외갓집은 마음의 위안이었다. 평화가 깃든, 이 외갓집에서 나는 태어났다.

흰 눈이 소복소복 내리던 동짓달, 신 새벽에…

누군가가 잡아서 지붕 위에 널어놓은 토끼의 빨간 오장육부를 보고 기절한 그는 이제 막 해산을 마친 산모였다. 태어난 아이는 이레가 세 번을 지날 때까지 눈도 스스로 뜨지 못할 만큼 비루했고, 누군가는 토끼의 부정을 타서 아이가 곧 죽을 거라고 이야기했다고도 했다.

그러나 나는 살아서 줄곧 외갓집에서 자랐다. 이유는 잘 모르겠는데 어머니는 자식 셋을 모두 친가와 외가의 손으로 키운 듯하다. 오빠는 태어나자마자 일찌감치 친가로 보내졌고, 언니는 큰이모, 나는 작은이모 손에서 키워졌다. 각자 학교에 들어갈 나이가 되어서조차

286

오빠는 친가가 있는 공주에서, 언니와 나는 학교생활 중에만 아버지의 근무지에 따라 그의 손에 있다가, 여름방학, 겨울방학이면 무조건 외가로, 친가로 짐을 싸 들려 보내졌다.

이유는 지금도 잘 모르겠다.

나는 외갓집 멍석 위에서 별을 세었다. 논두렁에서 콩이 흔들리는 소리와 뒤란가에 도라지꽃이 환장하게 흔들리던 전라북도 부안군 수남리

진한 보라, 엷은 보라, 밝은 미색, 하얀색, 선녀의 구름옷처럼 어여쁜 색의 무리

저 식물의 뿌리는 필시 신선이 먹는 것이리라!

거기 사립문 안에 백구가 있고 정갈하게 쓸어놓은 마당 입구 돼지우리에 한 쌍의 돼지가 있었다. 매번 백구가 우리를 잊지 않고 기억해주던 격한 반가움을 기억한다.

그 백구는 어느 여름날, 어머니의 허약하신 몸을 위해 외조부 손에 의해 죽임을 당한다.

그날. 돼지 시렁 위의 닭들이 꼬. 꼬, 꼬 날개를 털고 정신 사납게 푸드덕거렸다.

내 어머니는 이 근동에서 음식 솜씨가 제일로 가는 외할머니가 가장 아끼는 딸이기도 했고, 일곱 자식 중 가장 정갈하고 섬섬옥수 하늘거리는 성품이셨던 것 같다.

시간이 오래 걸려도 기다릴 줄 알며
재촉을 하거나 닦달을 하지 않는 사람,
그리하여 상대가 오히려 지루하고 따분하여
자진 포기하게 만드는 사람,
베갯잇을 깁거나 꽃을 가꾸며
"오매, 징하게도 이쁘다."
한마디 정도로만 표현하는 사람.

따라서 외할머니는 오징어봉황, 곶감단지, 수제육포, 갑오징어숙회, 김부각, 각종한과 등을 맛깔나게 전수했고, 부안댁은 순하고 너그러운 외할머니의 장녀답게 모름지기 여자는 먹매가 좋아야 일생을 잔잔하게 살아갈 수 있다고 이때부터 생각했던 게 아닌가 싶다.

한참 후, 집안이 풍비박산되었을 때, 수습의 기본을 잊고 어찌할 바를 모르고 망연자실하던 모습이 기억난다. 당신의 훌륭했던 과거는 이제 흔적도 없다.

그는 줄줄이 학업 중인 자식을 둔 어미의 고민이 아니라 매번 당신의 몽니 같은 고집으로 아버지와 대립을 하였다. 폭풍과도 같은… 아니 그 어떤 문명이 들어올 수 없는 대립의 각은 아버지를 늘 휘청거리게 했으며 자식들은 각자의 방법으로 곤죽이 된 집안에서 탈출하고자 애를 썼다. 그러면서 나는 자연스럽게 마딘 성격이 되었고 그와 한 걸음 한 걸음씩 서성거리기를 하다가 "내 정녕 저리는 살지 않아야 한다. 그의 애잔함에 흔들려서는 안 된다"라고 한 점 획을 그어냈다. 홀로서기를 하고 있었다. 내 나이 열여섯이었다.

운 좋게도 많은 볼거리와 먹을거리를 보고 먹고, 자랐고, 공무원이었던 아버지가 준 혜택을 겁나게 보고 커서 나는 이미 열여섯이 되었을 때는 무엇을 생각하고 어떤 진로를 정해야 하는지를 이미 알고 있었다.

4.

그가 어질고 슬기로웠는지, 내가 그에게 따뜻한 위로와 용기를 받았는지, 그래서 내가 그의 품이 매우 온화하고 흐뭇했었다고 느꼈는지를 더듬어보았다.

그는 본시 말이 적고 조용조용, 사뿐사뿐, 소리 내어 웃어본 적이 없는 사람, 무언가가 마음에 들지 않아도 역정을 내거나 노여워하지도 않고 그러려니 하는 사람, 시간이 오래 걸려도 기다릴 줄 알며 재촉을 하거나 닦달을 하지 않는 사람, 그리하여 상대가 오히려 지루하고 따분하여 자진 포기하게 만드는 사람, 베갯잇을 깁거나 꽃을 가꾸며 "오매, 징하게도 이쁘다." 한마디 정도로만 표현하는 사람, 좋고 싫고의 감정의 물기가 없었던 사람, 어우렁더우렁하지 않았던 사람, 빈민한 농부의 살림 밑천이라는 일곱 형제 중 맏이로 태어났으나 호미 자루 한번을 잡아보지 않은 채, 공무원인 아버지를 따라 사시사철 고운 한복에 양산을 쓰고 철이 바뀔 때마다 딸기밭, 포도밭 나들이를 가며 화투짝에 따분하고 싫증 난 일상을 메우기도 했었던 사람. 그러나 알 수 없는 어떤 고집이 있어 한번 싫으면 죽어도 싫은 거라고 절대 바꾸려들지 않았던 몽니 같았던 사람, 용기는 없고 수줍음과 무서움은 많았던 사람, 그러나 거칠거나 빳빳하지는 않았던 사람.

부안댁은 그랬다.

내 위로 오빠와 언니들이 있었고, 나는 집안 서열이 가장 낮은 막내였다.

세상이 궁금한 막내는 오빠와 언니와는 다른 세상을 보았고 늘 들쑥날쑥했다.

그러나 그는 나를 내버려두었다. 딱히 무엇을 해라, 무엇이 되어라, 요구사항도 없었고, 성적이 떨어졌느니, 좀 더 열심히 노력을 해보라느니, 일절 간섭도 하지 않았다.

운 좋게도 여러 잡다한 지식이 많았던 내가 도 단위의 상장을 받은 날에도, "엄마 상 받았어"라고 드밀어도 그는 목소리에 더함과 덜함도 없이 말하였다.

"서랍에 넣어두거라." 겨우 붙이는 말이 있다면 "야살스럽게 행동하지 말거라"였다.

격려를 받고자 했던 어린 마음에는 항시 쥐가 내렸다.

솔직한 감정표현이 어려운 것인지, 그리하여 이런 조그마한 일에 흔들려서는 안 된다고 본인을 강하게 훈련시키는 것인지, 뜨겁지도 차갑지도 않은 심장을 가진 부안댁은 내게 늘 상처였다. 버들 동고리 안에 색색의 수실로 그 어여쁜 색깔을 조화롭게 엮어 베갯잇을 수놓을 적에 당신의 머리는 이미 삼라만상의 조화로운 아름다움에 진실이었을 터,

각각 자식의 성질과 기개로움이 보이거나 안 보이거나 왜 저리도

무던하실까.

그러면서 내게 또 한마디 하셨다. "성질머리를 바꾸든지." 한참 동안 그 말은 내 가슴에 쓰라림이었다. 사춘기와 진학, 나의 은밀한 사생활 등… 그와 나누어야 할 많은 의논 거리는 언제나 나 스스로에게 물었다가, 던지고, 버리고, 정리되었다.

슬픔이 많았다. 왜 이토록 이 어른은 무덤덤하고 거만한 것인가, 이 삶에, 이 인연에

내가 태어나고 싶어 태어난 건 아니련만

이로 인하여 나의 청춘은 늘 표정 없이 올라오는, 신 새벽이었다.

5.

이제 구순을 앞둔 부안댁이 계신다.

요양원의 작은 침대에서 기억만 총총한 채 십 년,

그의 기억은 편린된 것이 아니라 어쩌면 혈기왕성한 자식들의 그것보다 훨씬 정교하고 반듯하다. 일 년 삼백육십오 일 정해진 식사의 룰을 어겨본 적도 없고, 밥 한 숟가락 조금만 더 얹으라는 아집도 없다. 같은 몸무게로 평생을, 같은 성격으로 한평생을 지내고 계신다.

자식 셋 중 오로지 나를 의지하는 편이 더 있어 생활의 변동에 따라 요양원으로 가시었다.

그러나 그 목소리에는 여전히 뼈대가 굵은 강단이 있다.

86년을 살아오시면서 저분은 단 한 번도 울고 싶은 사연이 없었던 것일까.

나는 그의 눈물을 본 적이 없다.

당신의 오랜 육체적 고통을 분담하셨던 아버지의 급작스러운 사망에도 흔들림이 없으셨다.

그냥… '잘 모시거라'가 끝이었다. 서로 살아온 긴 세월 동안 아무리 데면데면하였다 하더라도 생과 사의 길을 이제 서로 나누고 있는 중인데도 그저… 잘 모시거라.

혈육의 정이라는 걸 누가 누구에게 접목시킬 건지 그와 나누어야 할 감정의 교류가 나는 아직도 헛갈린다. 건드리면 톡 하고 넘어질 듯 가엾은 어깨가 아직도 무덤덤하다.

나는 절대로 닮아서는 안 되는 모의 유전자와, 절대로 비슷해서도 안 되는 부의 유전자를 부정하면서 저 어른의 내면을 파악해보고 싶었다.

귀도 어두워지고 말도 어둔해졌으나 적어도 유리창 너머 보이는 자식의 대화에는 반응을 하리라. 피부에 거뭇거뭇 세월의 더께가 앉아 있다.

"엄마, 내가 누군지 알겠어?"

"우리 막내딸."

그가 눈을 간신히 내려뜨고 흔들리는 감정을 단단히 무장하고 있다.

나는 밑도 끝도 없이 올라오는 서글픔, 어떤 선지 같은 뜨거움을 느끼다가

"엄마 더 이상 아프지 말고 뭐라도 이야기를 해봐. 먹고 싶은 거라도-" 하고 얼버무렸다.

그가 휠체어에 기대 불투명하게 더듬더듬

"아가. 나는 괜찮다. 여기는 당최 올 생각을 하지 말고 어찌든지 너나 잘 살거라. 먹고 잡은 것이 뭣이 있을라더냐."

일으켜주는 손길이 없으면 당신 스스로 할 수 있는 게 하나도 없는데 뭐가 괜찮다는 것인지…. 도대체 아직까지 저 양반은 왜 저렇게 꼿꼿하고 불량스러운지

자식에게 쓴 커피 한 봉 가져다 달라고 하지를 않는 것인가.

"이제 당최 오지 말거라. 죽으면 초상 치르라고 연락이야 안 허것냐."

화해와 용서를 하는 최소한의 절차라도 있기를 바라는 나는 그를 그저 인정하고 받아들여야 한다는 서글픔으로 계속 먹먹했다.

내 나이가 육십을 넘어 나 또한 치유하지 못했던 그와의 날 선 감

정들을 이제 묻어야 할 시간이 온 건지, 이제는 내가 부안댁이 그리다 만 꿈을 받아들여야 하는 건 아닌지~. 평생을 쫓아다닌 병마와 손을 놓고 싶었을 그가 이렇게라도 연명하고 있는 건 수치였고 아름다운 색을 입힌 옥양목에 정갈한 모시한복을 빼어 사뿐사뿐 살고자 했었던 그의 인생은 애당초 호사였으니 당신은 하루라도 바삐 가시고 싶으신 것인가.

염치의 원칙에서 벗어난 길고 긴 투병 생활에 각자 고단할 자식들을 위하는 최소한의 변명이라고… 이렇게도 모질게 한평생을 자신에게서 격리시키고 있는 것인가.

부안댁, 내 어머니. 내 엄마

나는 그와 맺은 수수께끼를 영영 풀지 못한다.

그는 늘 떠나려 하고 있었다.

인간사 맺은 정을 풀고 하루라도 바삐 가고자 한다. 당신의 고단했던 육체의 아픔을 벗고 미련도 뜻도 두지 말라고 한다.

거기에 단지 나, 우리가 없었을 뿐, 그 마무리의 선상에서 그는 40년을 연명해왔으니 그 마음을 어찌 가늠이나 할 수 있으리.

그는 오늘도 간당간당하고 위태롭다. 그가 자꾸 어서어서 가라고 손짓을 한다.

초점 잃은 눈으로 그가 마지막 인사를 건넨다. 잘 가라고… 그가 날 보고 웃었다.